NEUVIÈME SUR LA LISTE

Natasha Friend

NEUVIÈME SUR LA LISTE

Traduit de l'anglais (Australie)
par Anath Riveline

bayard

Natasha Friend est une autrice de romans pour jeunes adultes et pour enfants. Elle vit avec sa famille dans le Connecticut, au bord de la mer.

Instagram : @natashafriendbooks

Pour Luna, Love, Stella

Ouvrage initialement publié en Australie
par Little, Brown and Company,
Hachette Book Group
1290 Avenue of the Americas, New York, NY 10104
sous le titre : *The Wolves are waiting*

18 rue Barbès, 92128 Montrouge Cedex
ISBN : 979-10-363-3610-2
Dépôt légal : mars 2024
Première édition

Loi n° 49-956 du 16 juillet 1949 sur les publications destinées à la jeunesse.

Montrez-moi un héros et je vous écrirai une tragédie.

F. Scott Fitzgerald

PREMIÈRE PARTIE

NORA

Étalée au sol, bras et jambes écartés, elle respirait l'odeur de la terre. Un goût affreux envahissait sa bouche, mélange d'olive et de métal. Elle tourna la tête sur le côté, prise d'un terrible haut-le-cœur. La simple idée d'une olive lui donnait envie de vomir.

– Je crois que t'as déjà tout sorti.

Qui lui parlait ? Elle tenta d'ouvrir les paupières, mais la lumière lui poignardait les yeux. Quand elle voulut avaler sa salive, sa langue lui parut épaisse et velue. Tellement étrange… Ça arrive, que des poils poussent sur la langue pendant la nuit ? De l'eau. Elle avait besoin d'eau.

– T'as soif ?

– Ouais.

– Attends, je t'apporte un verre.

– Je ne bois pas d'alcool.

– Pas d'alcool, OK. Soda, alors… Sprite ? Coca ?

Soda ? Qui utilise ce mot ? C'était quoi, d'ailleurs, ce bout de conversation dans sa tête ?

– Nora ! Ouvre les yeux !

Elle réessaya. Nouveaux coups de couteau lumineux. *Il vaut mieux rester ici, dans le noir.*

– Nora !

Une main sur son épaule, insistante.

– Réveille-toi. Tu me fais peur.

À cet instant, elle reconnut la voix de sa meilleure amie.

Ça commençait un peu à s'éclaircir. Qu'est-ce que Cam faisait ici ? Elles étaient fâchées. Elles s'étaient disputées la veille… À propos de quoi, déjà ? Elle revoyait un garçon… avec une chemise rouge. Ou alors c'était Cam, qui était en rouge ? Maintenant elle avait l'impression que son esprit était aussi velu que sa langue. Une langue velue, sérieux… C'est vraiment possible, un truc pareil ? Elle avait besoin d'un verre d'eau.

– Un Red Bull ? Un Fanta ?

– *Fanta,* por favor.

– Avec ou sans glaçons ?

– Avec.

– T'es mignonne, toi.

– Gracias.

– Nora, je t'en prie, regarde-moi.

Pourquoi le Fanta s'appelle Fanta ? Parce que c'est « fantastique » ? Et quelle est la différence avec l'Orangina ?

– Nora !

Une tape, cette fois. Une vraie tape dans les côtes. Et une autre.

Elle ouvrit les yeux.

– Arrête !

– Ouffff ! T'es pas morte !

Quelle luminosité ! Carrément douloureuse. Elle devait plisser les yeux pour voir le visage de Cam au-dessus d'elle. Son amie avait les cheveux en bataille, le visage barbouillé de mascara.

– Oh ! C'est quoi cette tête ? murmura Nora. On dirait un raton laveur.

– Tais-toi. C'est ta faute, j'ai pas dormi de la nuit pour m'assurer que tu étais en vie.

– Hein ?

Nora leva le menton. Elle avait mal à la base du crâne.

– On est où ?

– Sur le terrain de golf de Faber. Neuvième trou.

Le terrain de golf de l'université de Faber ? Nora ne jouait pas au golf. Et d'où venait cette douleur ? Quelqu'un l'avait peut-être frappée avec un club de golf ?

J'ai reçu un message, expliqua Cam. Envoyé depuis ton téléphone. Disant que tu avais besoin d'aide. À cause de garçons…

– Des garçons ? répéta Nora en s'asseyant.

L'herbe ondulait devant ses yeux.

– Quels garçons ?

– J'en sais rien. Adam Xu ne sait pas non plus.

– Adam Xu ?

– C'est lui qui m'a écrit. Pour dire que tu avais des ennuis.

– Adam Xu t'a écrit ?

– Ouais. Depuis ton téléphone. Il n'avait pas mon numéro.

Nora sentit sa tête basculer. Le mouvement lui donna la nausée.

– Tu peux le remercier, lança Cam. Il les a coursés avec une batte de baseball.

Une batte de baseball. Adam Xu. Le terrain de golf. Elle n'y comprenait rien.

– Et… j'ai retrouvé ta culotte accrochée au drapeau.

– Quoi ?

– Le drapeau, répéta Cam en le pointant du doigt. Le bâton, là, tu sais ? Ta culotte pendait dessus.

– Ma culotte ?

– Nora se sentit mal. Elle s'examina. Tee-shirt noir à col plongeant. Mini-jupe en jean.

– Je te l'ai remise.

– Oh, lâcha Nora, embarrassée.

Cam l'avait rhabillée comme si elle était une poupée ou une vieille grand-mère dans un hospice.

– Nora, dit Cam doucement.

– Quoi ?

– Tu te rappelles quoi, de la soirée d'hier ?

– La kermesse de la fraternité ? demanda Nora sans hésiter.

Elle avait toujours sur son poignet le ruban bleu qui donnait droit à un nombre illimité d'attractions.

– Qu'est-ce que tu as fait à la kermesse ?

– Les chaises volantes.

Super manège, le plus facile. Elle se revoyait survolant la foule, cheveux au vent. Et elle se rappelait qu'elle avait serré les cuisses pour que personne ne regarde sous sa jupe.

– Et quoi d'autre ?

– J'ai mangé un beignet.

Elle s'était acheté un grand rond bien gras de pâte délicieusement badigeonnée de sucre.

– Ça m'a donné soif. J'ai dû refaire la queue pour me prendre quelque chose à boire.

Cam posa une main sur le bras de Nora. Ses yeux peinturlurés de maquillage dégoulinant étaient tellement grands ouverts que c'en était comique.

– Qu'est-ce que tu as bu ? Du rhum ? De la vodka ?… Pas de la tequila ?

– Non, Camille ! s'agaça Nora.

Cam savait bien qu'elle ne buvait jamais d'alcool. Ou du moins elle ne buvait plus, depuis la soirée pyjama chez Becca Bomberg, le dernier jour du collège, quand elles avaient sifflé une bouteille de vin casher à trois. Elle avait ensuite rendu tout le contenu de son estomac dans un des pots de fleurs de la terrasse.

– J'ai pris un Fanta.

– Un Fanta, répéta Cam.

– Oui, confirma Nora en levant le menton triomphalement. Dans un gobelet rouge. Avec des glaçons.

Elle se souvenait clairement, à présent, d'avoir tenu le gobelet et de l'avoir porté à ses lèvres. Les bulles lui avaient chatouillé le nez.

Cam la dévisageait bizarrement.

– Quoi ? Tu ne me crois pas ?

– Si, je te crois, répondit lentement Cam. Je pense que tu dis la vérité, mais…

« Mais. » Nora n'aimait pas du tout ce « mais ».

– Quand je suis arrivée… tu étais inconsciente.

– Inconsciente, répéta Nora.

– Tu avais perdu connaissance.

– Ah, ponctua Nora, comme si ça expliquait tout.

Alors qu'en fait, ça ne voulait rien dire.

Elle tourna la tête et se vida de nouveau sur la pelouse parfaitement tondue.

CAM

Ce dont était certaine Camille Aisling Dodd :

1) À un moment de la nuit précédente, sa meilleure amie s'était évanouie au neuvième trou du golf de Faber en présence de trois gars non-identifiés, et l'un d'eux lui avait retiré sa petite culotte imprimée du drapeau américain pour l'accrocher sur le poteau.
2) Adam Xu avait fait fuir les inconnus avant de lui écrire avec le téléphone de Nora. **Nora a besoin de toi.** (Sérieux, Adam Xu ! Le type qui passait ses vendredis soirs à jouer à *Donjons et Dragons* dans sa cave. Triste. Et c'était lui qui combattait les méchants, armé d'une batte de baseball ? Un vrai dur : qui l'eût cru ?)
3) Nora lui jurait qu'elle n'avait bu qu'un Fanta – et Cam la croyait, parce qu'entre meilleures amies, on ne se ment pas – et pourtant, Nora n'avait aucun souvenir entre le moment où elle avait bu son Fanta et le moment où elle s'était réveillée sur le green. Bon sang, cela voulait dire que tout et n'importe quoi avait pu lui arriver.

Tout et n'importe quoi.

Complètement dingue ! Nora Melchionda était littéralement la dernière personne à Faber que Cam aurait pu imaginer dans cet état pitoyable. Chelsea Machado ? Oui. Anna Golden ? Carrément. Mais Nora était une jeune fille modèle : toujours au premier rang, toujours la main levée pour participer. Et les samedis après-midi, avec son père, elle encourageait les Blue Devils dans les gradins, en mangeant un épi de maïs. Nora et son père étaient incroyablement proches. Il aurait eu une attaque s'il l'avait trouvée ainsi. Heureusement, Nora lui avait dit qu'elle dormirait chez Cam. Seulement les deux filles s'étaient disputées…

Pour un truc bête. Cam voulait aller à une fête chez Kyle Tenhope, alors que Nora préférait la soirée caritative organisée comme chaque automne par les fraternités d'étudiants. Cam n'avait aucune envie de mourir d'ennui à la kermesse. Mais Nora était montée sur ses grands chevaux et lui avait fait une leçon d'altruisme du haut de son infinie générosité. Cam l'avait traitée de sainte, Nora lui avait répliqué qu'elle devrait avoir honte de son égoïsme.

– J'ai envie de m'amuser, moi, s'était défendue Cam. S'amuser, tu connais le concept ?

– Les chaises volantes, c'est amusant !

Typique de Nora.

– D'accord, tu vas à ta kermesse débile, et moi je vais faire la fête chez Kyle Tenhope.

Et c'est ce qu'elles avaient fait. Voilà pourquoi Cam ne l'avait pas vue voler au-dessus de la foule, ni manger son beignet géant, arrosé de Fanta. Cam n'était arrivée que plus tard, alertée par le message d'Adam Xu.

Ce qui ne faisait pas de Cam une mauvaise amie. Cam et Nora se connaissaient depuis toujours. Imani, la mère de Cam, et Diane, la mère de Nora, s'étaient rencontrées, enceintes jusqu'aux dents, pendant leurs cours de préparation à l'accouchement. Cam et Nora étaient nées avec trente-six heures d'écart dans le même hôpital. Elles étaient pratiquement jumelles, même si Cam était métisse et Nora, blanche. Nora était pour Cam la sœur qu'elle n'avait pas. Avec qui d'autre aurait-elle pu se disputer ? C'était obligé. Et pourtant, Cam aurait fait n'importe quoi pour Nora.

Comme lui nettoyer le vomi du visage.

Et récupérer sa petite culotte.

Une fois chez elle, elle lui avait même proposé d'examiner son pubis pour vérifier si elle avait des hématomes ou les marques d'un passage forcé.

Cam n'éprouvait aucune gêne par rapport à cette zone du corps. Gynécologue obstétrique, sa mère lui avait appris dès le plus jeune âge à utiliser le vocabulaire approprié pour son anatomie. Vulve, lèvres, clitoris. Pas « zézette » ni « foufoune ». Cam devait être en sixième quand Imani lui avait apporté un miroir pour qu'elle apprenne à identifier les différentes parties. Oui, c'était bizarre, et elle le savait. Mais elle était contente d'avoir une maman gynéco féministe et hippie. Imani lui avait enseigné tout ce qu'il y avait à savoir sur le corps féminin pour que Cam puisse utiliser ces informations le moment venu.

Et manifestement, le moment était venu.

ADAM XU

Adam Xu n'était ni chez Kyle Tenhope, ni à la kermesse. Bien sûr, il avait entendu parler de la fête foraine organisée par les fraternités – il aurait fallu qu'il habite sur la lune pour qu'il en soit autrement – mais il n'y était pas allé. À quoi bon ? Il n'avait rien contre les attractions et les jeux. Les manèges et les pommes d'amour, pourquoi pas ? Mais il fallait toujours qu'un gars sorte une bouteille – n'importe quel alcool trouvé dans le bar de ses parents – et la fasse tourner. Pour éviter d'attirer l'attention, il se serait senti obligé d'en boire quelques gorgées, et quinze minutes plus tard, *BAM*, il aurait eu les joues en feu, des fourmillements et les yeux injectés de sang.

Rapidement, quelqu'un se serait inquiété pour lui :

– Eh, mec, qu'est-ce qui va pas ?

Et ensuite, quelqu'un d'autre aurait crié :

– Regardez Xu ! Il est bourré !

Et là, il aurait eu tous les regards sur son visage écarlate et tremblant.

Il détestait quand ça lui arrivait.

Ça avait un nom. Il l'avait trouvé sur Google : syndrome du rougissement asiatique. C'était un trouble génétique affectant trente-six pour cent des Asiatiques de l'est. En gros, son corps réagissait ainsi parce qu'il était incapable de se débarrasser de l'aldéhyde, un produit toxique provenant de la transformation de l'alcool dans l'organisme. Évidemment, il n'allait pas essayer de l'expliquer aux gars de l'équipe de baseball qui commençaient à peine à lui faire une place dans leur groupe. Pas question de tout gâcher pour ça.

Adam avait emménagé à Faber au début du CM1. Il se demandait souvent si le problème ne venait pas principalement de là. S'il était allé à la maternelle avec les autres, peut-être qu'il n'aurait pas eu à faire tant d'efforts pour s'intégrer. Quand il était arrivé, les groupes étaient déjà formés. Un autre Adam régnait en seigneur absolu. Adam Courtmanche, grand, blond et capitaine de toutes les équipes de tous les sports. Adam Xu, petit et maladroit, ne pourrait jamais être juste « Adam ». Il serait toujours « Adam Xu ». L'Adam sur la touche. L'Adam inférieur. Et ça n'aidait pas non plus qu'à l'école de Faber, quatre-vingt-dix-neuf pour cent des enfants soient blancs. Neuf fois sur dix, pour les projets de classe, les profs le mettaient en binôme avec Fumi Ikemoto, même s'il était d'origine japonaise et pas chinoise et qu'ils n'avaient en commun que leur école, leur ville et le fait qu'ils n'étaient jamais invités aux anniversaires.

Tout avait changé en première, quand il avait pris quinze centimètres, des muscles et qu'il était entré dans l'équipe de baseball. D'un coup, on avait commencé à le voir autrement.

Il n'était plus l'intello empoté et froussard, mais un athlète. Et ce rôle, il le prenait au sérieux. Plutôt que d'aller à la kermesse ou à la soirée de Kyle Tenhope, Adam passait son vendredi soir tout seul à s'entraîner au baseball sur le terrain de golf. Il ne frappait pas de vraies balles, qui auraient fait trop de bruit, mais les slugs qu'il avait commandées sur Internet. Elles brillaient dans le noir, comme sa batte. À chaque impact, la caméra qu'il avait fixée sur son casque de vélo tremblait violemment, mais ne tombait pas. Et les vidéos étaient d'assez bonne qualité.

Personne ne savait ce qu'Adam faisait au milieu de la nuit. Ses parents pensaient que leur fils dormait paisiblement. Et comme sa mère avait l'habitude d'ouvrir la porte de sa chambre à n'importe quelle heure pour vérifier s'il était bien là, Adam veillait à mettre des coussins sous sa couette avant de filer par la fenêtre, sans jamais prendre son téléphone.

La mère d'Adam était obsédée par le sommeil. Elle voulait qu'il dorme au moins dix heures par nuit pour être au mieux de sa forme. Après avoir lu un article scientifique, il avait tenté de lui expliquer que les cycles de sommeil des adolescents étaient différents de ceux des adultes. Il lui était impossible de se coucher tôt, parce qu'il n'arrivait pas à « éteindre son cerveau ». Mais elle n'écoutait pas ses arguments. Un déficit de sommeil, selon elle, augmentait les risques de maladies cardiaques et rénales, de tension artérielle, de diabète et d'AVC. Est-ce qu'il voulait avoir un AVC à quinze ans ?

Adam aimait sa mère. Il la respectait. Mais depuis quelque temps, sa présence dans sa vie commençait à l'étouffer, comme une cravate trop serrée.

Jouer au baseball dans la nuit ne représentait qu'une infime rébellion, mais c'était une respiration salutaire. À chaque frappe, il se détendait. Les slugs étaient remplies de sable, elles ne produisaient pas la détonation satisfaisante des balles normales quand elles fusaient dans les airs, mais Adam se contentait volontiers de ce bruit sourd. Et comme elles étaient plus lourdes et moins aérodynamiques, elles l'obligeaient à être plus précis. S'il ne les touchait pas au bon endroit, elles roulaient ou s'écrasaient sur la batte.

Au moment de frapper, il ne pensait pas juste à la trajectoire ou à la vitesse. Il pensait aux cours de sport du CM1. Avant de venir à Faber, il n'avait jamais tenu dans la main ni batte ni gant de baseball. M. Milner avait dû le sentir, parce qu'il l'avait appelé en dernier, ce qui, en réalité, arrangeait Adam. Il avait ainsi pu observer les douze premiers batteurs et quand son tour était arrivé, il avait une idée assez claire de ce qu'il devait faire : prendre de l'élan, frapper la balle et courir. Il s'était payé la honte avec ses deux premiers coups, tournant sur lui-même au premier et tombant lourdement au deuxième. Mais par miracle, il avait touché mollement la balle au troisième essai. Ensuite, il s'était élancé à toute vitesse, contournant la première base sur la gauche et fonçant vers la deuxième, parce que le joueur de troisième base avait cafouillé et raté la balle.

Et à cet instant, l'espèce de grande gueule hirsute à la première base, un certain Kevin Hamm, avait hurlé :

– Il n'a pas touché le sac ! Il a loupé le sac !

Et tout le monde dans l'équipe d'Adam Xu avait confirmé :

– Retourne en arrière ! Touche le sac ! Touche le sac !

Il était reparti plus vite encore et s'était baissé pour toucher le sac avec la main.

Quand il fermait les yeux, il pouvait encore entendre l'éclat de rire. Les autres gamins n'avaient jamais rien vu de plus drôle de toute leur vie. « Le Chinois a touché le sac ! Il a touché le sac ! Ahahahahahah ! »

Le sentiment d'humiliation ne l'avait jamais quitté. Adam cultivait sa honte comme une plante, il l'arrosait, la bichonnait, se promettant d'apprendre tout ce qu'il y avait à savoir sur le baseball, afin d'effacer les rictus moqueurs de tous ces visages. Un jour, il gagnerait leur respect.

Boum ! Au printemps dernier, c'était enfin arrivé !

Boum ! Il était entré dans l'équipe junior.

Boum ! Cette année, il entrerait dans l'équipe universitaire.

« Ahahahahahah ! »

Les rires résonnaient encore, gras et étouffés. Il mit un moment à se rendre compte qu'ils ne remontaient pas de ses souvenirs. Il les entendait pour de vrai.

Il tourna la tête. Un tapis d'étoiles recouvrait le ciel parfaitement dégagé au-dessus du golf. Le son serait facile à suivre.

— Ahahahahahah !

Il avançait rapidement.

Des fêtards ?

Il se rappela alors la kermesse. Elle devait déjà être terminée, pourtant. Mais pour les étudiants, ce n'était que le début de la soirée.

Il repéra des silhouettes au loin, vaguement éclairées par la lune. Ils étaient trois… non, quatre, en comptant le corps allongé sur le green.

Plus il s'approchait, plus il percevait distinctement la scène. Un des jeunes brandissait un objet. Un téléphone ? Un autre était penché sur le corps au sol.

– Les mecs, elle comate grave.

Le troisième… Non, sérieux ? Il baissait son pantalon ?

– Eh ! hurla Adam, par pur instinct.

Les trois silhouettes se tournèrent. Elles étaient bien plus baraquées qu'Adam. L'espace d'une seconde, la panique le gagna. Mais il se rappela qu'il avait sa batte de baseball, et soudain, un déclic étrange s'opéra en lui.

– *Ting xia lai! Huai dan!*

Il criait en chinois des mots que sa mère utilisait contre Bao Bao, quand il s'attaquait aux meubles : « Arrête tout de suite ! Œuf pourri ! » Entre ses hurlements et le rougeoiement de sa batte qu'il agitait dans l'air, il réussit à les terroriser, parce que trois d'entre eux détalèrent sans demander leur reste.

La quatrième silhouette restait étendue par terre.

Adam ne la reconnut pas tout de suite. Il vit seulement qu'elle était en partie dévêtue. Il s'approcha.

– Eh ! Tout va bien ?

Pas de réponse.

Il fut pris de vertige. Se trouvait-il sur les lieux d'un crime ? Que devait-il faire ? La fille était complètement inerte, et il avait peur de la toucher.

Mais il le fallait. Il s'accroupit et écarta les cheveux sur sa nuque pour vérifier son pouls.

Et c'est là qu'il vit son visage.

Nora Melchionda.

Il sentit son pouls sous ses doigts.

Nora Melchionda avec ses tresses dorées, son triple piercing aux oreilles et ses yeux qui se plissaient en deux jolies fentes bleu marine quand elle souriait. No-ra-Mel-chi-on-da. Son nom était une cascade de sonorités.

Bon, très bien. Adam ne l'avait jamais confié à personne, mais tout lui plaisait chez elle. Nora Melchionda. No-ra-Mel-chi-on-da, No-ra-Mel-chi-on-da.

Elle ne s'en souvenait sûrement pas, mais en CM1, juste avant les vacances de Noël, il avait trébuché sur le pied d'une chaise et, en tombant, il avait envoyé sa brique de lait fuser dans les airs. Cela faisait alors à peine une semaine qu'il avait emménagé à Faber, et déjà il se donnait en spectacle. Tout le monde l'avait regardé.

– Ça va ?

Elle était au-dessus de lui, l'air sincèrement inquiète. Elle portait un pull d'une laideur effrayante, avec une tête de rêne entourée de pompons et de paillettes. Il avait hoché la tête, incapable de faire autre chose.

– Allez, debout, avait-elle dit en lui tendant la main.

Il avait de nouveau hoché la tête pour la remercier. Elle devait avoir dix bons centimètres de plus que lui. Peut-être douze.

– Tiens.

Elle lui avait donné une brique intacte en lui adressant un sourire qui avait révélé son appareil dentaire.

– Joyeux Noël.

– Merci, avait-il réussi à répondre.

– De rien, avait-elle dit en haussant les épaules. Je suis intolérante au lactose. Je donne toujours mon lait.

C'était la première information qu'il avait apprise sur Nora Melchionda : elle était intolérante au lactose et donnait donc toujours sa brique de lait.

Il découvrit ensuite plein d'autres choses. D'infimes détails comme sa façon de se ronger les ongles de la main gauche, mais pas la droite, ses bonbons préférés, les Airheads à la pomme verte et sa passion pour le rock. On pouvait en apprendre tellement sur une personne, rien qu'en étant attentif à elle. Et pourtant, Adam Xu n'avait rien d'un stalker. Observateur, il gravitait discrètement autour de la planète extraordinaire qu'était Nora Melchionda.

Et il ne fallait pas être un génie pour comprendre que Camille Dodd était sa meilleure amie. Les deux filles étaient inséparables. En l'entendant lire à voix haute, devant la classe, une de ses rédactions, Adam avait appris que son film préféré était *Fighter*, qui racontait l'histoire vraie de Micky Ward, un boxeur irlandais. Et pour connaître son signe astrologique – Verseau : dynamisme, détermination intérieure, raison – il suffisait de voir les décorations que ses amies collaient sur son casier le deux février, avant de verser sur elle une pluie de cadeaux et de gâteaux. Amusée, Nora esquissait toujours quelques pas d'une danse d'anniversaire ridicule dans le couloir, sous les yeux de tous.

Tout cela avait séduit Adam qui voulait en savoir encore plus sur Nora. Il était même allé jusqu'à lire un article intitulé « Ce qui plaît à une femme Verseau », où il avait appris qu'« une femme Verseau aime qu'on soit capable de lui faire la conversation ». Il s'était toujours senti trop timide pour lui parler devant ses innombrables admirateurs, mais s'ils s'étaient retrouvés seuls tous les deux, il aurait su de quoi lui parler. Le dernier combat sur le ring du *Fighter* : « Tête-corps, tête-corps ! ». Les colorants des Airheads à la pomme verte : bleu, rouge, jaune et pas de vert ! Dingue, non ?

Complètement dingue.

Mais pas aussi dingue que ce qui se passait à cet instant : agenouillé sur le green, deux doigts sur la nuque de Nora, il n'avait jamais été aussi proche d'elle, mais il ne pouvait pas lui montrer à quel point il assurait pour la conversation. Si elle le voyait jouer à *Donjons et Dragons 3.5 Live*, elle serait impressionnée. Il parlait avec aisance d'exploits métamagiques sans bafouiller et sans s'empourprer. Ils étaient cependant bien loin de jouer à une partie de *Donjons et Dragons.* Malheureusement.

– Nora ? C'est moi, Adam Xu… du lycée… Tu m'entends ? Nora ?

Rien.

Il redescendit sa jupe, délicatement, veillant à toucher le moins possible son corps. Et pourtant, il aurait pu en profiter. Personne ne l'aurait vu. C'était la différence entre lui et les hommes de Néandertal qu'il avait chassés avec sa batte fluorescente. Adam aimait Nora depuis qu'il avait à peine dix ans. Ces gars-là ne l'avaient sans doute même pas remarquée à cette époque. Imaginer ces trois types soulever sa jupe et retirer sa culotte le mit dans une rage folle. Il voulait foncer les retrouver avec sa batte de baseball.

Mais non. Il devait rester concentré.

Il sortit le portable de Nora de sa poche et le plaça devant son visage pour le déverrouiller. Il lui ouvrit délicatement les paupières. Dès qu'il eut accès à ses contacts, il adressa un message à sa meilleure amie :

C'est Adam Xu. Nora a besoin de toi. Il y avait trois gars. Terrain de golf. Neuvième trou. Vite.

NORA

– Pas question que tu examines ma foufounette !

Dans la chambre de Cam qu'elle connaissait aussi bien que sa propre chambre, elle évitait de regarder le tapis tressé dont les tourbillons pourpres et bleus lui donnaient le vertige.

– « Foufounette » ? répéta Cam, stupéfaite.

– Je l'appelle comme je veux.

Nora avait toujours mal à la tête, malgré les trois verres d'eau qu'elle avait bus dans la cuisine de Cam.

– Et ne sors pas ton stupide miroir.

– Comment tu vas pouvoir regarder entre tes jambes, alors ?

– Je n'en ai pas besoin !

Cela lui rappelait quand elles avaient douze ans : au lieu de la guider et de la soutenir derrière la porte des toilettes tandis qu'elle mettait son premier tampon, Cam lui avait montré comment on faisait. Cam était tellement à l'aise avec son corps, elle manquait tellement de pudeur que Nora avait l'impression d'être une nonne du seizième siècle. « Tes parties intimes, c'est ta propriété privée », répétait tout le temps sa mère. Contrairement à Imani dont le leitmotiv était plutôt : « Allez à la recherche de votre plaisir, les filles, il vous appartient ! »

– Prends des photos avec ton téléphone, indiqua Cam. Si tu vois des bleus ou des égratignures, il te faudra des preuves.

– OK, commissaire.

– Ce n'est pas drôle, Nora. Tu t'es réveillée à moitié nue sur un terrain de golf. Tu ne te rappelles rien. Et si tu avais été violée par ce groupe ? demanda Cam en baissant soudain la voix.

Nora leva les yeux au ciel. Quelle drama queen, Cam, parfois !

– Nora.

Cam prit un air sévère comme la principale, Mme Hicks, le jour où les terminales avaient tapissé les couloirs de papier toilette.

Bon… Est-ce qu'il était possible que ce groupe de garçons l'ait violée ? Trois types dans un endroit isolé ? Et elle n'en aurait gardé aucun souvenir ? Bien sûr, c'était possible… si elles étaient à New York où il se passait des horreurs dans le noir. Mais pas à Faber. À Faber, le taux de criminalité était de 0.01 %. Personne ne fermait sa porte à clé. Il n'y avait que deux feux de signalisation. Un vendredi soir de folie, c'était un tour à la patinoire et deux parts de pizza bacon-ananas. Sans l'université, personne en dehors du comté de Chenango n'aurait connu cette petite ville de l'État de New York.

– Assez perdu de temps. Va te regarder !

Nora n'appréciait pas le ton autoritaire de Cam, mais elle n'avait pas la force de protester. Elle entra dans la salle de bain, à gauche de la chambre de Cam, appuya sur l'interrupteur et ferma la porte. La luminosité l'éblouit et lui fit mal aux yeux.

Nora passa son tee-shirt par-dessus sa tête et le laissa tomber par terre. Elle dégrafa ensuite son soutien-gorge et l'accrocha sur la tringle de la douche. Enfin, elle retira sa jupe et sa culotte pour s'examiner dans le miroir.

Elle se voyait en entier.

Je suis un fantôme. Elle posa ses doigts dans le creux de son cou. Elle suivit des yeux les veines bleu-vert qui couraient sous sa peau. Cet été, le soleil du lac lui avait donné une belle couleur dorée. Son reflet était désormais translucide. Comment était-ce possible ?

Cam disait toujours à Nora que partout dans le monde, des femmes auraient tué pour être comme elle, blonde et pulpeuse. L'ironie du sort : on préférait toujours ce qu'on n'avait pas. Quand Nora regardait Cam courir un deux cents mètres, avec ses longues jambes musclées, elle ne pouvait s'empêcher de ressentir une pointe d'envie.

– Ton corps est incroyable, l'avait-elle complimentée, un jour, après une compétition d'athlétisme. Tu es Usain Bolt au féminin.

Fidèle à elle-même, Cam n'avait pas apprécié le compliment. Elle n'avait pas besoin d'être comparée à un homme. Elle était une athlète à part entière.

– Écoute ça, lança Cam de l'autre côté de la porte. J'ai cherché sur Google « Que m'est-il arrivé hier soir ? Je ne m'en souviens pas ». Et voilà ce que j'ai trouvé : « Les marques d'une agression sexuelle peuvent être évidentes ou au contraire très subtiles. Vous vous réveillez dans un lieu étranger. Vous avez des hématomes ou des griffures sur le corps, ou vous souffrez de douleurs inhabituelles. Vous avez l'impression d'avoir la gueule de bois, alors que vous n'avez pas bu d'alcool… »

Cam parlait sur un ton pressant, mais Nora écoutait à peine. Elle n'aimait pas se regarder nue dans un miroir. Sa peau était terreuse, ses seins… trop volumineux. Ils avaient gonflé tout d'un coup. Toute sa vie, elle avait été mince, comme sa petite sœur. Elle pensait que ça aurait toujours été comme ça. Et soudain, son corps s'était métamorphosé, passant du haricot vert à ce que sa copine Becca appelait une « grosse patate ». Tout le monde avait son mot à dire sur sa transformation, même Asher, son frère.

– Faut que je te dise un truc, avait-t-il lancé quelques semaines plus tôt, dans le couloir, l'air hyper embarrassé. Les gars, au lycée, ils parlent. Les terminales.

Nora lui avait demandé de s'expliquer un peu.

– Ils font des commentaires… Tu sais… sur ton physique. Des compliments, en gros, mais quand même.

Au début, Nora avait rougi de fierté, comme si elle avait gagné un concours. *Les garçons de terminale m'ont remarquée !*

Mais Asher avait ajouté :

– Quand tu portes des habits trop serrés… ou trop courts… ils voient ça comme une invitation.

La fierté s'était alors changée en honte. Comme si elle avait fait exprès de gonfler ses seins et ses hanches, et qu'elle aurait dû s'habiller comme Laura Ingalls Wilder dans *La petite maison dans la prairie.*

Elle ne voulait pas y penser. Elle ne voulait pas penser à son corps. Elle ne voulait pas penser à ce qui s'était passé sur le terrain de golf. Elle voulait juste enfiler son pyjama, se glisser dans son lit et dormir.

Mais non. Cam insistait.

– Tu vois quelque chose ? Des bleus ? Du sang ? Des poils qui ne sont pas à toi ?

Nora s'approcha du miroir. Le devant de son corps semblait normal. Pas de marques spéciales. Elle se tourna vers la gauche tout doucement, puis vers la droite, et regarda derrière son épaule. Rien.

Ah, si : un bleu en haut de son bras gauche. Peut-être que l'un des gars l'avait agrippée ? Nora s'approcha encore de la glace.

Ouf !

Ce n'était pas un hématome, mais les restes d'un tatouage que Maeve, sa sœur, avait absolument tenu à lui coller sur la peau, de retour d'une après-midi Harry Potter à la bibliothèque. C'était le blason de Serdaigle, dont les valeurs convenaient le mieux à Nora, selon Maeve : intelligence, créativité, curiosité.

– Tu as besoin d'un miroir à main ?

– Non.

Et quoi encore ?

– T'es sûre ?

– Oui !

Bon sang, Cam était tellement autoritaire ! Sans son insistance, Nora n'aurait certainement pas pris la peine de s'examiner. Mais Cam était juste derrière la porte et elle ne la lâcherait pas avant d'avoir une réponse.

Pas le choix, du coup.

Inspirant profondément, Nora s'accroupit. *Ce n'est qu'une autre partie du corps. Rien de plus normal que de se regarder entre les jambes.* Elle plissa les yeux, pour y voir plus clair. Bizarre de se retrouver à chercher si un gars s'était introduit en elle sans qu'elle le sache. Qu'est-ce qu'elle aurait dû voir, au juste ? Soudain, elle fut saisie d'un dégoût profond. Est-ce qu'elle voulait vraiment savoir ? En fait, non. Elle préférait faire comme si la kermesse n'avait jamais eu lieu.

– Alors ? demanda Cam.

Nora se releva doucement pour ne pas avoir la tête qui tourne.

– Tout va bien, répondit-elle.

Et elle ne s'adressait pas juste à Cam, mais aussi à son propre reflet. À la jeune fille livide aux mains serrées.

Tout va bien.

Tout va bien.

Tout va bien.

CAM

Cam avait deux préoccupations majeures. La première, sa meilleure amie qui semblait dans le déni. Nora sortit de la salle de bain, parfaitement calme. Elle n'avait rien vu sur son corps. Pas de griffures, d'hématomes, de sang ou de poil. Elle n'avait senti aucune odeur étrangère sur sa peau et ses vêtements. Et elle avait juste mal à la tête, nulle part ailleurs. Nora ne mentait pas, Cam l'aurait senti, et pourtant… Si Cam avait été retrouvée à moitié nue par un témoin qui avait vu trois gars s'enfuir, elle serait encore en train de hurler et de marteler les murs de ses poings. Que Nora ne trahisse strictement aucune émotion inquiétait encore plus Cam. *Qui avait osé toucher à sa meilleure amie ?*

Nora était la personne la plus fiable et fidèle qu'elle connaissait. Elle l'avait soutenue à travers toutes les épreuves de sa vie. Quand Cam s'était fait retirer les amygdales, Nora était venue à l'hôpital avec deux pots de glace. À la mort de son grand-père, sur les bancs de l'église, Cam avait pleuré sous le regard bienveillant de Nora, sa main dans la sienne.

Quand Cam avait trébuché au dernier tour du relais 4x400, Nora avait foncé sur la piste pour relever son amie. Elle était comme ça : fiable et fidèle.

C'était au tour de Cam de se montrer fiable et fidèle. De se montrer présente et à l'écoute.

Seulement, elle avait une deuxième préoccupation, qui vibrait à cet instant même dans la poche arrière de son jean. Trois messages, déjà. Elle les avait lus pendant que Nora était dans la salle de bain.

Waouh

Encore sous le choc

Aucun regret

Ils étaient tous d'Asher, le frère de Nora, que Cam avait embrassé, dans un débarras, à la fête de Kyle Tenhope.

Elle ne l'avait pas prémédité. Sincèrement. Voir débarquer Asher Melchionda sur son vélo devant la maison des Tenhope avait été une vraie surprise. Il avait beau être en terminale, Asher ne venait jamais à aucune soirée. (Comme elle n'était qu'en seconde, Cam n'aurait normalement pas eu sa place à cette fête, mais Kyle était le capitaine de l'équipe d'athlétisme, et il avait invité Cam parce que, en toute modestie, elle avait déjà un niveau universitaire depuis la troisième). Alors qu'elle était sur la terrasse des Tenhope, une bière dans une main et son portable dans l'autre, le frère de Nora était arrivé sur son stupide vélo. Asher avait son permis de conduire, mais il prenait rarement la voiture. Pendant l'été, il avait trouvé un vieux beach cruiser défoncé dans une décharge. Il l'avait réparé et avait repeint le cadre en jaune. Il l'avait appelé Canard Bizarre, ce qui lui allait bien : Asher était à l'opposé de tous les autres gars que Cam connaissait à Faber.

Tout d'abord, il ne faisait aucun sport. Il barbouillait d'immenses toiles de taches colorées, et croquait au fusain des objets divers et variés. Il avait les cheveux longs, parfois attachés en queue-de-cheval, parfois domptés par un bandana, portait un anneau sur l'oreille gauche, et avait les yeux noisette doré. Aussi grand que Cam, il était mince, mais avait les bras et les épaules sculptés d'un gymnaste olympique. Ces muscles lui venaient-ils du temps passé à peindre ? Ou soulevait-il secrètement des poids dans son garage ? Qui sait ce qu'il faisait chez lui… Cam avait passé la moitié de sa vie chez les Melchionda, mais le frère de Nora représentait pour elle le même mystère qu'en primaire, à l'époque où il ne faisait rien d'autre que jongler et s'empiffrer de sandwichs bacon-beurre.

Asher était-il séduisant ? Sûrement, si on aimait le genre excentrique, bohème, joueur de banjo. Rien à voir avec son père. Et même si Cam en avait un peu honte, elle devait bien le reconnaître : M. Melchionda avait été son premier crush. Et elle n'était pas la seule à être tombée sous son charme. Tout le monde aimait M. Melchionda. Toutes les amies de Nora, et toutes les amies de la mère de Nora, aussi. Même les serveuses octogénaires du Blue Bird retrouvaient leur première jeunesse quand il entrait dans leur restaurant. Rhett Melchionda était une force de la nature, le pilier de Faber. Il avait des cheveux plus épais, un sourire plus large, une personnalité plus affirmée que tous les autres habitants de la ville.

Asher étant si différent, Cam ne l'avait jamais considéré comme un crush potentiel. Il était juste… Asher. Le grand frère extravagant de Nora.

Alors comment définir ce qui s'était passé entre eux dans le débarras des Tenhope ? Un accident, décida Cam. Une erreur de soirée.

Et pourtant, elle en rougissait encore. Aucun des deux n'était ivre. Au moment où Asher s'était pointé devant la maison, tout le monde à l'intérieur était déjà bien imbibé, mais Cam n'avait bu que deux gorgées de bière chaude. À vrai dire, elle s'ennuyait mortellement. Elle s'était imaginé qu'ils organiseraient des jeux, comme le jeu de la bouteille ou le bière-pong, pour s'amuser un peu, mais non.

– Salut, avait lancé Asher en trouvant Cam seule sur les marches. Qu'est-ce que tu fais ici ?

Cam avait haussé les épaules.

– La fête.

– Ah oui ?

Il était encore assis sur son vélo. Depuis la dernière fois que Cam l'avait vu, Asher avait fixé un panier en osier sur le guidon. Un panier en osier. Comme une grand-mère ! Elle ne pouvait qu'admirer un gars qui arborait une boucle d'oreille et roulait sur un vélo de mamie sans se soucier de ce que pourraient penser les gens.

– Et toi, tu fais quoi ici ? avait demandé Cam.

– J'ai une urgence de peinture, avait-il répondu, sérieux.

– Une urgence de peinture ? avait-elle répété.

– Ouais. Mme Tenhope est chez elle ?

Cam avait mis un moment à se rappeler qu'en plus d'être la prof d'arts plastiques du lycée, la mère de Kyle était une artiste peintre professionnelle.

– Elle est dans le Vermont. D'où la soirée.

– Bien sûr. Mince.

– Elle est vraiment urgente, ton urgence de peinture ? avait plaisanté Cam.

– C'est une question de vie ou de mort, avait répondu Asher, toujours aussi sérieux.

– Alors, je vais t'aider, avait proposé Cam.

– OK. Ta mission, si toutefois tu l'acceptes, est de me trouver de la peinture acrylique bleu tahitien.

– Si l'un de mes agents ou moi-même étions capturés ou tués, le Département d'État nierait avoir eu connaissance de nos agissements.

Était-ce ainsi que cela avait commencé ? Parce qu'ils s'étaient balancé des répliques de *Mission Impossible,* comme deux pauvres ringards ? Cam n'aurait su le dire. En tout cas, elle avait fait sourire le frère de Nora, et c'était une première. Il était toujours tellement sérieux. Voir les coins de ses lèvres se soulever lui avait procuré une décharge de fierté.

– Viens, on va chercher Kyle, avait-elle proposé.

Après avoir garé son vélo, Asher l'avait suivie dans la maison. Alors qu'ils se faufilaient entre les gens – on aurait dit que la moitié du lycée s'était rassemblée dans le salon – Asher avait crié dans l'oreille de Cam pour que sa voix couvre celle de Lady Gaga :

– Il faut combien d'ados bourrés pour changer une ampoule ?

– Combien ? avait hurlé Cam en retour.

– Deux ! Un pour tenir l'ampoule et un autre pour boire jusqu'à ce que la pièce se mette à tourner !

Elle avait éclaté de rire, pas tant parce qu'elle trouvait la blague drôle que parce qu'Asher et elle devaient être les deux seules personnes sobres dans la pièce. Aaron Mishke, le deuxième meilleur perchiste de l'État de New York, portait un casque de protection jaune auquel étaient attachées deux canettes de bière reliées à sa bouche par un tube. Torses nus, les jumeaux Sampler dansaient sur la table basse. Un type se soulageait par une fenêtre.

Cam ignorait à cet instant ce qui se passait de l'autre côté de la ville. Elle ne savait pas que sa meilleure amie buvait dans un gobelet rouge et perdait toute une partie de sa soirée. Elle n'était pas encore au courant des trois types qu'avait coursés Adam Xu et n'aurait pu s'imaginer l'horreur que vivait Nora. Tout ce qu'elle avait en tête à cet instant, c'était sa mission : récupérer un pot de peinture acrylique bleu tahitien.

Au fond de la cuisine, Kyle buvait de la bière directement dans un fût. Il avait les cheveux en pétard et portait un maillot aux couleurs du club d'athlétisme de Faber.

– La Fusée ! avait-il lancé en voyant Cam.

Il lui avait donné ce surnom la saison précédente, après sa victoire au 200 mètres à Sequoia Valley, où elle avait été invitée.

– Salut.

Kyle l'avait attrapée par le bras pour l'enlacer chaleureusement. Il avait la peau moite et son haleine puait la bière.

– T'es sexy, comme ça ! On dirait Zendaya.

Cam ne ressemblait absolument pas à Zendaya, mais elle avait l'habitude qu'on la compare à une personnalité noire pour lui faire un compliment. Yara Shahidi. Amandla Stenberg.

– Toi, tu es complètement soûl, avait répliqué Cam en se dégageant.

– Ah ! avait gloussé Kyle en lui soufflant au visage de l'air chaud imbibé d'alcool. Tu m'étonnes !

– Où est-ce que ta mère range ses peintures ?

– Euh ?

– Où… ta… mère… range-t-elle… ses peintures ? avait recommencé Cam plus lentement. Asher… en a… besoin.

– Hello, mec, l'avait salué Asher en s'approchant pour lui serrer la main.

– Anaconda ! avait crié Kyle hilare, en postillonnant sur lui. Mec ! Je croyais que tu faisais pas la fête !

– C'est vrai. Je travaille sur un projet d'art et j'ai plus de peinture. Ta mère a dit que je pouvais…

– Les mecs ! C'est Anaconda ! avait vociféré Asher à tue-tête.

– Anaconda ! avaient répété des voix tout aussi éméchées.

– C'est quoi, ce surnom ? avait demandé Cam quand ils avaient enfin réussi à faire passer le message à Kyle, qui les avait orientés avec un enthousiasme excessif vers une porte, à l'arrière de la maison.

– Melchionda Anaconda, avait répondu Asher. Il m'appelle comme ça depuis le CE2.

– Il est très fort pour trouver des surnoms, avait remarqué Cam.

– Un vrai Shakespeare, ce gars-là, avait confirmé Asher. Attention où tu mets les pieds, c'est raide.

Un escalier mal éclairé et sans rampe conduisait à l'étage supérieur.

– Donne-moi la main, au cas où, avait-il proposé en passant devant.

– Merci.

Ils s'étaient sûrement déjà tenus par la main, enfants. En jouant… Mais Asher avait dix-huit ans maintenant. Elle ne s'était pas attendue à se sentir bouleversée au contact de ses doigts fermes et forts sur sa peau. Une vague de chaleur l'avait inondée et elle s'était ressaisie en se rappelant que c'était le frère de Nora, quand même.

– Nora est ici ? avait-il demandé comme s'il avait lu dans ses pensées.

– Non, elle est à la kermesse.

Au lieu de s'arrêter là, elle avait relâché l'air qu'elle avait emprisonné dans sa poitrine, sans en être consciente, et ajouté :

– On commence à ne plus vouloir les mêmes choses.

D'où est-ce que cette idée lui était venue ?

– Vraiment ?

– Oui. Carrément.

Et franchement, c'était la pure vérité. Cam ne pouvait expliquer cette impatience qui la tenaillait. Nora, au contraire, semblait se satisfaire de ce qu'elles avaient toujours fait : ciné, pâtisserie, jeux. Les mêmes traditions barbantes : la parade du quatre juillet, les classeurs assortis pour l'école, les chaises volantes. Cam avait commencé à se lasser de cette routine. Elle avait tenté de mettre un peu de piment dans leurs vies, à la fin de la troisième. A posteriori, boire une bouteille entière de vin casher trouvée dans la cave des parents de Becca avait été une idée débile, mais au moins, ça changeait. Du nouveau ! C'est ce que Cam désirait ardemment. De l'inattendu. Quelque chose qui l'aurait embrasée.

Asher et elle étaient arrivés dans la chambre de Mme Tenhope, qui lui servait aussi d'atelier d'artiste. Des œuvres à différents stades d'avancement occupaient l'espace, et parmi elles, le croquis d'une femme nue au-dessus d'un immense lit double. Une femme nue ! Ce n'était pas la nudité qui avait choqué Cam, ni ce petit rappel qu'après le décès du père de Kyle, Mme Tenhope avait soudain laissé s'exprimer sa préférence pour les femmes (le sujet des ragots à Faber pendant un bon moment), mais elle n'avait pas été à l'aise de s'introduire sans permission dans son sanctuaire. Elle s'était sentie comme une voyeuse, ou une cambrioleuse. Cette pensée l'avait étourdie. Asher et elle s'étaient mis à faire le tour de la chambre en ouvrant les tiroirs et en soulevant les couvercles.

– Aha ! avait lancé Asher, enfin.

Il avait ouvert un débarras, à l'intérieur duquel il avait trouvé un meuble rempli de peintures. Des rangées entières de tubes, pots, flacons.

– Viens m'aider à chercher, avait-il demandé.

Cam l'avait rejoint dans le débarras. Les noms des couleurs étaient magnifiques : *Lie de vin, Seigneurie, Jaune de Mars.*

Qui sait combien de temps ils avaient cherché ? Cinq minutes ? Vingt ?

– Trouvé ! s'était exclamé Asher à un moment en agitant un flacon dans l'air. Bleu tahitien !

Il avait tiré de sa poche un billet de vingt dollars qu'il avait placé sur l'étagère.

– Elle me l'aurait sûrement donné, mais… c'est cher, la peinture.

Il avait trouvé un bout de papier sur lequel il avait griffonné : *Cas de force majeure, Mme Tenhope. Désespérément besoin de bleu tahitien. Merci. Asher.* Il avait posé le petit mot à côté du billet. Il s'était ensuite tourné vers Cam et lui avait adressé un autre sourire ravageur.

Cam l'avait dévisagé dans son tee-shirt moutarde au col déchiré qui faisait ressortir le doré de ses yeux.

– Quoi ? avait-il demandé.

– Rien, avait-elle dit en secouant la tête.

– Je sais, c'est bizarre.

– Quoi ?

– Une urgence de peinture, un vendredi soir, avait-il répondu en haussant les épaules et en glissant une mèche de cheveux derrière son oreille. Je suis chelou, j'avoue.

– Pas du tout. T'es un vrai artiste. Je respecte.

– Merci. C'est sympa de dire ça. Mon père pense que je gâche ma vie…

Cam avait passé assez de temps chez Nora pour savoir que M. Melchionda et Asher ne s'entendaient pas toujours très bien. Mais comme M. Melchionda n'était pas à cet instant dans le débarras de Mme Tenhope, Cam pouvait parler librement.

– Tu gâches pas ta vie du tout.

– Tu penses pas ?

– Non !

Il avait pris un air songeur, tellement typique de lui que Cam avait été prise de l'envie de l'enlacer.

Maladroite, elle avait enfoncé son nez dans l'épaule d'Asher et reculé pratiquement aussi rapidement.

Mais soudain…

Elle avait senti sur son visage la main chaude d'Asher qui lui entourait une joue. Ça n'avait rien d'un geste fraternel. Malgré le choc, Cam s'était forcée à respirer.

Inspire, expire.

La main d'Asher Melchionda était posée sur sa joue. C'était fou. Et pourtant, c'était vrai. Là, dans le débarras de Mme Tenhope, il s'était penché et l'avait embrassée. Cam était parfaitement sobre, mais ce baiser lui avait fait l'effet de trois gorgées de vin casher bues au goulot. Quand elle eut repris sa respiration, tout son corps était baigné d'une chaleur agréable et sa tête tournait un peu.

– Est-ce que je peux…, avait-il murmuré.

– Oui, l'avait-elle immédiatement coupé.

Et ils s'étaient embrassés à nouveau. Un long moment. Pendant que Nora, inconsciente sur le terrain de golf, se trouvait entre les mains de trois types qui lui enlevaient sa culotte.

À présent, les remords de Cam formaient un rocher dans son ventre. Elle aurait dû aller avec elle à la kermesse.

Plantée sur le tapis de Cam, Nora affirmait qu'elle allait bien. Elle avait examiné son corps et n'y avait rien trouvé de suspect.

– T'en es sûre ?

– J'en suis sûre.

Cam pensa au téléphone dans sa poche.

Waouh

Encore sous le choc

Aucun regret

Devait-elle lui confier qu'elle avait embrassé Asher ? En sixième, elles s'étaient promis de toujours tout se dire, même si ça devait leur faire mal. Elles s'étaient juré de se raconter en détails leurs aventures avec les garçons. Ainsi Cam savait que Nora avait embrassé un certain Evan Fendelbaum, un gars de Jersey, à la bat mitsvah de Becca, et Nora savait que Cam avait vu l'érection de Kyle Tenhope à travers son maillot de bain à la fête qui avait suivi la compétition de fin d'année de troisième. Mais là, c'était différent. Asher était le *frère* de Nora. Cam devait lui parler de ce baiser. Il le fallait. Et elle le ferait, bien sûr. Mais pas maintenant. Ce n'était pas le bon moment.

– On devrait aller au commissariat, lança-t-elle. Ou à l'hôpital. Ils te feront une prise de sang, ou un test d'urine, ou je sais pas quoi encore.

Nora la dévisageait comme si elle avait trois têtes.

– T'es complètement dingue.

– Non, je suis logique.

– Jamais de la vie !

– Nora, lâcha-t-elle, le plus gentiment possible. Je suis pratiquement sûre que tu t'es fait droguer. C'est pour ça que tu ne te souviens de rien.

– Et alors ?

– « Alors » ?

C'était au tour de Cam de prendre un air horrifié.

– Je t'ai dit que j'allais bien. Je n'ai pas besoin que toute la ville apprenne qu'on m'a retrouvée inconsciente sur le terrain de golf.

Cam avait plein d'arguments à lui donner, mais Nora ne voulait pas entendre raison.

– Il y a une personne qu'il faut absolument que tu voies. Et c'est non négociable.

– Qui ?

– Adam Xu. Il mérite que tu lui dises merci.

ADAM XU

La sonnette retentit alors qu'il révisait pour son contrôle de chimie. Rien qu'à l'odeur, il savait que sa mère, dans la cuisine, lui préparait son petit-déjeuner préféré. D'épaisses tranches de tomates poêlées surmontées d'œufs brouillés et de zha cai. Des pancakes frits à la ciboulette, parfaitement croustillants. À la cafétéria du lycée, il mangeait des cheeseburgers comme les autres, mais à la maison, il avait le droit à la meilleure cuisine du monde.

La sonnette retentit une deuxième fois. Bao Bao aboya. La mère d'Adam hurla.

Il poussa un soupir en posant un crayon dans son livre de chimie pour marquer la page. Dans l'entrée, à travers la vitre, il vit une blonde et une brune. Mais c'était… ? Non. Impossible. Enfin, tout de même, ce n'était pas si étonnant. Nora Melchionda déshabillée sur le terrain de golf…

Il ouvrit la porte.

– Salut, Adam Xu.

Ce n'était pas Nora qui l'avait salué, mais Camille, sa copine.

Des années plus tôt, il avait pensé qu'il pourrait se lier d'amitié avec Camille Dodd. Mais non. À la place, il avait sympathisé avec Tobias Muenker, qu'il avait rencontré l'été avant la sixième, dans un club de fantasy où ils étaient les seuls membres. Depuis, non seulement Tobias avait revêtu son armure pour aider Adam à s'entraîner au baseball, mais en plus, il l'avait initié à *Donjons et Dragons*, jeu de rôles auquel ils jouaient constamment dans le sous-sol des Muenker et parfois aussi à la cafèt'. Kevin Hamm et ses congénères adoraient se moquer d'eux, mais être traité de « petit génie des donjons » ne dérangeait pas du tout Adam. Avec Tobias, ils formaient une équipe, malheureusement séparée par la force des choses, quand les Muenker avaient décidé de déménager à Cleveland. Adam était retourné au point de départ. Et jouer à *Donjons et Dragons* sur FaceTime n'avait pas la même saveur.

– On peut entrer ? demanda Camille.

Adam pâlit. La dernière fois que Nora Melchionda et Camille Dodd étaient venues chez lui, c'était pour l'anniversaire de ses dix ans, quand sa mère avait invité toute sa classe. Un vrai désastre ! À Faber, contrairement à New York, personne ne connaissait rien aux traditions chinoises. Quand sa mère avait apporté les nouilles de la longévité, Kevin Hamm et Adam Courtmanche avaient volontairement coupé leurs nouilles en deux et prédit la mort prématurée de tous les enfants.

– Donc ? lâcha Camille en ouvrant de grands yeux.

– Hein ? Euh, oui, bien sûr, entrez.

Il recula pour laisser la place aux deux filles dans l'entrée. C'était du jamais vu. C'était... miraculeux. Nora Melchionda passait à côté de lui, embaumant l'air d'un parfum d'herbe et de terre.

Était-ce son odeur naturelle, ou celle du terrain de golf ? Elle s'était changée : elle portait un pantalon de jogging trop large et avait enfilé un sweat-shirt à capuche. Ses cheveux étaient attachés en une queue-de-cheval.

Adam conduisit les filles dans la salle à manger. Bao Bao sur les talons, sa mère posait une assiette fumante sur la table.

– Bonjour, madame Xu, salua Camille en lui souriant comme si elles étaient de vieilles amies. Adorable, ce chien.

La mère d'Adam ne répondit pas à son sourire. Selon elle, les Américaines étaient des « *hen suibian de* », l'équivalent de « filles faciles » en chinois. Elles ne se couvraient pas assez et vivaient comme des cochons. Cette impression, elle se l'était faite en travaillant comme femme de ménage dans les sororités de Faber. Pendant que le père d'Adam enseignait le mandarin et écrivait des articles, sa mère aspirait des éclats de chips sur les canapés et récurait les taches de vomi sur les tapis des résidences universitaires pour filles. Adam avait tenté de convaincre sa mère à de nombreuses reprises que les Américaines n'étaient pas toutes des fêtardes aux mœurs légères, mais elle refusait de l'écouter.

– On a un travail de groupe à rendre, lança-t-il. Pour le cours de chimie.

– Exact, confirma Camille, pour aller dans son sens. Merci de nous avoir invitées. C'est vraiment gentil de ta part de vouloir nous aider.

Elle tira une chaise et s'assit. Nora l'imita.

– Faites vos devoirs, conclut la mère d'Adam, visiblement contrariée.

Quand elle retourna dans la cuisine avec Bao Bao, Adam fut tenté de s'excuser.

Mais Camille prit la parole en premier.

– Nora a quelque chose à te dire.

Sérieusement ?

Adam l'examina à l'autre bout de la table. Était-ce vraiment elle ? Oui, ces yeux couleur océan, incroyablement bleus et profonds. S'il les regardait trop intensément, il risquait de s'y noyer. Il se concentra donc sur son menton.

– Merci, lança Nora, tout bas. Pour hier soir. Je te suis très reconnaissante.

– Oh…

Il se força à lever les yeux pour croiser son regard. Son cœur se coinça dans sa gorge.

– Pas de quoi.

– Tu as vu à quoi ils ressemblaient ? demanda Camille.

– Euh ?

– Les types, sur le terrain de golf. Est-ce que tu as vu leurs visages ?

Il se tourna à contrecœur vers Camille.

– Pas vraiment. Non.

– Rien ?

Il secoua la tête.

– J'ai juste vu qu'ils étaient trois, plutôt costauds. Je n'étais pas assez près. Et ils sont partis en courant quand je me suis mis à crier.

– Tu as crié sur eux ? demanda Nora.

Elle afficha un sourire discret, qui disparut rapidement.

– Oui.

Il voulut tellement revoir son sourire qu'il ne put s'empêcher d'ajouter :

– J'ai toute la scène sur une vidéo.

– Pardon ? s'étonna Camille.

Il regretta aussitôt son aveu. S'il leur disait qu'il portait une caméra sur la tête, il devrait leur expliquer qu'il filmait ses progrès au baseball, afin d'entrer dans l'équipe universitaire. Ainsi ses efforts pour se défaire de son image de pauvre intello sans vie prouveraient précisément qu'il l'était.

Mince.

Elles le fixaient désormais toutes les deux d'un regard interrogateur.

Il fallait qu'il se justifie, il n'avait pas le choix.

– Si j'ai bien compris, tu ne l'as pas éteinte ? demanda Camille quand il eut terminé son explication.

Adam secoua la tête.

– C'est seulement ce matin que je me suis aperçu que je filmais encore, quand j'ai regardé l'enregistrement. Tout est là.

– Et tu ne l'as pas effacé ?

– Non, c'est-à-dire… Je me disais qu'il ne valait mieux pas.

– Bon sang, mais ce mec est un vrai génie ! s'exclama Camille.

NORA

Elle ne voulait pas regarder la vidéo. Elle voulait partir. Mais plus autoritaire que jamais, Cam l'attrapa par le coude et l'emmena dans l'escalier, jusqu'à la chambre d'Adam, sans même lui demander son avis. Nora n'avait aucune envie de la regarder, mais elle était trop fatiguée. Elle manquait d'énergie pour s'y opposer.

– La qualité de l'image n'est pas aussi bonne dans la nuit qu'en plein jour, s'excusa Adam en allumant sa caméra. On ne voit qu'en noir et blanc. Mais les enregistrements de nuit ont progressé…

Il parlait tout en branchant la caméra à son ordinateur et en appuyant sur quelques boutons, mais Nora ne l'écoutait pas. Au lieu de regarder l'écran, elle faisait mine d'examiner la chambre et de s'intéresser à ce qu'elle y voyait. Les murs étaient blancs, sans aucune décoration. Adam Xu avait un lit surélevé avec une housse de couette bleu foncé, un bureau parfaitement rangé et une étagère avec les livres que Nora devait aussi lire cette année – *L'œil le plus bleu*, *Les sorcières de*

Salem – et des manuels scolaires. La chambre avait à peu près autant de personnalité qu'une boîte en carton.

Nora ne regardait pas l'ordinateur. Elle avait les yeux rivés sur le lit, sur les oreillers blancs rebondis. Elle voulait juste s'allonger. Dès qu'elle rentrerait chez elle, c'était ce qu'elle ferait. Avec un peu de chance, elle se réveillerait dans cent ans, comme la belle au bois dormant, et la kermesse de la fraternité serait très loin derrière elle.

Ahahahahahahah !

– Nora, appela Cam.

Nora se tourna. L'image sur l'écran était granuleuse et tremblante comme dans un mauvais film artisanal, mais le son était clair.

Ahahahahahahah !

Ça remuait dans tous les sens.

Et ça remuait encore.

À présent, elle distinguait des silhouettes… des corps à peine perceptibles… Ils étaient trois… non, quatre. Il y en avait un étalé au sol.

– Bon sang, murmura Cam en pressant le coude de Nora.

La scène devint enfin nette. Un des personnages levait un bras. Un autre se penchait.

« Les mecs, elle comate grave. »

Silence.

Cam s'approcha de l'écran.

– Attends, il retire son pantalon ?

Nora ferma les yeux.

« Eh ! »

Quel intérêt de regarder ça ? C'était du passé et…

« Ting xia lai! Huai dan! »

Vlan, Vlan, Vlan.

– C'était quoi, ça ? demanda Cam.

– Pur instinct. C'est ce que ma mère crie sur le chien quand il n'est pas sage.

– Ce sont des éclairs ?

– Ma batte de baseball brille dans le noir, expliqua Adam. Je voulais leur faire peur.

« Eh ! Tout va bien ? »

La caméra se rapprocha.

Une main se tendit. La rhabilla.

Nora se replaça pour voir de plus près. Son cerveau n'acceptait toujours pas de traiter les informations qu'elle voyait. Elle se demanda si elle ne rêvait pas. Peu probable, mais elle se pinça tout de même pour s'en assurer.

« Nora ? C'est moi, Adam Xu… du lycée… Tu m'entends ? Nora ? »

La chambre lui parut soudain trop petite et il y faisait trop chaud. C'était une boîte en carton. Elle ne pouvait plus respirer.

– Nora, lança Cam. Ça va ?

Nora secoua la tête. Cette fille allongée sur l'image… ce n'était pas elle. C'était impossible. Cette fille était pratiquement nue. Elle avait l'air morte.

Un son s'échappa de sa gorge, mi-grognement, mi-sanglot.

Cam tendit une main vers elle, mais Nora la repoussa. Elle ne voulait pas être consolée.

– Ne t'inquiète pas, lâcha Cam doucement. On va les retrouver.

Nora cligna des yeux. *Les retrouver ?* Les trois fantômes pixelisés qui venaient de disparaître dans la nuit ? Elle tenta de rire, mais une bulle d'air resta coincée dans sa poitrine.

Elle avait besoin de sortir.

Seulement, avant de quitter la chambre d'Adam Xu, il fallait qu'elle efface cette vidéo. Et elle devait le faire elle-même pour être sûre qu'elle n'existait plus. Ça ne suffisait pas qu'Adam Xu lui promette qu'il le ferait. Il fallait qu'elle appuie elle-même sur le bouton « effacer » et qu'elle s'assure que l'enregistrement avait disparu de la caméra.

***

– Je l'ai remercié, lança Nora à Cam, alors qu'elles étaient sur le trottoir devant la maison d'Adam Xu. Ça te va ? Et je te remercie également. Merci d'être venue hier soir, merci de m'avoir aidée. Maintenant, je ne veux plus jamais qu'on en parle.

– Nora, dit Cam gentiment.

Nora n'aimait pas ce ton.

– Je ne dis pas ça pour te contrarier, assura Cam. Je le dis parce que je t'aime. Tu dois vraiment aller à l'hôpital. Ou au commissariat. Tu as vu ce que ces gars…

– Tais-toi, l'interrompit Nora. C'est terminé.

– Mais ils…

Nora posa une main ferme sur le torse de son amie.

– Ce n'est pas à toi que c'est arrivé. C'est à moi. Et si je dis que c'est terminé, c'est parce que c'est terminé.

– Nora…

– Je ne voulais pas voir la vidéo. Tu ne m'as même pas demandé mon avis. Tu m'as traînée dans sa chambre sans mon accord. Et maintenant je dois me sortir ces images de la tête.

– Je suis désolée. Mais ce que ces gars ont…

– Je te promets, Camille. Si tu dis encore un seul mot à propos de ces gars, je te gifle.

– Tu me gifles ?

– Oui.

– T'es pas sérieuse.

– Je te jure que je le fais.

– C'est pas ton genre, de gifler les gens. Je connais personne de plus calme que toi.

– S'il te plaît, implora Nora en fermant les yeux. Je t'en supplie. Arrête de parler.

***

Quand Nora rentra chez elle, elle trouva son père dans l'allée, vêtu de son coupe-vent bleu avec « Club d'athlétisme de l'université de Faber » imprimé dans le dos, et sa casquette de baseball. Il parlait dans son portable en faisant les cent pas devant le garage. Le père de Nora était toujours en mouvement. Il parlait en marchant et en gesticulant. Il aperçut Nora et lui fit signe. L'espace d'un instant, elle éprouva l'envie folle de courir vers lui pour se jeter à son cou. Petite, elle avait toujours vu son père comme un roc majestueux ou un séquoia. Elle passait son temps à l'escalader.

Mais ses jambes refusaient de la porter. Elle avait toujours la nausée, et n'arrivait pas à savoir si manger l'aiderait à aller mieux ou empirerait encore cette sensation.

« Tu dois vraiment aller à l'hôpital. Ou au commissariat. »

Sérieusement. S'il existait une pathologie appelée « drama queen », Cam en souffrait à un stade critique.

–Je m'en occupe, dit le père de Nora dans le combiné.

Même depuis le trottoir, elle l'entendait.

–Je suis là pour toi, mon gars.

Du Rhett Melchionda tout craché. Le père de Nora était toujours sur le qui-vive pour les autres. C'était pour ça que ses anciens camarades de la fraternité l'appelaient encore « le maître de l'univers ». Ils l'admiraient. Tout le monde l'admirait. Tous les doyens et les coachs de Faber, des centaines de divisions d'athlètes, le conseil municipal. Toute sa vie, Nora avait observé son père en action. Sa mère avait découpé dans *La Gazette de Faber* des photos de lui pour les accrocher dans son bureau. Le père de Nora au milieu du stade Crockett, accouru pour aider son quarterback blessé à évacuer le terrain. Le père de Nora frappant le premier lancer au match Faber-Yale. Le père de Nora dans les gradins de la patinoire de hockey, Tayte Rink, les poings levés en signe de victoire.

C'était sa photo préférée, parce qu'elle avait assisté au match avec lui. Si on regardait de près, on pouvait voir la manche de sa vieille veste à carreaux. C'était l'anniversaire de ses dix ans. Avec son père, elle regardait la partie quand un palet avait traversé le filet pour fuser vers elle. Si elle l'avait pris dans la tête, elle serait morte, mais son père l'avait protégée de son corps, lui servant de bouclier humain. Le sang avait giclé dans tous les sens. La fan des Faber à côté d'eux portait une doudoune blanche et Nora se rappelait encore les éclaboussures rouges pareilles aux taches de peinture sur les toiles d'Asher. L'incident avait été spectaculaire mais sans danger. Le palet avait seulement effleuré le sourcil de son père, lui tailladant la peau, mais son œil avait enflé aussitôt, le faisant ressembler à Arturo Gatti après la déculottée infligée par Micky Ward.

À dix ans, Nora avait trois héros : Micky Ward, « l'Irlandais », Zandy Foy (le gardien de but de l'équipe universitaire de hockey) et son père. C'est lui qui l'avait initiée aux sports de contact, une passion qu'ils étaient les seuls à partager dans leur famille. Le frère de Nora se prenait pour un artiste, à balancer de la peinture sur de vieux draps dans le garage. Sa sœur était une lectrice compulsive qui voyait une journée passée au lit avec un *Harry Potter* comme le comble de l'excitation. Et pour sa mère, sport rimait avec ennui mortel, ce qui soulevait une question logique : pourquoi s'était-elle mariée avec un directeur sportif ? Nora le lui avait demandé une fois, et sa mère avait répondu :

– Sensualité animale, ma chérie. Il m'a attirée comme un aimant.

Nora avait appris quelques notions de base sur les aimants et l'attirance magnétique en CM1. « Mouvement de charges électriques produisant une force d'attraction ou de répulsion entre des objets ». Exemple : l'attirance magnétique des yeux de Nora vers le profil de Zander Foy dans le livre d'or de l'équipe de hockey de Faber.

Numéro : 32.

Position : gardien de but.

Taille : 1,93 m.

C'était à cause de ce magnétisme animal que Nora avait les yeux rivés sur le sourire de Zander Foy plutôt que sur le palet qui se dirigeait vers les gradins. Son père avait eu treize points de suture, mais il était en pleine forme. Hormis une grosse cicatrice rose qui pâlit et rétrécit avec le temps, cet incident ne le marqua pas particulièrement. En revanche, il transforma Nora pour toujours. Après ce match, chaque fois qu'elle regardait le visage de son père, elle voyait le réacteur arc de la tenue d'Iron Man. Elle voyait le marteau de Thor. Quand, en CM1, elle dut écrire une rédaction sur la personne qu'elle admirait le plus au monde, elle choisit son père : *Rhett Melchionda, directeur sportif le jour, superhéros la nuit.* C'était un homme qui, en jouant au rugby à l'université, s'était déboîté l'épaule lors d'un méchant tacle, puis avait remis en place l'articulation tout seul et était retourné sur le terrain. C'était un homme qui avait aidé sa femme à accoucher de leur deuxième fille, Maeve, dans un cinéma pendant la projection de *Gran Torino,* parce qu'elle avait perdu les eaux plus tôt que prévu. C'était un homme qui, devant un palet volant, s'était sacrifié pour protéger sa fille.

– Hello, ma puce.

Dans l'allée, le père de Nora avait terminé sa conversation. Il avança vers elle et lui passa un bras autour des épaules.

– Comment s'est passée ta soirée ?

Nora enfouit son visage dans la veste de son père et respira son after-shave. Elle en eut les larmes aux yeux.

– Super, répondit-elle.

Il la relâcha.

– Tu as remporté un prix à la kermesse ?

Nora fouilla frénétiquement dans ses souvenirs. Avait-elle remporté quelque chose à la kermesse ? Un poisson rouge dans un sachet plastique ? Une peluche de panda ? Aucune idée. À part les chaises volantes, son Fanta et son beignet, la soirée avait entièrement disparu de son esprit. Il n'en restait qu'un immense trou noir. Elle secoua la tête.

– Et Cam ?

– Je crois pas, murmura-t-elle.

Elle ne voulait pas mentir à son père, mais n'avait pas non plus la lucidité nécessaire pour expliquer qu'elles s'étaient disputées et que Cam n'était même pas venue à la kermesse.

– Tu ne crois pas ?

Le père de Nora souleva ses sourcils l'un après l'autre. Cela faisait toujours sourire Nora, mais à cet instant les muscles de sa mâchoire refusaient de coopérer.

Elle secoua de nouveau la tête.

– Ces jeux sont truqués.

– C'est pour la bonne cause, lança-t-il. Sache qu'on a fait un chiffre d'affaires de folie au stand de barbe-à-papa. Merci d'y être passée.

Nora plissa les yeux. Le stand de barbe-à-papa ? OK. Son père tenait ce stand à toutes les kermesses. C'était son truc. Est-ce qu'elle en avait mangé, ou s'était-elle juste arrêtée devant pour lui dire bonjour ? Avant ou après le Fanta ? Elle n'en savait rien. Son cerveau était une éponge sans consistance, plus léger que l'air.

– Eh, lâcha son père, les sourcils désormais froncés. Ça va, ma belle ?

Nora regarda son père, et l'espace d'un instant complètement fou, elle hésita à tout lui raconter. *Je ne me souviens de rien à propos de la nuit dernière. Je me suis réveillée sur le terrain de golf. Un garçon m'a retiré ma culotte.*

Mais non. Sûrement pas. Il aurait une crise cardiaque. Il ne la laisserait plus jamais quitter la maison. Pendant les vacances, quand elle était sortie avec Adam Courtmanche au ciné, elle avait oublié d'envoyer un message à ses parents après la séance pour leur dire qu'ils allaient manger une pizza. Elle avait aussi oublié de couper le mode silencieux de son portable. Comme son père n'arrivait pas à la joindre, il avait ratissé la ville entière, interrogeant absolument tout le monde pour savoir s'ils avaient vu Nora. Quand il l'avait enfin trouvée dans la pizzeria avec Adam, il l'avait obligée à se lever sur-le-champ pour rentrer à la maison. Sur le chemin du retour, il lui avait servi son laïus habituel : « Je suis ton père, ma puce. C'est mon rôle de te protéger. » Et ensuite, il l'avait sermonnée : avait-elle la moindre idée de l'heure ? Imaginait-elle seulement le souci qu'il s'était fait ? Si elle voulait continuer à sortir avec des garçons, elle devrait garder en tête quelques règles. (Et d'ailleurs, Nora ne « sortait » pas avec Adam. Il se croyait en 1987 ou quoi ? Ils s'étaient juste fait un ciné et une pizza entre copains). Mais si sa mère et lui imposaient un couvre-feu à Nora, ce n'était pas juste pour l'embêter. Elle était très belle. Les garçons voudraient passer du temps avec elle, et même si cela la flattait, elle devait rester lucide. Elle ne pouvait pas passer ses nuits dehors.

De peur que le message n'ait pas été assez clair, le père de Nora l'avait invitée quelques semaines plus tard à jouer au basket avec lui dans la cour. Alors qu'ils se relayaient pour marquer des paniers, il s'était lancé dans un long discours. Il voyait bien qu'elle grandissait, le monde avait changé, c'était différent quand il était adolescent, et c'était une conversation qu'elle aurait peut-être dû avoir avec sa mère, mais il était son père, c'était son rôle de la protéger. Et la veille, il avait cherché un cadenas dans le garage, et… selon lui… parce qu'il était son père… il ne pensait pas que Nora devait se balader en ville avec sa plaquette de pilules contraceptives dans la sacoche de son vélo.

Nora avait failli tomber à la renverse.

– Pilules contraceptives ?

– Hmmm.

Il visait le panier.

– Papa…

– Je sais, ma puce, mais…

– Je n'ai pas de rapports.

Il avait pris la balle dans les deux mains et l'avait regardée.

– Bien sûr. J'imagine que tu prends la pilule pour réguler ton cycle. Mais c'est une petite ville. Les gens qui ne te connaissent pas comme je te connais peuvent se faire une fausse idée.

S'il y avait eu un trou dans l'allée, Nora s'y serait volontiers engouffrée, jusqu'au centre incandescent de la terre.

– Ce n'est pas la pilule, papa. C'est la boîte de mon appareil…

– Ton appareil… répéta-t-il, médusé.

– Oui ! Je suis allée chez l'orthodontiste hier.

– Ah… oui… d'accord.

L'expression sur le visage de son père aurait pu être comique si toute la situation n'avait pas été aussi embarrassante. Si elle pensait une seconde pouvoir raconter à son père que trois garçons lui avaient ôté sa culotte pendant qu'elle était inconsciente, Nora avait pété un câble. Il deviendrait fou. Il l'aimerait toujours, bien sûr, c'était son père. Mais l'image qu'il avait d'elle – sa petite puce à califourchon sur son vélo traversant la ville avec la boîte de son appareil dentaire dans sa sacoche – s'évanouirait pour toujours.

Nora savait qu'il y avait des filles de son âge, comme Chelsea Machado et Anna Golden, qui avaient déjà des relations sexuelles – et pas juste à l'arrière d'une voiture dans un drive-in, mais officiellement. Nora savait aussi comment les garçons parlaient. Elle avait entendu de quels noms ils traitaient Chelsea et Anna. Nora ne voulait pas que les garçons parlent d'elle de cette façon, et c'était aussi pour ça qu'elle n'avait jamais laissé Adam aller très loin. Il l'avait bien touchée par-dessus son tee-shirt, mais c'était la limite. Même si elle avait été tentée de continuer à plusieurs reprises, elle avait toujours su se montrer raisonnable.

– Nora ? insista son père.

– Oui, ça va. Je suis juste fatiguée.

– Pas trop, j'espère, répliqua-t-il en consultant sa grande montre en or. Il faut qu'on y aille si on ne veut pas rater le coup d'envoi.

Coup d'envoi... coup d'envoi... Nora se creusa les méninges.

– Tiens, dit-il en lui tendant un vêtement qu'il avait dans la main depuis tout ce temps sans qu'elle le remarque. Change-toi dans la voiture.

C'était son sweat-shirt à capuche du club de foot de l'université. Gris et douillet, il sentait légèrement le pop-corn sucré. Et elle comprit enfin. Le match Faber-Colgate. Nora et son père y assistaient tous les ans, et en général, elle trépignait d'excitation. Les Blue Devils contre les Red Raiders ! Les rivaux de toujours ! Seulement, à cet instant, elle voulait juste dormir.

– Les Devils ! Les Devils ! scanda son père en levant un poing vers le ciel et en ouvrant la portière pour Nora.

– Allez les Devils, murmura-t-elle.

Il sourit et lui ébouriffa les cheveux.

– Monte dans la voiture, ma puce.

Qu'est-ce qu'elle aurait dû faire ? Lui briser le cœur ?

***

Épuisée, Nora arrivait à peine à garder les yeux ouverts. Le stade Crockett était un lieu magique. En général, elle adorait passer ses portails vert métallique, regarder son père saluer tous les gens qu'ils croisaient. Les étudiants, les profs, et même la dame qui vendait des hot-dogs. Dans une foule, le père de Nora avait plus l'air du maire de la ville que d'un directeur sportif. Il souriait, plaisantait, tapait des épaules. Tout le monde le connaissait. Et tout le monde connaissait Nora. Elle était la fille de Rhett Melchionda. Avec ses jolies petites couettes, depuis qu'elle avait deux ans, elle assistait aux matchs, hissée sur les épaules de son père.

Nora aurait bien aimé qu'il la porte maintenant encore.

Elle aurait aimé que les musiciens jouent moins fort.

Elle aurait aimé que son père ne se fasse pas arrêter toutes les deux secondes par quelqu'un qui lui demandait un service. Accepterait-il de parler au prof anglais du gardien de but de foot ? Accepterait-il de réfléchir à l'amendement proposé pour le code de conduite ? Accepterait-il de présider le festival des lumières de Faber ?

– Le festival des lumières ? répéta Nora quand ils parvinrent enfin à atteindre les gradins. On est en septembre !

– Ils le préparent des mois à l'avance.

Nora et son père s'assirent sur les sièges en aluminium et regardèrent la ligne offensive de Faber entrer sur le terrain. Elle aurait préféré être au lit, chez elle, plutôt que grelotter dans le pantalon de jogging super léger de Cam, entourée de fans déchaînés. Elle ne supportait pas les cris. Elle avait trop mal à la tête.

« Je suis pratiquement sûre que tu t'es fait droguer. »

Non. Elle n'allait plus y penser. Appuyer sur la touche « effacer » de la caméra d'Adam Xu avait été comme tirer la chasse d'eau. La soirée avait glissé dans les oubliettes. Il n'en restait rien. Plus la peine d'y penser. Elle n'avait plus qu'une chose en tête maintenant : regarder le match.

À côté d'elle, son père applaudissait. La foule était en joie.

Déjà un touchdown ? Non. Juste un first down. OK. Le regard rivé sur le terrain, Nora tenta de se concentrer. Maillots blancs, casques bleus, maillots rouges, casques noirs, qui se plaçaient selon différentes configurations. Des lignes de corps… Des paquets de corps…

Elle n'y arrivait pas. Son esprit revenait toujours en arrière. *Gobelet rouge, terrain de golf, les mecs, elle comate grave.*

Bon sang.

Le cœur de Nora tambourinait dans sa poitrine. Et si ces trois types étaient justement là, sur le terrain en train de courir ? Ou alors sur les gradins à acclamer leur équipe ? La panique monta.

– Papa ? lança-t-elle d'une voix étranglée.

– Oui, ma puce, répondit-il sans remarquer son trouble.

Elle voulait lui dire qu'elle ne se sentait pas bien. Qu'elle allait vomir. Mais elle ne put s'y résoudre. Il était dans son élément. Si elle se plaignait, il quitterait le stade sur-le-champ. Il la reconduirait à la maison, la mettrait au lit et lui apporterait sa boisson préférée dans sa tasse des Minions. Il se sacrifierait parce qu'il l'aimait plus encore qu'il n'aimait le sport, ce qui n'était pas peu dire – il était le plus fier des papas dans l'histoire des papas. Mais tout de même.

– Non, rien.

– Tu es sûre ?

Il avait les joues rouges, les yeux qui pétillaient. Avec ses pieds, il battait le rythme de la musique.

– Oui.

– Tu veux quelque chose ? Du pop-corn ? Un bretzel chaud ?

– Non, merci.

Elle se tourna vers le terrain et essaya de s'intéresser au match. Maillots blancs, casques bleus. Maillots rouges, casques noirs.

CAM

« Garde-la sur le cloud. »

Cam avait noté le message sur un emballage de chewing-gum qu'elle avait sorti de sa poche, avec le stylo qu'elle avait trouvé sur le bureau d'Adam Xu, pendant que Nora se battait avec la caméra pour effacer la vidéo. Elle l'avait écrit par amour et parce qu'elle s'inquiétait pour sa meilleure amie. Parce que, manifestement, Nora n'avait pas les idées claires – elle ne remarquait même pas que le fichier était copié sur le cloud. Alors jusqu'à ce qu'elle retrouve ses esprits, ce serait Cam qui réfléchirait pour elle.

Pas besoin d'être très perspicace pour voir qu'Adam Xu en pinçait pour Nora. Ça crevait les yeux, et c'était idéal pour Cam. Parce qu'un gars qui en pince pour une fille n'a qu'une envie : prouver sa valeur. Et quelle meilleure façon pour lui de le faire que d'aider Cam à retrouver les trois ordures qui avaient tenté de faire du mal à Nora ? Même s'il n'avait aucune chance avec elle. Dommage, mais on n'y pouvait rien.

Nora était le genre de fille qui attirait tout le monde. Et pas juste parce qu'elle avait un physique de pin-up des années 1950. Déjà en primaire, alors qu'elle se coiffait avec une frange affreuse, que ses genoux étaient plus larges que ses cuisses, et que ses dents poussaient dans tous les sens, Nora avait un charme fou qui les faisait tous craquer : un mélange de l'aisance de son père en société et de la pureté de fermière de sa mère. Tous les lycéens à Faber voulaient une petite part de Nora. Les garçons voulaient sortir avec elle, et les filles voulaient être elle. Nora était aimée sans qu'elle n'ait rien à faire, et elle ne semblait pas s'en préoccuper particulièrement. Si Cam n'avait pas été sa meilleure amie, ça l'aurait certainement beaucoup agacée.

Athlète dans l'équipe universitaire, Cam aussi était populaire, mais elle n'était pas un véritable aimant comme Nora. Les gens ne se ruaient pas vers elle. Et ils se ruaient encore moins vers Adam Xu. Adam Xu était un type sérieux, studieux et réservé. On ne le voyait jamais à aucune soirée. Il portait des tee-shirts sur lesquels étaient imprimées des phrases comme « J'ai mis mon jeu sur pause pour être ici ». Et au lycée, qui se ressemble s'assemble et la règle ne connaissait aucune exception. Les Nora Melchionda de ce monde ne s'intéressaient pas aux Adam Xu. Ce qui rendait le baiser de la veille avec Asher dans le débarras de Mme Tenhope totalement délirant. C'était un terminale qui devait son côté incroyablement cool à son attitude non conformiste extrême. Il aurait dû embrasser dans les placards les terminales inscrites au club d'art, les filles qui se teignaient les cheveux en bleu, portaient des tuniques colorées et sentaient le patchouli. Si Cam n'avait pas eu ses messages dans son téléphone, elle aurait pu croire qu'elle avait rêvé toute la scène.

Waouh

Encore sous le choc

Aucun regret

Assise sur le canapé de son salon, Cam réfléchissait. Qu'est-ce qu'elle pouvait bien lui répondre ? *LOL ? Pareil ?* Un emoji sourire ? Impossible de décider.

Rien, finit-elle par conclure. Elle ne répondrait pas aux messages d'Asher. Elle irait plutôt courir.

***

C'était le meilleur des calmants. Elle l'avait appris grâce à son père. Michael Dodd courait huit kilomètres tous les matins avant d'aller à son travail de gardien de prison, dans le comté d'Onondaga. Indispensable à sa santé mentale, à ce qu'il disait. Et maintenant, dès que Cam devait trouver une solution à un problème, elle enfilait ses Nike. Elle n'avait pas besoin de musique, se contentant du rythme de ses pieds sur le sol et de sa respiration. Neuf fois sur dix, le sang super oxygéné qui coulait dans ses veines et les endorphines opéraient leur magie. Une réponse émergeait alors à la surface de son cerveau.

Avec ses six kilomètres carrés et demi, la ville de Faber était minuscule, mais vallonnée. Elle offrait aux joggers un excellent terrain d'entraînement, s'ils savaient où aller. Lebanon Street, pour commencer. Ensuite Broad.

Et Preston Hill Road, pente sur laquelle Drews, le coach de cross, les faisait accélérer. Les autres se plaignaient toujours, contrairement à Cam. Elle aimait se dépasser. Plus ses jambes brûlaient, plus son cœur tambourinait, mieux elle se sentait.

Alors qu'elle piquait son troisième sprint en montée, un souvenir lui remonta soudain à l'esprit. Juste avant leur dispute, dans la chambre de Nora, les deux filles tuaient le temps sans rien faire de spécial. Et soudain, Nora avait levé la tête de son bureau pour demander :

– Si tu pouvais inventer une machine, qu'est-ce que tu construirais ?

C'était un de leurs jeux favoris. Le « si tu pouvais ». *Si tu pouvais trouver un remède à une maladie, ce serait laquelle ? Si tu pouvais embrasser n'importe quel garçon de l'école, tu choisirais qui ?* Nora avait répondu la première à sa propre question. Elle construirait un aspirateur LEGO. La veille, elle avait fait un baby-sitting pour les enfants Delorme qui avaient déversé sur le sol du salon au moins dix litres de briques LEGO pour jouer au « compacteur de déchets ». Ils avaient ensuite refusé de ramasser tous ces petits bouts de plastique. Si elle avait eu un aspirateur LEGO, elle aurait tout fait disparaître en trois minutes.

– Jamais je ne récupérerai ce temps perdu, s'était-elle lamentée.

Cam avait ri, mais à présent ces mots prenaient un tout autre sens. Si elle le pouvait, maintenant, elle inventerait une machine à remonter le temps. *Pour retourner en arrière et empêcher ces gars de te droguer, Nora.* C'était l'idée de génie qui avait germé dans la tête de Cam pendant qu'elle courait. Ça l'avançait bien.

De retour chez elle, elle n'avait toujours aucune idée de comment aider Nora ni de quoi répondre à Asher. Elle s'écroula sur la pelouse devant sa maison pour enchaîner avec quarante-deux pompes. Cam terminait toujours ses joggings par quarante-deux pompes, depuis qu'elle avait découvert que le test d'aptitude physique était moins exigeant pour les filles que pour les garçons. Elle voulait par conséquent en faire plus qu'eux à chaque entraînement. Elle ne se ménageait pas sur ses pompes : façon GI, poitrine jusqu'au sol et extension complète. Juste pour le principe.

Et un. On tient et on remonte. Deux. On tient et on remonte…

À vingt, le haut de son corps tremblait, mais elle ne s'arrêta pas. *Vingt-et-un. On tient et on remonte. Vingt-deux. On tient…*

– Pas mal, lança une voix au-dessus d'elle.

Cam tourna la tête sur le côté et vit deux pieds nus, un pneu de vélo et du jaune. Bon sang. Ses bras faiblirent. Son cœur menaça de sortir de sa poitrine.

– Ne te lève pas. J'arrive.

Il se baissa sur la pelouse à côté d'elle dans son jean déchiré et son tee-shirt bleu délavé. Il portait un bandana bleu plus foncé et sa boucle d'oreille. Comme un pirate. Qui, à part Jack Sparrow, pouvait assumer une dégaine pareille ? Personne. C'était ridicule. Et pourtant, étrangement séduisant aussi.

Cam se rendit alors compte qu'elle était bouillante et en nage. Elle puait comme la salle de musculation du lycée.

Il sentait sûrement sa transpiration. Ne sachant que faire ou que dire, elle continua simplement ses pompes. *Vingt-trois. On tient et on remonte. Vingt-quatre. On tient et on remonte.*

Dans sa vision périphérique, Cam voyait Asher se mettre en position pour suivre son rythme. Tellement bizarre, ce gars. Il débarque chez elle, pieds nus sur son stupide vélo, et il se met à faire des pompes.

Est-ce qu'ils s'étaient vraiment embrassés, dans le débarras ? Asher avait-il vraiment entouré la joue de Cam avec sa main pour presser ensuite ses lèvres sur les siennes ? Il était maintenant à un mètre d'elle. Et alors ? Est-ce qu'il voulait l'embrasser de nouveau ?

Trente-six. On tient et on remonte. Avec sa respiration haletante, elle devait être terriblement sexy à grogner comme un porc.

Après sa dernière pompe, elle s'écroula dans l'herbe.

– T'en as fait combien ? demanda Asher en s'écroulant, lui aussi.

– Quarante-deux.

– La réponse à la vie, l'univers et tout le reste.

Elle plissa les yeux vers lui, perplexe.

– Douglas Adams ? *Le guide du voyageur galactique* ?

Qui es-tu ? Elle était sur le point de le lui demander quand une voix retentit derrière eux.

– On a apporté des muffins.

La mère de Cam brandit une boîte de la boulangerie Blue Bird et son père souriait à pleines dents.

– À la mûre, aux pépites de chocolat, et à la pistache, lança Imani en ouvrant la boîte.

Cam n'arrivait pas à savoir si elle devait se sentir soulagée ou agacée de l'arrivée de ses parents. Soulagée, décida-t-elle. Sans leur interruption, elle aurait été tentée d'attraper Asher par le bras pour l'embrasser sur la pelouse devant la maison. Ils allaient plutôt manger des muffins.

Mais dès que Michael et Imani furent entrés dans la maison, Asher lui proposa de le suivre.

– Quoi ?

– Viens.

Elle obéit et ils s'arrêtèrent sur le côté de la maison, derrière le buisson de forsythia.

– Tu n'as pas répondu à mes messages.

– Je ne savais pas quoi dire, concéda-t-elle.

– Ah non ?

Elle secoua la tête.

– Tu regrettes ?

En guise de réponse, elle se colla contre Asher et l'embrassa dans les fleurs. Elle avait oublié qu'elle puait la transpiration. L'envie de l'embrasser était plus forte que tout. Ils continuèrent encore et encore. Quand ils se séparèrent enfin pour respirer, elle paniqua.

– Je ne peux pas faire ça, lança-t-elle.

– Pourquoi pas ?

– Nora.

– Quoi, Nora ?

Cam hésita. Elle aurait dû être avec Nora, pour la convaincre d'aller à l'hôpital, plutôt que de folâtrer avec son frère dans les buissons. Mais elle ne pouvait raconter à Asher ce qui s'était passé sur le terrain de golf. Ce serait une trahison terrible. Elle préféra lui donner une explication différente, mais tout aussi valable.

– Tu es son frère. Je suis sa meilleure amie. Là, ça... commença-t-elle en agitant les mains entre eux... ça pourrait être trop compliqué.

– Je comprends, acquiesça Asher.

– Ah oui ?

– Oui.

– Je voudrais juste éviter...

Cam regarda ses lèvres. Celle du dessous était légèrement plus rebondie que celle du haut. On aurait dit une pêche bien juteuse. Elle voulait la mordre.

– Tu sais...

– Tu sais... répéta-t-il.

– Des histoires pour rien.

– D'accord, dit-il en hochant la tête. J'y vais.

Il fit un pas pour s'éloigner, mais elle le rattrapa. Ils recommencèrent, plus affamés encore qu'avant.

Comment résister ? Elle avait quinze ans et vivait dans la ville la plus ennuyeuse du monde entier. Elle se cachait derrière un rideau de fleurs pour embrasser un terminale ? C'était la chose la plus excitante qu'elle ait faite depuis la soirée chez Becca, en troisième. Il avait beau être le frère de Nora, elle ne pouvait pas s'arrêter.

NORA

Elle avait menti. Pour la première fois de sa vie, Nora avait menti à sa meilleure amie. Bon, techniquement, ce n'était pas un mensonge – elle n'avait vraiment pas vu d'hématomes, de sang ou de poils étrangers. C'était plutôt un mensonge par omission. Dans le miroir de la salle de bain de Cam, elle avait vu une petite marque de deux centimètres de longueur, peut-être, au niveau du maillot. Pas un bleu, et pas rouge comme une coupure, mais noire. Elle avait essayé de ne pas y penser. Sans succès.

Quand son père la déposa à la maison, pour aller faire la fête avec les entraîneurs, elle monta s'enfermer dans sa chambre et se déshabilla. Cam aurait été fière d'elle. Elle photographia la zone avec son portable pour la voir de près.

Et c'était clair et net. Cette tache noire n'était ni une marque de naissance, ni une entaille, ni une tique géante accrochée à sa peau. C'était un numéro. 9. (Au début, elle crut qu'il s'agissait d'un « d » ou d'un « 6 », mais en se rappelant qu'elle regardait à l'envers, elle conclut que c'était un

« 9 ») Et elle n'arrivait pas à s'en débarrasser avec du savon, malgré son acharnement. Ce qui voulait dire qu'il avait été inscrit au marqueur.

L'idée que quelqu'un avait écrit à cet endroit de son corps – et pour la marquer comme une des vaches du bétail de ses grands-parents dans le Montana – lui glaça le sang. Affreusement embarrassant ! Heureusement, personne ne le verrait la prochaine fois qu'elle se mettrait en maillot de bain à la piscine de l'université de Faber, parce qu'en tapant sur Google « comment retirer du marqueur noir sur la peau », elle découvrit que l'alcool était très efficace, même s'il la faisait larmoyer. Et en frottant avec un coton imbibé, elle se promit de ne jamais parler à personne de ce 9. Ni à Cam, qui grâce à Dieu, ne l'avait pas vu en lui remettant sa culotte. Ni à ses parents. À personne. Elle continuerait comme s'il ne s'était jamais rien passé. *Parce que, franchement, il ne s'était rien passé.* Il aurait pu en être autrement, si Adam Xu n'était pas intervenu, mais là, il ne s'était rien passé. Quelqu'un avait écrit sur sa peau ? Et alors ? C'était déjà arrivé à Asher au collège. Elle s'en souvenait très bien. En cinquième, il s'était réveillé de sa nuit au centre environnemental Rogers avec une moustache gribouillée au marqueur sur sa lèvre supérieure. Horrifiée, la mère de Nora en avait fait tout un foin, mais Asher riait de bon cœur. Il avait gardé sa moustache pendant des jours, comme si ce n'était rien du tout.

Ce 9 n'était rien du tout.

Outre les deux comprimés de paracétamol que Nora prit pour calmer sa migraine, elle passa un samedi après-midi comme les autres. Elle avait des millions de Snaps à parcourir. Adam Courtmanche, Kevin Hamm, J. J. Fiorelli et toute la bande lui envoyaient toujours des vidéos sur TikTok et YouTube. Elle les regarda toutes et répondit aux dizaines de messages de ses amis :

Eh, meuf, qu'est-ce qui s'est passé hier soir ?

Pourquoi tu nous as lâchées ?

Meuf, t'es partie où ?

On t'a perdue après le beignet

Nora n'avait pas le souvenir d'avoir vu Anna, Chelsea ou Becca à la kermesse, mais elle leur écrivit quand même : **me suis cherché à boire et pas réussi à vous retrouver après. Désolée. Géniale la soirée !**

Elle n'eut aucun scrupule à mentir. Au contraire. Elle avait le sentiment d'être de nouveau elle-même.

Le reste de la journée, elle lut le chapitre trois de *L'œil le plus bleu,* conjugua des verbes français, révisa les maths, et aida ses camarades qui avaient besoin d'elle.

À dix-sept heures sept, elle reçut un message de Cam. **Tu t'es douchée ? J'aurais dû te dire de ne pas le faire.**

? répondit Nora.

Preuves physiques.

Preuves physiques ? Qu'est-ce qu'elle avait dans la tête maintenant ? Nora voulait l'étrangler. Et si quelqu'un voyait son message ? Quelqu'un qui ne savait pas tenir sa langue comme Chelsea Machado ? Chelsea était son amie depuis toujours et elle avait des qualités remarquables, mais savoir se taire n'en faisait pas partie. Elle était comme un reporter de BuzzFeed, obligée de partager tout ce qu'elle apprenait avec le monde entier.

Elle entendit frapper à sa porte.

– Nora ? Je peux entrer ?

– Une seconde, répondit-elle.

Elle envoya une réponse rapide à Cam : **WTF. Je t'ai dit de ne plus en parler. Efface ça !!!**

La porte s'ouvrit et Maeve entra dans la chambre avec ses tresses en désordre et ses lunettes au cadre noir qui faisaient tellement intello qu'elles en devenaient presque cool. Même si cool n'était vraiment pas le terme qui pouvait qualifier Maeve. Elle portait des gros joggings et des tee-shirt Harry Potter trop grands pour elle. Si elle ne changeait pas de style, elle serait dévorée toute crue au collège. En tant que grande sœur, Nora aurait dû la conseiller et la guider dans la bonne direction, mais elle ne le faisait pas. Elle avait été trop prise par les détails insignifiants de sa vie, comme lire les messages débiles de sa meilleure amie qui aurait dû savoir qu'on ne mettait pas ce genre d'informations par écrit.

– Dobby est mort.

– Quoi ?

Nora examina sa sœur et remarqua qu'elle avait les yeux rouges. Sa lèvre inférieure tremblait.

– Dobby !

Maeve brandit son livre et l'agita au visage de Nora.

– Bellatrix l'a poignardé ! Elle l'a tué !

Bon. Nora aimait bien lire, elle aussi, mais elle ne s'attachait jamais aux personnages autant que Maeve. Elle ne s'achetait pas des tee-shirts leur proclamant son amour éternel.

– OK, lâcha Nora, gentiment. Mais tu ne le voyais vraiment pas venir ? Tu n'as pas déjà lu toute la série un million de fois ?

– Seulement les six premiers. Pas *Les reliques de la mort.* Je le gardais précieusement pour la fin, comme les films. Et maintenant, J. K. Rowling a tout gâché !

Une partie de Nora voulait éclater de rire. Mais sans qu'elle comprenne pourquoi, une autre partie lui nouait l'estomac. Maeve était si jeune et naïve. Elle avait une tache marron sur la joue. Sûrement de la pâte à tartiner, elle en mangeait par kilos à la petite cuillère. La tache pourrait rester là pendant une semaine, parce qu'elle ne se regardait jamais dans le miroir. Nora se revit chez Cam en train de s'examiner, regardant son postérieur sous tous les angles pour s'assurer qu'elle était belle dans sa mini-jupe, au cas où elle rencontrerait des gars mignons à la kermesse.

Elle voulait vomir.

Elle voulait dire à sa sœur de ne jamais changer, de rester comme elle était, avec des sorciers volants sur ses tee-shirts et de la pâte à tartiner sur le visage.

– Qu'est-ce qui ne va pas ? demanda Maeve.

Nora secoua la tête.

– Tu ne sais même pas qui est Dobby, si ?

Nora secoua de nouveau la tête.

– Je crois que j'ai vu un des films, mais ça fait longtemps. Je ne me rappelle pas les noms.

– C'est pas possible ! se lamenta Maeve. Comment tu peux avoir quinze ans et ne rien savoir sur *Harry Potter* ?

Nora haussa les épaules. La boule dans son ventre était toujours là. Sa gorge lui faisait mal.

– Je suis désolée.

***

Devant le plan de travail de la cuisine, la mère de Nora produisait des quantités industrielles de pâtes fraîches avec sa machine. Le père de Nora payait des tournées à ses entraîneurs au Blue Bird, comme toujours après une belle victoire. Il allait bientôt rentrer en entonnant la chanson de combat de Faber. Ensuite, il prendrait sa femme dans ses bras pour la faire virevolter dans la cuisine. *Le mambo de la victoire !*

Nora inspecta le tableau des corvées collé sur le côté du réfrigérateur. Avant la kermesse, elle avait préparé le dîner. Elle se rappelait avoir émincé des poivrons rouges et verts, pendant que son père grillait des steaks. Sur leur terrasse, il lui expliquait comment faire une marinade. « Toute l'idée, ma puce, c'est de mettre en valeur le goût de la viande. » Maintenant, elle devait mettre la table, mais elle n'y arrivait pas. Elle regarda sa mère enrouler des rubans de pâtes autour de son bras, pour les déposer ensuite directement dans une casserole d'eau bouillante. Ses mouvements étaient tellement gracieux. Elle se tourna avec une petite pirouette pour adresser un sourire à sa fille.

– Oh, salut ma chérie. Je ne t'avais pas vue.

Nora tressaillit malgré elle.

– Ça va ?

Elle lui avait posé la même question, en la croisant dans l'escalier, quand elle était rentrée après le match de foot. Diane portait alors un panier de linge sale. Elle l'avait coincé sur sa hanche pour pouvoir lui toucher le front du dos de la main. Nora lui avait assuré qu'elle n'avait pas de fièvre et qu'elle avait juste besoin de se reposer. Un mensonge éhonté. Elle était montée dans sa chambre pour retirer son pantalon et regarder la marque entre ses jambes.

– Tu es pâle, lança sa mère, encore inquiète.

– Ça va.

Qu'est-ce qu'elle pouvait dire d'autre ? *Ça va pas du tout ? On m'a droguée hier soir et j'ai vomi mon steak, mes poivrons et mon beignet sur le terrain de golf ? PS : quelqu'un m'a retiré ma culotte pour écrire en haut de ma cuisse ?*

La mère de Nora se serait roulée en boule et serait morte de honte. Diane Melchionda était une citoyenne modèle, plus encore que Rhett. Les gens lui demandaient régulièrement de rejoindre leurs associations. Les parents d'élèves de Faber, les amis de la bibliothèque de Faber… Diane était sur toutes les listes. Elle n'avait pas vraiment l'allure du rôle : les autres mères avaient toutes un chignon et des armoires remplies de cardigans, alors que Diane gardait ses cheveux longs détachés et des blouses colorées sur des longues jupes en jean. Cam avait qualifié son style de « fermier chic ». Pour tout bijou, elle avait son alliance et une jolie croix en or autour du cou. Elle se maquillait très peu, juste un peu de mascara et une touche de gloss. Comme disait le père de Nora, Diane n'avait pas besoin de se peindre le visage, parce qu'elle était « canon au naturel ».

Les parents de Nora étaient tombés amoureux à l'université. Et pas n'importe quelle université, mais celle de Faber. Nora avait entendu l'histoire de leur rencontre si souvent qu'elle pouvait la raconter par cœur. Affaibli, son père, qui venait de passer huit jours horribles à l'hôpital à la suite d'une pneumonie, marchait lentement vers sa résidence étudiante. Et soudain, il avait vu cette fille.

Vêtue d'un jean et d'une chemise à carreaux, elle était assise sur un banc.

Elle avait coincé ses cheveux au-dessus de sa tête avec un crayon.

Le père de Nora avait vu des centaines de jolies étudiantes sur le campus, mais jamais une fille comme Diane. Ils étaient en automne, les arbres se déclinaient en rouge, orange et or. Le soleil qui filtrait à travers les feuilles l'embrasait comme la flamme d'une bougie. Mais ce n'était pas la seule raison qui l'avait poussé à s'arrêter. Il s'était arrêté parce qu'elle pleurait.

– Excuse-moi, tu veux un mouchoir ?

C'était *la* phrase. Et la mère de Nora avait levé la tête.

Il lui avait offert un paquet de mini kleenex que l'infirmière lui avait donné.

– Merci.

– Tu t'appelles comment ?

– Diane.

– Moi, c'est Rhett. Je peux m'asseoir ?

– Je ne sais pas.

– Je suis doué pour écouter.

– D'accord.

Le début d'une magnifique histoire d'amour. Une jeune fille canon de dix-huit ans, originaire de Whitefish dans le Montana, qui s'était inscrite à l'université de Faber dans l'État de New York, par goût de l'aventure, mais qui souffrait du mal du pays. Et un jeune gars hyper populaire, trésorier de sa classe, président de sa fraternité, qui traversait la cour, un paquet de kleenex dans la poche, au moment précis où elle fondait en larmes. Rhett avait su, avant même que Diane commence à parler, qu'il l'épouserait.

Nora regarda sa mère dans sa tenue de paysanne. À quinze ans, elle ne serait jamais allée à une kermesse seule et encore moins en mini-jupe. Elle n'aurait jamais laissé des inconnus lui payer un Fanta, l'entraîner sur un terrain de golf et lui retirer sa petite culotte aux couleurs du drapeau américain. Sa mère n'aurait jamais porté ce genre de sous-vêtements. Elle n'achetait que de la lingerie en coton blanc, vendue par lot de six. Elle voulait que Nora fasse comme elle, s'habille avec des vêtements amples, se maquille à peine et porte une croix en or autour du cou. Depuis quelques temps, elles n'arrivaient plus à parler sans se disputer, comme dans le centre commercial de Sangertown, la semaine avant la rentrée :

– J'adore cette jupe.

– Je ne crois pas, mon cœur.

– Pourquoi pas ?

– Parce qu'elle couvre à peine tes fesses. Je ne peux pas te laisser te pavaner en ville avec un bout de jean qui ne laisse aucune place à l'imagination.

– Je ne vais pas me « pavaner en ville ». Je vais juste aller au lycée.

– Au lycée non plus, ce n'est pas le message que tu veux faire passer.

– Quel *message* ? Que j'ai des jambes ? Tu ne portais pas de mini-jupes quand t'avais quinze ans ?

– Eh bien, figure-toi que non. C'était une époque plus modeste.

– Pardon ?

– J'ai grandi dans un ranch, pas dans une ville universitaire.

– Quel rapport ?

Silence.

– Maman, allez, s'il te plaît. Toutes les filles de mon âge portent des mini-jupes.

– Si toutes les filles de ton âge se jetaient d'un pont, tu le ferais aussi ?

Parfois, les remarques de sa mère lui donnaient envie de hurler. À cause d'elle, Nora devait demander à Julie, la sœur d'Anna Golden, de l'emmener dans le centre commercial pour s'offrir ses vêtements avec son argent de poche. À cause d'elle, Nora devait cacher ses mini-jupes et son eye-liner bleu électrique au fond de son armoire. Diane ne voulait pas que Nora soit Nora. Elle voulait qu'elle soit une Diane junior. « Pourquoi ne porterais-tu pas cette robe, Nora ? Pourquoi n'irais-tu pas au club de cuisine du lycée, Nora ? Pourquoi ne resterais-tu pas à la maison le vendredi soir pour jouer à un jeu de société avec nous plutôt que de t'afficher à moitié nue à la kermesse, Nora ? »

Dans la cuisine, Diane lui tendait une cuillère pour qu'elle goûte la sauce tomate fumante qui mijotait sur la plaque. Elle préparait un des plats préférés de son mari.

– Dis-moi si ça manque de sel, demanda-t-elle, une main sous la cuillère.

Nora secoua la tête. L'odeur lui retournait l'estomac.

Oh, bon sang, les steaks et les poivrons…

Le beignet.

– Je n'ai pas faim, murmura-t-elle en reculant.

Avec un froncement de sourcils, sa mère reprit la cuillère.

– Tu couves quelque chose.

Elle avait peut-être raison. Comme quand elle était petite, Nora souffrait peut-être d'une de ces fièvres délirantes qui lui donnaient l'impression de voir ses poupées flotter sur le plafond. La kermesse n'avait peut-être jamais eu lieu. Et le 9, elle l'avait peut-être imaginé.

– Cherchez pas, annonça Maeve en faisant irruption dans la cuisine.

Elle avait troqué ses lunettes de lecture pour d'immenses lunettes de soleil et un chapeau noir équipé d'un voile.

– Bonjour Jackie Kennedy, lança la mère de Nora.

– Je suis en deuil, expliqua la petite en s'emparant d'un morceau de pain pour le dévorer goulûment.

Même le profond désespoir ne lui coupait pas l'appétit.

– Maeve, la gronda leur mère en posant un saladier sur la table. Fais attention à tes manières, s'il te plaît.

Asher arriva à son tour, dans son vieux tee-shirt et son jean déchiré, comme toujours barbouillés de peinture. Mais la mère de Nora ne lui fit aucune réflexion sur le « message » qu'il faisait passer avec sa tenue. Elle lui sourit, simplement.

– Salut, mon chéri.

– Salut, maman. Ça sent bon !

– Goûte ça pour moi, demanda-t-elle.

Elle lui tendit la cuillère, comme elle l'avait fait pour Nora, et Asher ouvrit grand la bouche.

– Hmmm, complimenta-t-il.

– Tu ne trouves pas que ça manque de sel ?

– Non. C'est parfait.

Bon sang, il était tellement exaspérant ! Depuis quelque temps, quand elle regardait son frère, elle regrettait de ne pas avoir une paire de ciseaux sous la main. Elle lui aurait tranché sa queue-de-cheval directement. Ça faisait peut-être d'elle la pire des sœurs, mais lui ne s'était pas gêné pour lui dire d'arrêter de s'habiller comme une traînée devant ses copains de terminale.

Avant, ils s'entendaient bien. Ils construisaient des châteaux forts dans le salon. Ils jouaient à la crapette, au huit américain et au Monopoly. Ils écoutaient des CD sur l'ancienne enceinte de leur père. Ils préparaient des gâteaux. Assis à l'arrière de la Volvo de leur mère, ils faisaient des gestes par leurs vitres pour faire klaxonner les chauffeurs de camion. Ils se faisaient rire.

– Tu veux bien assaisonner la salade, s'il te plaît ? demanda la mère de Nora.

– Sans problème. Attends d'abord que je me lave les mains, répondit Asher.

Les regarder tous les deux, c'était comme s'asseoir devant un feuilleton des années dix-neuf cent quatre-vingt, avec plein de « Oh, mon Dieu ! » et de sucettes de toutes les couleurs. Asher et sa mère ne se disputaient jamais. Ils étaient toujours en phase. D'accord, une fois de temps en temps, la mère de Nora tentait de convaincre Asher d'aller à un match avec son père, pour passer un bon moment père-fils. Asher résistait toujours. Il disait des trucs bizarres qui n'auraient pas dû sortir de la bouche d'un ado comme « trop de devoirs » ou « priorité au lycée ». Parfois, la mère de Nora insistait : « s'il te plaît, va à ce match avec lui. Il serait tellement heureux. » Pour Nora, qui adorait passer du temps avec son père, qui cherchait même avidement sa compagnie, l'attitude de son frère était un vrai mystère.

– C'est quoi le problème entre papa et toi ? lui avait-elle demandé, une fois.

– Tu parles de quoi ?

– Pourquoi vous ne sortez jamais ensemble ? Vous ne faites jamais rien l'un avec l'autre.

– On est comme ça, c'est tout.

Le type de réponse qui ne voulait rien dire et qui la rendait folle. Asher sortait plein de platitudes du genre, « C'est la vie. On n'y peut rien. »

– Arrête, Ash.

– Il est juste… avait commencé Asher avant de hausser les épaules. C'est pas facile de s'entendre avec lui.

« Pas facile de s'entendre avec lui ? » Nora avait dévisagé son frère, sidérée. Parlaient-ils de la même personne ? S'il n'arrivait pas à s'entendre avec lui, alors il ne s'entendrait jamais avec personne. Rhett Melchionda était l'homme le plus chaleureux, le plus généreux et le plus drôle que connaissait Nora.

– On se bat, on se bat, on se bat, on se bat, on se bat pour Faber !

Le père de Nora venait d'entrer dans la cuisine, le poing levé.

Ça commence.

Il se déhanchait joyeusement.

– Le mambo de la victoire !

La mère de Nora poussa un cri quand il la prit dans ses bras pour la renverser en arrière, si bas que ses cheveux frôlaient le carrelage. Il avait une immense palette de pas de danse. Quand Nora était petite, il la hissait sur ses pieds pour la faire danser autour de la pièce. Elle avait l'impression de voler.

Asher est juste jaloux. Elle le voyait maintenant dans les yeux de son frère, dans sa mâchoire crispée, alors qu'il mélangeait la salade. Nora eut presque de la peine pour lui. Parce qu'il était impossible de regarder leur père sans éprouver un pincement d'envie. Rien que sa façon de se déhancher, déjà…

– Arrête, Rhett ! cria la mère de Nora, haletante et hilare. Tu me fais tourner la tête !

Il obéit et agita les sourcils.

– Que veux-tu ? C'est l'effet que j'ai sur les femmes.

– Les femmes ? s'indigna la mère de Nora.

Elle se repeigna, lissa sa robe.

– Sur une femme seulement, corrigea-t-il en se penchant pour l'embrasser.

– Dégueu ! lança Maeve.

Nora n'aimait pas non plus voir ses parents s'embrasser dans la cuisine. Ça faisait bizarre. Mais au moins, ça lui changeait les idées.

Et elle avait vraiment besoin qu'on lui change les idées.

Quand ses parents se décollèrent enfin, elle mit la table. Assiettes, verres, fourchettes à gauche, couteaux à droite. Elle s'assit et se servit un morceau de pain.

Rapidement, son père fit passer les pâtes et la salade.

– Je voudrais porter un toast, annonça-t-il en soulevant son verre. À la ligne défensive des Devils.

– Félicitations, mon cœur, répliqua la mère de Nora en lui serrant la main.

– Merci, ma chérie.

Ils trinquèrent tous.

– Tu as appelé le réparateur du toit ? demanda la mère de Nora.

– Pas encore, je le ferai demain.

– Il n'aurait pas dû mourir, intervint alors Maeve, sans préambule. C'était déjà assez nul quand elle a tué Dumbledore. Elle aurait au moins pu sauver Dobby ! C'est vrai, quoi… Meuf, t'es l'autrice ! Tu as une responsabilité envers tes lecteurs !

Maeve enfonça sa fourchette dans le plat de service et enfourna une immense bouchée en soulevant légèrement son voile.

– Maeve, tes manières, la gronda sa mère.

« Qu'est-ce qu'on en a à faire de Dobby ? se retint de hurler Nora. Je me suis fait droguer hier soir ! » Mais elle ne pouvait rien dire, parce que son père aurait retourné terre et ciel pour retrouver les trois gars qui lui avaient fait ça, et il les aurait massacrés. Il aurait fini en prison pour coups et blessures et sa mère en aurait fait une dépression, tellement elle aurait eu honte de toute cette histoire, et…

– Je pense que j'ai une petite amie.

Nora leva les yeux.

– Quoi ?

Elle visualisa son père dans une combinaison orange et sa mère en train de pleurer dans une salle de tribunal.

– Je pense que j'ai une petite amie, répéta Asher.

Nora le dévisagea. Asher avait une petite amie ? Asher ? Avec sa queue-de-cheval et ses vêtements constamment tachés de peinture ! Nora s'efforça de traiter cette nouvelle information improbable. Elle n'était pas la seule autour de la table à paraître surprise. Tout le monde avait les yeux rivés sur Asher. Ou du moins, c'était ce qu'elle imaginait, parce qu'elle ne pouvait pas voir le regard de Maeve à travers son voile et ses lunettes.

– Ah oui ? demanda enfin leur mère.

Leur père lui donna une tape dans l'épaule.

– Bien joué, mon gars.

– C'est qui ? l'interrogea Nora.

– Quoi ? demanda Asher en se tournant vers elle.

– Elle a un nom ?

Asher hésita. Il prit une gorgée d'eau et reposa son verre.

– Je préfère ne pas le dire.

Nora examina son frère de l'autre côté de la table. Elle ne lut strictement rien sur son visage, plus calme et détendu que la surface d'un lac une journée sans vent. Elle sentit une pointe d'irritation. À quoi bon annoncer qu'il avait une petite amie, s'il ne voulait pas dire son nom ?

– C'est encore tout récent. Je ne veux pas m'attirer le mauvais œil.

– Le mauvais œil ? répéta le père de Nora en lui donnant une nouvelle tape sur l'épaule. Tout ira bien. Tu es un Melchionda.

Asher regarda son père.

– Merci, dit-il en souriant.

Un sourire ? Asher ne souriait pas. Trop bizarre de voir ses dents !

Leur mère appuya son menton sur ses mains comme si elle posait pour un photographe.

– C'est très romantique, Ash, déclara-t-elle. Garde ça pour toi, tu as raison.

– Comme Ron et Hermione, commenta Maeve.

Nora scruta les membres de sa famille autour de la table. *Personne ne sait rien de rien.*

***

L'heure d'aller au lit. Dents brossées, pyjama enfilé.

Devant sa commode, Nora examinait son reflet dans le miroir.

– Je me suis fait droguer, dit-elle doucement.

Elle regarda ses lèvres dessiner les mots.

– Je me suis fait droguer.

Les filles normales paniquaient quand ça leur arrivait, n'est-ce pas ? Elles pleuraient toutes les larmes de leur corps. Elles frappaient de leurs poings les murs de leur chambre et hurlaient d'indignation. Mais Nora regardait simplement sa bouche dans la glace et se disait qu'à force de répéter un mot encore et encore, on le dépouillait de son sens. *Droguer. Droguer. Droguееeer. Droguer.* Quand ça devint suffisamment ridicule, elle entra sous les draps.

ASHER

« Je pense que j'ai une petite amie. » Les mots étaient sortis tout seuls pendant le dîner. Pourquoi ? Asher n'avait embrassé Cam que deux fois. Il ne lui avait envoyé que trois messages. Ça ne faisait pas d'elle sa petite amie, il le savait pertinemment. Et pourtant, il avait eu besoin de s'en vanter devant tout le monde. Et quelle réaction il avait obtenue ! Une tape de son père sur l'épaule, avec un « bien joué, mon gars ». Il recevait si rarement des compliments de son père qu'il avait failli s'étouffer.

Asher ne lui inspirait en général que déception. Mais ça n'avait pas toujours été le cas. Quand Asher n'était encore qu'à la maternelle, son père l'avait inscrit dans tous les clubs de sport de Faber. Les petits hockeyeurs. Les mini footballers. Les futures stars du basket. Les gymnastes juniors. Rhett s'était d'abord comporté normalement, un père classique, peut-être juste un peu plus enthousiaste que les autres. Et soudain, Asher avait commencé à montrer du « potentiel », si vraiment on peut parler de potentiel pour un enfant de cinq ans. Son excellente coordination main-œil et sa rapidité – les qualités d'un grand athlète, selon son père – le faisaient sortir du lot. En résumé, Asher pouvait lancer, attraper, tirer et marquer. Son père avait commencé à passer des heures avec lui dans la cour derrière la maison et sur le lac Taylor quand il était gelé. Armé de cônes, il préparait des séries d'exercices. Il invitait les entraîneurs de Faber pour qu'ils voient comment son petit prodige envoyait la balle de foot sur toute la longueur du terrain et enchaînait les plongeons pour attraper la balle de baseball. Tous les week-ends, il l'emmenait aux matchs, lui indiquant les meilleures actions au football, au hockey, au basket et au lacrosse. « Tu as vu cette passe, Ash ? lui lançait-il. Non, mais cette finesse ! » Il présentait Asher à tous ses meilleurs joueurs, ses superstars. « Serre-lui la main, Ash. Regarde-le dans les yeux. Ce sera toi, un jour. »

Plus Asher s'améliorait – plus il marquait de buts, réalisait des touchdowns et réussissait des paniers, plus son père analysait son jeu après un match, sur le chemin du retour – plus il détestait le sport. Pas juste un sport, mais tous les sports. Il devint allergique aux chaussures à crampons et aux protège-dents, aux palets et aux ballons. Il commença à trouver des excuses pour ne pas aller aux entraînements. Il était fatigué. Il s'était blessé le tibia. Il n'avait pas terminé ses devoirs. Mais son père avait toujours réponse à tout. « Prends une barre énergétique. La douleur, c'est la faiblesse qui quitte le corps. Fais tes devoirs dans la voiture. »

Le pire, c'est que le père d'Asher n'avait jamais été particulièrement doué en sport. Ni maintenant, ni jamais. Tout le monde imaginait qu'il avait été un athlète accompli parce qu'il dirigeait le département de sport de l'université, mais en réalité, Rhett Melchionda n'avait été qu'un quarterback et un joueur de hockey de troisième catégorie. Il ne s'était jamais fait recruter. Le seul club universitaire dans lequel il avait joué était un club de rugby. Mais ce qu'Asher devait bien lui reconnaître, c'était qu'il faisait magnifiquement illusion : Rhett Melchionda gesticulait et parlait comme s'il était le meilleur hockeyeur et footballeur de tous les temps. Un croisement entre Bobby Orr et Tom Brady. Il était séduisant et charmeur ; il buvait de la Budweiser ; il soulevait cent cinquante kilos au développé couché ; il avait été président de sa fraternité ; il avait remporté le prix de la NCAA pour ses responsabilités administratives, deux fois, même ; il était membre du conseil municipal de Faber depuis près de dix ans ; et il n'acceptait pas qu'on lui dise non. Rhett Melchionda était convaincu de son propre talent infini – et il n'en attendait pas moins des gens qui l'entouraient.

Asher avait abandonné le sport à douze ans seulement. Nora, leur père et lui assistaient à un match de football et Asher était parti aux toilettes. De retour, il s'était baladé sous les tribunes. Il avait vu des gamins qui s'amusaient, sans se préoccuper du match. Et il avait découvert un vrai trésor de capsules, bouchons, pompons, pièces de monnaie, pièces d'échecs, petites voitures, et même un jeu de cartes complet. C'était mieux qu'à la plage. Il avait récupéré tout ce qu'il pouvait pour le mettre dans un cornet de pop-corn vide. À la fin du match, il avait montré son butin à Nora et à leur père.

– Regardez tout ce que j'ai trouvé !

Asher avait encore l'expression de son père gravée dans la tête. Dans son regard, il avait lu « C'est quoi, cette merde ? », même si Rhett n'avait pas prononcé ces mots.

– Tu as raté le dernier quart temps pour ramasser des ordures ?

– Ce ne sont pas des ordures, protesta Asher. Je vais fabriquer quelque chose avec tout ça.

– Fabriquer quelque chose ? répéta son père en fronçant les sourcils.

Nora les regardait, perdue.

– Oui, affirma Asher, sachant déjà ce qu'il allait en faire. On a de la colle à bois à la maison, n'est-ce pas ?

Son père consulta sa grosse montre en or.

– On a l'entraînement dans vingt minutes, mon gars. Ton équipement est dans la voiture.

– Je ne vais pas à l'entraînement.

– Bien sûr que si.

– Non. Je ne veux pas.

– Si tu n'assistes pas à l'entraînement aujourd'hui, tu ne pourras pas jouer le match demain.

– Je ne veux pas jouer le match demain. Je ne veux plus jouer aucun match. J'en ai assez du football. Et du hockey aussi. Et du basket et du lacrosse.

Il sentait encore le poids de cet instant. C'était la première fois de sa vie qu'il avait vu autre chose que de la fierté dans les yeux de son père.

– Tu n'es pas sérieux, se rassura Rhett.

– Si, complètement, contredit Asher.

Ça ne s'était pas arrêté là, bien sûr. Cet épisode avait été suivi par beaucoup d'autres discussions, et pas seulement entre Asher et son père. Les entraîneurs téléphonèrent à la maison, ils se pointèrent avec des milk-shakes et des suppliques, complimentant Asher sur son talent unique, le gâchis que ce serait d'arrêter. Que pouvaient-ils faire pour le garder dans l'équipe ? Rien. Asher avait pris sa décision.

– Tu vas regretter d'avoir tout abandonné, le mit en garde son père. Tu vas le regretter plus que tout dans ta vie.

Asher n'avait pas regretté sa décision une seule seconde. Il ne la regrettait toujours pas. Au contraire, depuis ses douze ans, Asher avait pris du plaisir à être en tout point différent de son père. Au lieu de lancer la balle dans la zone des buts, il balançait de la peinture sur de vieux draps. Au lieu de jouer au golf le week-end, il apprenait à jongler. Au lieu de se couper les cheveux courts, il se les laissait pousser. Au lieu de manger des burgers, il mangeait de la salade. Au lieu de conduire une Ford F-150 améliorée, il roulait sur un vélo qu'il avait trouvé dans une déchetterie. Au lieu de porter une Apple Watch au poignet, il avait un anneau à l'oreille. Au lieu d'être sociable et autoritaire, il se montrait réservé et attentionné, comme Ferdinand – le taureau dans l'histoire pour enfants que sa mère lui lisait – qui avait décidé de s'asseoir sous le chêne et de sentir les fleurs, plutôt que d'empaler les gens avec ses cornes.

Est-ce que ça exaspérait son père ?

Clairement.

Est-ce qu'Asher se souciait de ce que Rhett pensait de lui ?

Parfois. Pas souvent, mais parfois.

Un après-midi, alors qu'il avait quatorze ans et qu'il était seul chez lui, Asher était sorti marquer des paniers dans l'allée. Par curiosité. À part pour les cours de sport, il n'avait plus touché de ballon de basket depuis des années. Il voulait savoir s'il avait toujours la même détente. Il s'était placé sur la ligne des lancers francs et avait tiré. *Panier.* Et encore. *Panier.* Il ignorait pourquoi ça lui venait si facilement. Il gardait simplement les yeux rivés sur les petits crochets rouges qui maintenaient le filet accroché au cercle, et son corps savait quoi faire. Des orteils aux bouts des doigts, un mouvement fluide. *Swish.*

Alors qu'Asher enchaînait les paniers, son père était arrivé dans l'allée. Il avait oublié quelque chose à la maison – des papiers pour un de ses joueurs – et il s'était arrêté pour le regarder.

– Tu t'es entraîné, avait déclaré Rhett.

Mal à l'aise, Asher avait roulé la balle dans ses mains.

– Non, avait-il répondu en se tournant vers son père. J'essaie juste un peu pour voir.

– Tu n'as rien perdu, avait-il commenté en tendant les mains. Envoie.

Asher avait haussé les épaules, et lui avait fait la passe.

– On dirait, avait-il concédé.

– Ce n'est pas trop tard, avait assuré Rhett en lui rendant la balle. Tu pourrais essayer de t'inscrire dans l'équipe du lycée, cette année. Et après, je n'ai aucun doute que tu joueras dans une équipe universitaire. Je peux en parler à Blackford.

– Non, avait dit Asher en rangeant la balle à sa place derrière le panier. C'était juste pour passer le temps.

– Bon sang ! Ash ! s'était énervé Rhett, ses traits se déformant soudain. Tu pourrais jouer à n'importe quel sport ! N'importe lequel, et être incroyable ! Tu as un talent d'athlète inégalé et tu gâches tout. Pour faire quoi ? Peindre avec les doigts dans un garage ?

Si Asher voulait être parfaitement honnête avec lui-même, ces mots lui avaient fait mal. Et s'il voulait être parfaitement honnête avec lui-même, la tape sur l'épaule et le « bien joué » pendant le dîner lui avaient fait du bien. Asher avait l'habitude que ce soit sa mère qui l'encourage de cette façon. Elle le complimentait régulièrement. « Waouh, mon amour ! Tu es tellement créatif, tellement doué. » Mais Rhett, jamais, et sûrement pas à propos de ses œuvres d'art. Il avait perdu tout espoir pour Asher depuis longtemps, et il l'avait remplacé par Nora.

Chaque fois qu'il y pensait, il arrivait à la même conclusion. Sa sœur vénérait leur père. Elle assistait à tous les matchs, restait suspendue à tous ses mots et riait à toutes ses blagues. Nora ne le contredisait jamais. Elle ne le rejetait jamais. Elle était comme le fils que leur père avait toujours voulu. Pas très agréable tout ça, il ne pouvait pas le nier.

– Pourquoi tu vas avec lui à tous les matchs ? avait-il demandé à Nora. Tu aimes vraiment le football ?

– J'aime être avec papa, lui avait-elle répondu.

Asher ne se rappelait plus la dernière fois où il avait passé un moment sympa avec son père. Sans le sport, il n'y avait plus rien entre eux. Ils n'avaient aucun centre d'intérêt en commun. Ils n'allaient jamais au musée ou au théâtre, ils ne jouaient pas aux cartes, ne regardaient pas de films ensemble et ne parlaient pas de l'actualité. Ils parlaient à peine, en fait, à part pour des questions de logistique, comme quand Rhett lui avait demandé d'être à la maison le jeudi soir, parce que Diane était à son club de lecture et que lui emmenait Nora au match de hockey.

Asher avait eu quelques discussions avec sa mère à ce sujet. « Je sais que ton père peut être dur avec toi, mais ça part d'une bonne intention. C'est parce qu'il se fait du souci pour toi. »

Asher aimait sa mère. Diane était la personne la plus gentille, la plus sincère et la plus encourageante qu'il connaissait. Mais elle se trompait complètement. Rhett ne se faisait aucun souci pour lui. Rhett ne se souciait que de lui -même, et tout ce qu'il voulait, c'était avoir pour fils un champion qui donnerait une bonne image de lui, plutôt qu'une espèce d'artiste paumé.

Et c'était peut-être pour ça qu'inconsciemment, il avait sorti ces mots au dîner. Pour avoir son approbation. Si c'était vraiment la raison, en tout cas, il n'avait pas réfléchi aux conséquences.

Nora, bien sûr, avait voulu savoir qui était cette potentielle petite amie.

Asher avait été tenté de le révéler. *Elle s'appelle Camille Dodd. Non, je n'avais pas l'intention de l'embrasser, mais c'est ce qui s'est passé.* Seulement, le dire et essayer d'expliquer que, dans le débarras de Mme Tenhope, Cam avait purement oublié qu'elle était la meilleure amie de Nora, aurait provoqué une avalanche de questionnements qu'il n'avait pas envie d'affronter. Il avait préféré se taire. Il n'avait pas dit à sa famille quel bonheur intense il avait éprouvé en embrassant Cam. Il ne pouvait pas. Pas avec Nora qui le transperçait de son regard inquisiteur. Et son visage qui exprimait sans qu'elle n'ait besoin de le dire : « On est vraiment frère et sœur ? »

« C'est encore tout récent. Je ne veux pas m'attirer le mauvais œil. »

Étonnamment, cette remarque lui avait valu une autre tape sur l'épaule et un « tout ira bien parce que tu es un Melchionda ».

Asher avait dévisagé son père pendant dix bonnes secondes ensuite. Il savait que Rhett planait un peu, à cause de la victoire et des bières qui avaient suivi, mais tout de même. Asher ne savait pas quoi penser. *Tu es un Melchionda.* Est-ce que c'était du sarcasme ? Non. Ce n'était pas le genre de Rhett. Ce qu'il avait à dire, il le disait directement, il allait droit au but.

Tu es un Melchionda.

Un sourire s'était automatiquement dessiné sur ses lèvres.

– Merci, avait-il répondu en se détestant un peu, mais ça avait été plus fort que lui.

CAM

22 h 46
Instagram
@ashersimages a commencé à vous suivre. 14 m

Cam examina son téléphone. Elle suivait le frère de Nora depuis la cinquième, au moment où elle avait installé Instagram. Elle tentait alors d'avoir le plus de followers possibles, comme le mouton décérébré qu'elle était à l'époque. Pendant trois ans, il avait été trop occupé ou trop cool pour la suivre en réponse. Mais maintenant…

En parcourant les photos d'Asher, Cam éprouva une pointe d'excitation. Asher et un groupe d'artistes brandissant leurs pinceaux devant une peinture murale dans le couloir des terminales. Asher pieds nus sur une toile. Asher, la bouche grande ouverte avec quatre bonbons Atomic Fireball sur la langue. Et soudain, l'évidence la percuta de plein fouet. Elle avait un crush sur Asher.

Elle avait un gros crush.

Cam se demanda si elle avait toujours été attirée par Asher Melchionda, mais n'en prenait conscience que maintenant. Comment pouvait-elle être attirée par le frère de sa meilleure amie ? Ce n'était pas bien. Pas bien du tout. Cam savait ce qu'il lui restait à faire. Pour préserver son amitié avec Nora, pour garder un équilibre mental, il fallait qu'elle mette fin à cette histoire avant qu'elle ne commence.

23 h 02

Cam

T'es réveillé ?

Asher

Ouaip

Cam

Merci de m'avoir follow

Asher

De rien

Cam

J'aime bien ton feed

Asher

Sérieux ?

Cam

Ouais, les photos sont cool

Asher

Moi, c'est toi que j'aime bien

Cam hésita. Qu'est-ce qu'il voulait dire ? Elle ne savait pas comment répondre à ça.

Asher

J'arrête pas de penser à toi…
À t'embrasser.

Oh mon dieu. Ohmondieu, ohmondieu, ohmondieu.

Asher
Cam ?
Asher
T'es là ?
Asher
Eh, désolé si je t'ai mise mal à l'aise

Cam survola l'écran avec ses doigts. Elle n'était pas mal à la l'aise. Elle était…

Asher
Je peux arrêter complètement, si tu le sens pas. T'as qu'un mot à dire
Cam
Moi aussi, je t'aime bien

NORA

Elle ne jouait pas les « drama queens ». Mais l'image de son corps inconscient, dénudé sur le terrain de golf lui brûlait le cerveau. Qu'elle n'arrive pas à l'effacer de son esprit la rendait folle. Deux jours après avoir visionné l'enregistrement, elle se réveillait encore avec. Tout le week-end, elle s'était répété qu'il ne s'était rien passé – parce qu'objectivement, elle allait bien – mais le lundi matin, elle se retrouva de nouveau coincée avec le souvenir de sa soirée du vendredi soir.

Ils lui avaient retiré sa culotte.

Ils l'avaient marquée, comme si elle était une vache.

Nora avait toujours pensé qu'à Faber, on ne craignait rien, que c'était le lieu le plus sûr de la terre. Et maintenant ? Est-ce qu'elle devait commencer à se balader avec une bombe lacrymogène ? Ses parents ne verrouillaient même jamais la porte d'entrée.

Plantée devant sa penderie, Nora se sentait ailleurs. Elle sortit de sa cachette sa mini-jupe blanche en jean et fut tentée de la couper en lambeaux avec les ciseaux de couture de sa mère. C'était ce que lui inspiraient les mini-jupes, à présent. Mais non, elle n'allait pas ravager une belle American Eagle, qu'elle s'était en plus payée avec son propre argent, parce que c'était précisément ce qu'aurait fait une drama queen, et elle n'en était pas une !

Du calme, Nora. Elle avait un placard rempli de vêtements plus couvrants. Les « coupes classiques » que sa mère aimait tant ne manquaient pas. C'était ce que Nora avait porté toute sa vie. Des pantalons droits, des chemisiers discrets. Classique de chez classique.

Personne n'était encore réveillé dans la maison. En général, elle aimait bien se lever tôt pour se préparer. Mais ça faisait deux nuits qu'elle ne dormait plus. Allongée dans son lit, complètement crispée sous sa couette, elle avait fixé du regard le plafond en écoutant sa propre respiration. Malgré sa fatigue, son cerveau ne lui laissait aucun répit. Survolté et affairé à ne pas penser, il n'offrait pas de place au sommeil. Elle était épuisée et à bout de nerfs. Et habillée comme un collégien.

Nora se força à manger quelque chose. Dans une heure, tout le monde émergerait et sa mère préparerait le petit-déjeuner. Des œufs et du bacon. Des pancakes à la farine complète. Mais pour l'instant, seule à la table de la cuisine, elle s'alimentait, enfournant une, deux, trois bouchées de banane. Une, deux, trois noix. Du potassium et des oméga-3. *Tu mâches et tu avales, Nora. Le petit-déjeuner est le repas le plus important de la journée !*

Elle se brossa les dents et s'attacha les cheveux. Son sac sur le dos, elle s'empara de sa crosse posée contre le mur de l'entrée. Si quelqu'un lui sautait dessus sur le chemin du lycée, elle lui referait la face.

Si quelqu'un lui sautait dessus sur le chemin du lycée. Comment avait-elle pu penser un truc pareil ?

Elle sortit alors que le soleil pointait à peine à l'horizon. L'air frais sentait bon la végétation. La veille, le père de Nora avait passé le râteau sur la pelouse. Quand elle était plus jeune, elle sautait joyeusement dans le tas de feuilles mortes qu'il avait empilées et les lançait autour d'elle comme des confettis. À présent, elle leur adressait un regard vide. Impossible de s'imaginer plonger dedans. Elle ne ressentait aucun élan. Comment décrire ce qu'elle ressentait à cet instant ?

Elle avait juste envie de frapper dans quelque chose.

Elle agrippa sa crosse à pleines mains. Elle voulait éprouver les mêmes sensations que lorsqu'elle frappait la balle. Le claquement du bois. La décharge d'adrénaline.

Elle savait où aller.

***

Le lycée n'était pas un vrai lycée. C'était juste une des ailes de l'établissement de Faber qui allait de la maternelle à la terminale. Le bâtiment se dressait sur d'anciennes terres agricoles vallonnées et verdoyantes. Tous les parents de la ville, y compris les parents de Nora, avaient aidé à décorer la cour, derrière l'école primaire, avec des tours, des tourelles et un bateau pirate en bois couvert d'échardes. En sautant par-dessus bord, un jour, Asher s'était cassé le bras. Plus loin, à l'arrière, il y avait trois terrains de sport : un terrain de football, un terrain de baseball, et un terrain hybride de soccer, lacrosse et hockey, où on s'y perdait un peu à cause de toutes les lignes peintes au sol. Les matins de la semaine, les enfants jouaient partout, mais pas à six heures.

Nora traversa le terrain hybride, jusqu'au cabanon où on rangeait l'équipement. Contrairement au leur, celui-ci était fermé à clé. Nora hésita à crocheter la serrure avec un trombone – c'était Cam qui lui avait montré comment faire – mais se ravisa. Elle trouverait bien des balles perdues dans les bois provenant de tirs trop puissants. Avec sa crosse, elle fouilla dans les buissons et dénicha trois balles de baseball boueuses et imbibées d'eau. Ça ferait l'affaire. Elle les aligna sur la ligne de tir et les frappa de toutes ses forces.

Bam. Bam. Bam.

***

Alors qu'elle traversait les vestiaires, de la sueur dégoulinant dans son dos jusqu'à la ceinture de son pantalon, Nora entendit des pas derrière elle. Un *clang clang* métallique sur le bitume. Se figeant sur place, elle serra sa crosse de toutes ses forces. Elle la sentait solide dans ses mains, comme une épée. Elle fit volte-face si rapidement que le poids de son sac à dos lui fit perdre l'équilibre.

Adam Courtmanche, dans ses chaussures à crampons et son tee-shirt gris moulant du club de football la rattrapa avant qu'elle ne tombe.

Nora se dégagea aussitôt, à bout de souffle.

– Eh, je ne voulais pas te faire peur.

Elle baissa sa crosse, toujours paniquée. Ce n'était qu'Adam.

– Salut.

Il sourit. Il écarta quelques cheveux blonds de son front humide de transpiration.

– Ton équipe s'entraîne tôt ?

– C'était juste moi, répondit Nora avant de repartir.

– Pareil, dit-il en l'accompagnant. Je faisais des courses suicides.

– C'est pas mon exercice préféré.

– Non, moi non plus, confirma-t-il en éclatant d'un rire profond. Mais il faut absolument que je coure plus vite.

Adam lui avait déjà expliqué, un vendredi soir, alors qu'ils discutaient sur les cages à poule, que son grand frère, Trey, avait remporté le trophée des athlètes de Faber et qu'il mourait d'envie de faire pareil. Parce que personne ne crachait sur un billet d'entrée à l'université et une place dans l'équipe de Division I. Mais aussi, parce que les Courtmanche ne pouvaient se permettre de faire des études. En invalidité à cause d'un accident sur un chantier de construction, quand ils étaient en cinquième, le père d'Adam ne travaillait plus, et les frais médicaux semblaient ne jamais se tarir. Adam voulait cette bourse, il la lui fallait. Mais chaque année, il n'y avait qu'un seul élu, alors Adam devait être plus fort, plus rapide et plus acharné que n'importe quel autre lycéen.

– T'es allée au match, samedi ? demanda-t-il.

– Oui.

– Tu as vu le score de Trey ?

Elle fouilla dans son esprit. Du match Faber-Colgate, il ne restait qu'un brouillard de casques et de maillots.

– Euh, non.

Elle ne mentait pas. Elle avait assisté à la partie du début à la fin, mais elle n'avait pas retenu le score de Trey.

– Ce sera moi dans trois ans, affirma Adam.

– Tu crois vraiment ?

– Je serai meilleur, même. Tu me supplieras de te donner un autographe.

– Sérieux ?

– Garanti.

Nora sourit. Elle ne pouvait s'en empêcher. Difficile de trouver plus prétentieux qu'Adam, mais elle ne lui en tenait pas rigueur. Elle le connaissait depuis aussi longtemps qu'elle connaissait Cam. Il avait fait pipi dans le bac à sable à côté d'elle en maternelle. Il l'avait accompagnée à l'infirmerie quand elle avait reçu un ballon au visage. Il l'avait embrassée, pour la première fois, devant l'école, et encore une vingtaine de fois après.

Ils se dirigèrent ensemble vers l'entrée du gymnase, mais trouvèrent la porte fermée.

– Mince, lâcha Adam. Va falloir qu'on attende.

– Ouais.

– Tu ne veux pas… poser ton sac ?

Elle prit alors conscience, en le voyant sourire, qu'elle n'avait pas fière allure. En surchauffe et en nage, elle sentait sa queue-de-cheval pendre minablement sur le côté de sa nuque.

– Oui, d'accord.

Quand elle s'assit sur le banc à côté d'Adam, elle n'éprouva même pas de gêne, malgré sa chemise trempée qui collait à sa peau. Et alors ? Au moins, elle était habillée. Au moins, sa culotte ne s'agitait pas dans le vent sur un bâton.

Non. Nonononononon. Elle n'allait pas y penser. Elle allait se contenter de boire de l'eau et d'écouter Adam Courtmanche lui expliquer quel sportif d'exception il serait dans trois ans.

– Eh ! lança-t-il en souriant de nouveau.

– Quoi ?

Il se pencha et déposa un léger baiser sur ses lèvres.

Elle recula aussitôt.

– Qu'est-ce qui ne va pas ?

– Rien, répliqua-t-elle, son cœur tambourinant dans sa poitrine. Je suis dégueu, là.

– T'es pas dégueu.

– Si, si. Je transpire comme une vache.

– Moi aussi. On peut transpirer ensemble.

Il se pencha de nouveau et elle sentit son souffle chaud sur sa nuque.

Cette fois, elle le repoussa.

– Non.

– D'accord, lâcha-t-il, les mains en l'air en signe de reddition. Et moi qui pensais que tu ne pouvais pas me résister…

C'était vrai, elle ne le pouvait pas. En temps normal. Adam était renversant. Chaque fois qu'il l'embrassait, elle fondait. Mais là… c'était inexplicable. Imaginer sa langue entrer dans sa bouche, ses mains toucher son corps… Elle avait l'impression de ne plus être assise sur ce banc. Elle flottait dans l'air, plus haut que le drapeau et se regardait gisant sur le green.

Adam siffla entre ses dents.

– Quoi ? demanda Nora.

Il fit un geste de la tête vers le parking.

Nora suivit son regard et vit Mme Sauce fermer la portière de sa Prius rouge étincelante avant de partir vers l'école. *Sauce Piquante.* C'était le petit nom que lui avaient trouvé les gars de seconde, parce que même si elle avait l'âge de la mère de Nora, ils la trouvaient hyper sexy. Ils rivalisaient d'imagination pour aller dans son bureau de conseillère d'orientation. Derrière son dos, ils faisaient des plaisanteries sur son nom – sauce à la moutarde ou au piment – et sur la façon dont ils allaient l'étaler. Nora détestait les entendre parler ainsi, mais quand elle leur reprochait leur manque de respect, ils lui rétorquaient toujours de se décoincer.

Mme Sauce portait une robe courte et moulante avec des taches de couleurs, et une paire de bottes vertes à hauts talons. Nora la trouvait belle, comme un oiseau tropical, totalement à l'opposé des autres profs du lycée qui adoptaient un camouflage couleur mur.

– Bon lundi ! lança-t-elle à Nora et Adam en passant son badge devant le voyant pour ouvrir la porte.

– Bon lundi, répétèrent-ils.

– Wa-ouh, murmura Adam en la suivant du regard.

– Tu mates son cul ? s'indigna Nora.

– Ouais.

– C'est une prof !

– Ben non, c'est une conseillère d'orientation. Et quand tu t'habilles comme ça, tu sais parfaitement quel message tu fais passer. Elle en veut grave.

« Elle en veut grave. »

Une pensée germa dans l'esprit de Nora, plus acide que de la bile. Et si, elle aussi, après avoir bu son Fanta dans son gobelet rouge, avait montré qu'elle « en voulait grave » ? Dans son état conscient, Nora n'avait aucune idée de comment on manifestait son envie de sexe. Avec Adam, elle gardait toujours ses vêtements. Mais qui sait comment elle s'était comportée vendredi soir ? Et si elle les avait allumés ? Et si Asher avait raison et qu'elle leur avait lancé une invitation… ?

– Coucouuuu !

– Hein ?

– Ici la Terre, j'appelle Nora !

Nora vit une main s'agiter devant son visage et cligna des yeux.

– On se fait un truc, ce week-end ?

– Un truc ? répéta-t-elle.

– Ouais, je sais, on n'est que lundi, mais je suis un gars prévoyant.

Nora secoua la tête, s'efforçant de revenir à l'instant présent.

– Allez, insista Adam, une main sur la cuisse de Nora. On passe toujours du bon temps ensemble.

Vraiment ? Du bon temps ? Regarder les doigts d'Adam se cramponner à sa jambe l'empêchait de comprendre ce qu'il disait. Une étrange sensation insaisissable l'envahissait.

– Je peux pas, répliqua-t-elle enfin, s'écartant pour qu'il ne puisse plus la toucher.

– Pourquoi pas ?

– Je suis pas libre.

– De tout le week-end ? s'étonna Adam, agacé.

Nora hocha la tête. Elle s'empara de son sac à dos, s'efforçant d'agir normalement.

– Plus ou moins, oui.

***

– Qu'est-ce qui t'est arrivé ? demanda Cam, devant la salle de littérature américaine, une boisson à la main.

– Désolée, s'excusa Nora, penaude. J'ai oublié.

– Tu as oublié ?

– Ouais.

Cam la transperça d'un regard qui disait : « On s'attend devant le supermarché 7-11, tous les lundis, depuis la sixième. »

– Je me suis réveillée tôt, se justifia Nora. Alors j'ai décidé de frapper quelques balles.

– Depuis quand tu t'entraînes avant les cours ? demanda Cam, perplexe.

Nora haussa les épaules.

– Tu détestes transpirer dès le matin.

Elle haussa de nouveau les épaules.

– D'accord, abandonna Cam. Tu as soif ?

– Oui.

Elle lui tendit le gobelet.

– Cerise et menthe intense. Vas-y doucement.

Nora prit une gorgée, qui la rafraîchit tout de suite.

– Merci.

– De rien, répliqua Cam avant de baisser la voix. Tu vas bien ?

– Ouais.

Cam s'approcha si près que Nora sentit son haleine de bonbon.

– Tu t'es… souvenue de quelque chose ?

Nora secoua la tête.

La sonnerie retentit.

Et comme un automate, elle se tourna, son corps programmé pour entrer dans la salle.

ADAM XU

Camille lui avait demandé de garder la vidéo sur le cloud et il avait obéi. Il ne l'avait pas regardée après le passage des deux filles, le samedi matin. Qu'était-il supposé en faire, maintenant ?

Et le lundi, dans la salle de perm, alors qu'il faisait ses devoirs d'espagnol, une voix l'appela.

Il leva la tête et vit Camille.

– Viens, on va marcher un peu dehors.

Dans le couloir, elle posa une main sur son bras. Adam n'avait pas l'habitude que les filles le touchent. Malgré ses efforts pour ne rien laisser paraître de son émotion, il sentit le feu lui monter aux joues.

– Ils étaient sur le point de la violer, Adam. Tu le sais aussi bien que moi.

Adam ferma les yeux, accablé par le poids de ces mots.

– Il faut qu'on les retrouve, déclara Camille.

– Qu'on les retrouve ?

– Oui. Nora est dans le déni total. Elle a l'air de penser que si elle fait comme si rien ne s'était passé, alors ça effacera tout. Et c'est n'importe quoi. T'as toujours l'enregistrement ?

Il hocha la tête.

– Tu vas m'aider ?

Qu'est-ce qu'elle voulait dire par « aider » ?

– On ne peut pas les laisser s'en tirer comme ça.

Elle est plus courageuse que moi. Ou plus bête.

– Tu l'as sauvée. Je ne supporte pas d'y penser. Si tu n'étais pas intervenu…

Elle ne termina pas sa phrase, mais il comprit.

– Aide-moi à les identifier. S'il te plaît. Avant qu'ils s'en prennent à une autre fille.

Essayer de lui faire changer d'avis aurait été vain. Il avait entendu Camille Dodd se disputer avec M. Kavanaugh, le prof de gym, au sujet du nombre de pompes pour l'examen final. Elle était acharnée.

– D'accord, répondit-il.

– C'est vrai ?

– Oui.

***

Il était « intelligent », « doué », il « apprenait rapidement ». Il méritait tous les compliments que les profs lui faisaient depuis la maternelle. À l'école Shuang Wen, Adam et quelques-uns de ses camarades étaient inscrits à un club de sciences après l'école. Et il adorait ça, parce que les projets dans lesquels ils s'engageaient étaient super intéressants. Ils avaient calculé le prix de revient de l'arche St Louis, ils avaient construit des modèles d'organes, ils avaient gonflé des ballons avec du bicarbonate et du vinaigre. Ensuite, il avait emménagé à Faber où il n'avait trouvé personne comme lui. Une fois par semaine, en CM1, Mme Osternek gardait Adam Xu – et seulement lui – pour qu'il remplisse des feuilles d'exercices d'algèbre. Et il détestait ça, parce que ça le mettait en marge des autres. Il devenait le petit asiatique studieux. D'accord, il était brillant, mais qui disait qu'il voulait devenir mathématicien ou scientifique ? Et s'il voulait plutôt produire des disques ? Ou devenir acteur ? Ou entrepreneur ?

Le problème quand on réussit à l'école, en plus de se faire cataloguer, c'est que tout le monde imagine des choses qui ne sont pas forcément vraies. Si vous êtes bon en sciences, vous êtes aussi supposé connaître toute la mythologie des univers DC et Marvel et avoir la collection complète des figurines Star Wars. Et si vous êtes bon en maths, vous êtes le prochain Mark Zuckerberg.

Adam Xu n'était pas le prochain Mark Zuckerberg.

À part la base, comme télécharger une vidéo et la garder sur le cloud, il n'y connaissait pratiquement rien en informatique. Ça ne l'intéressait tout bonnement pas. Alors quand Camille lui demanda d'« augmenter la résolution », de « trouver des preuves pour l'identification », et de « traquer des comptes suspects sur les réseaux sociaux », il se sentit perdu. Franchement, elle semblait plus qualifiée que lui pour cette mission.

Mais il pensa à Nora, au petit mouvement de ses lèvres quand il lui avait dit qu'il avait hurlé sur les trois garçons. Et s'il parvenait à la faire carrément sourire ? Parce que c'était ce qu'il voulait le plus au monde. Il voulait être celui pour qui Nora Melchionda se serait éclairée.

– D'accord, répondit-il à Cam. Très bien.

***

Après l'école, le calme régnait dans la maison. Les seuls bruits venaient de la cuisine, où sa mère s'affairait déjà. Son père était encore à l'université. Le lundi, il terminait tard.

Adam pianotait sur son clavier. Prenant une profonde inspiration, il tapa sur Google : « Comment augmenter la qualité d'une vidéo ? »

Il fallait procéder par étapes. Tout d'abord, il devait installer un logiciel. Ensuite, il devait sélectionner un codec – même s'il n'avait pas la moindre idée de ce que c'était – et choisir une résolution plus élevée pour ré-encoder la vidéo originale. Une fois qu'elle était ré-encodée, il devait convertir le nouveau fichier. Il ne comprenait rien à ce qu'il faisait, suivant les instructions pas à pas, mais à la fin, la vidéo améliorée était prête à être lue.

Adam mit ses écouteurs et orienta l'écran vers l'intérieur de sa chambre, au cas où sa mère aurait fait irruption par surprise. Il ne pouvait s'imaginer lui expliquer ce qu'il regardait. Il ne voulait pas qu'elle l'apprenne. Il valait vraiment mieux qu'elle le pense dans son lit à dormir dix heures, toutes les nuits.

Ahahahahah !

Adam se pencha sur sa chaise en plissant les yeux. Au début, il ne vit pas la différence. La caméra s'agitait toujours autant. Mais elle finit par se stabiliser. Les silhouettes apparurent sur l'écran comme avant. Il appuya sur la barre d'espace pour figer l'image. Il s'apprêtait à zoomer quand son téléphone vibra. Il s'attendait à trouver un message de Camille, mais non, c'était le groupe de son équipe de baseball, GroupMe.

Mec, faut que tu viennes voir ça.

CAM

Cam n'avait pas vérifié ses messages depuis le cross. Comme sa batterie était à plat, elle avait mis son portable à charger dans les vestiaires. Quand elle le ralluma, il sonna et vibra comme un jeu vidéo.

Le premier message lui avait été envoyé par Adam Xu : **T'as aussi reçu ce que je viens de recevoir ?** Ce qui la laissa perplexe.

Et ensuite, une série de messages de filles de seconde, Becca Bomberg, Anna Golden, Chelsea Machado, tous envoyés dans un intervalle de vingt minutes.

OMG vous avez vu supfaber ?

C'est quoi cette photo ? WTF

Dites-moi que c'est un montage

Debout dans les vestiaires, elle contemplait son portable, ahurie. Qu'est-ce qui s'était encore passé ? Elle cliqua sur l'image pour l'agrandir.

NORA

Quand elle courait, elle ne pensait plus. Pas de gobelet rouge, pas de terrain de golf, de marqueur, d'Adam Xu, d'Adam Courtmanche, de Camille, plus rien. Elle n'avait pas à répondre aux questions. « Nora, on se met ensemble pour l'exposé ? Tu me files ton devoir de chimie ? Tu vas porter quoi, pour le match ? » Elle écoutait simplement le sifflet de l'entraîneur.

Vers la ligne de tir et retour.

La ligne des vingt-cinq mètres et retour.

La ligne du milieu de terrain et retour.

Elle avait la gorge et les muscles qui brûlaient, mais elle s'en fichait. Quand le coup de sifflet final retentit, elle regretta de ne pas continuer. Elle l'aurait fait sans le reste de l'équipe, si Cam ne s'était pas précipitée vers elle en agitant les bras comme une folle. Qu'est-ce qu'elle faisait là ? Elle ressemblait à une contrôleuse de l'air en train de poursuivre un avion.

– Nora ! hurla-t-elle à bout de souffle.

Cam était essoufflée ? Pourtant elle avait les poumons d'une baleine bleue !

– Quoi ? demanda Nora en approchant le pied de sa fesse pour l'étirer.

– Il faut que je te parle.

– Tu me parles, là.

Cam posa une main sur le bras de Nora pour l'attirer en dehors du terrain, loin des autres filles.

– Manifestement… tu n'as pas encore vu…

Elle s'interrompit pour tousser.

– Vu quoi ?

– C'est énorme.

– Quoi ?

Cam inspira profondément. Elle prit son téléphone et pianota sur l'écran.

– Une photo sur Sup Faber.

Nora secoua la tête. Elle n'avait aucune envie de la voir. SupFaber – @supfaber – était un compte Instagram où les élèves postaient des images embarrassantes et laissaient des commentaires anonymes. En troisième, quelqu'un avait photographié Anna dans les bras d'un terminale dans le gymnase pendant une fête. Anna n'avait jamais découvert le responsable, mais elle se rappelait les hashtags : #petitepute #mineureàbaiser #jolietrophée #jeuneetbonne #classicfaber.

– Regarde.

– Non merci.

– Il le faut, Nora. Je suis désolée, mais c'est obligé.

Avant qu'elle puisse s'éloigner, Cam lui colla son portable sous le nez. Et elle vit une photo d'elle. Elle reconnut tout de suite ses vêtements. Tee-shirt noir, mini-jupe en jean. On la voyait de dos, la tête posée sur l'épaule d'un grand blond vêtu d'un sweat-shirt à capuche gris. Il lui entourait la taille d'un bras. De l'autre côté, un brun en tee-shirt rouge riait en lui soulevant la jupe.

Oh non. Ohnononononononon.

Son cœur se mit à battre plus rapidement que pendant l'entraînement. Il avait la main sur ses fesses. Il riait. Un troisième gars, un rouquin, ouvrait la portière d'une voiture. Est-ce qu'elle était montée à l'intérieur ? C'était pour ça qu'elle avait fini sur le terrain de golf ?

– Nora.

Nora secouait la tête. Elle n'avait aucun souvenir d'une voiture. Aucun. Elle se mit à trembler.

– Regarde ce tee-shirt.

Elle adressa un regard interrogateur à Cam.

– Le tee-shirt de ce type. Le tee-shirt rouge.

Nora obéit. Lentement l'image redevint nette. La tête de mort. Les trois lettres : ΑΨΒ. Elle comprit.

– C'est la fraternité de mon père.

– Non, Nora, c'est une pièce à conviction.

DEUXIÈME PARTIE

NORA

Elle avait entendu des histoires sur les fraternités d'étudiants, bien sûr. Quand on habite à Faber, on entend forcément parler de leurs beuveries, leurs soirées à thème, leurs initiations délirantes. Un jour, alors qu'elle était en primaire, Nora avait vu débarquer devant leur maison un groupe d'Alpha Psi Beta. Menottés les uns aux autres, ils s'étaient déguisés en pom-pom girls. Quand le père de Nora était sorti sur la terrasse, ils avaient entonné le chant de combat de Faber. Nora se souvenait de la gêne qu'elle avait ressentie. Pas seulement pour eux, mais pour elle aussi. Ils avaient du rouge sur les lèvres, des soutien-gorge sur la poitrine et des poils aux jambes. Mais son père avait éclaté de rire et s'était mis à chanter avec eux. Il avait expliqué à Nora que le rituel de serment jouait un rôle essentiel dans l'expérience grecque. Il liait les frères pour la vie entière. Il les appelait des « frères », comme s'ils faisaient partie d'une même famille.

Parfois les gars des fraternités faisaient des trucs marrants – voler toutes les décorations de Noël de la ville pour construire un elfe géant dans leur cour ; charger des toilettes portables à l'arrière de pick-ups et balancer des beignets sur le terrain hybride derrière le lycée – et la ville se retournait contre l'université. Parfois, si les habitants avaient déposé une plainte officielle, et si les coupables étaient les joueurs du père de Nora, les frères lui demandaient d'intervenir au conseil de discipline, ce qu'il acceptait toujours volontiers. Jouer en Division I mettait une énorme pression sur ces jeunes, il le comprenait mieux que personne, construire des elfes et jeter des beignets étaient des distractions inoffensives, une façon de décompresser. C'étaient de bons gars, s'évertuait-il à répéter. Des gars fiables, il aurait donné sa chemise pour eux.

C'était pour ça que Nora ne s'était jamais attardée sur les autres histoires qu'elle avait entendues. Comme quand Julie, la sœur d'Anna, avait mis en garde Nora et ses copines :

– Ne traînez jamais seules sur Greek Row, la nuit.

Une ancienne étudiante était passée, un soir, devant les fraternités, en rentrant chez elle. Quelques frères d'Alpha Psi, assis sur la pelouse, l'avaient interpellée. Ce dont elle se souvenait ensuite, c'était de s'être réveillée dans la cour avec un maillot de football sur le dos et un tatouage des Blue Devil sur les seins. Nora ignorait si ce n'était qu'une légende urbaine, mais tout le monde semblait connaître une version différente de l'anecdote : la fille ne s'était pas réveillée dans la cour, mais sur le terrain de golf. Elle ne portait pas un maillot de foot, mais une toge. Le tatouage n'était pas le symbole des Blue Devil, mais l'insigne des Alpha Psi.

L'avertissement « Sois pas un appât à fraternités » était une blague récurrente chez les lycéennes de Faber et c'était ainsi que Nora l'avait toujours vue : une plaisanterie et rien de plus. Parce que les fraternités accomplissaient tant d'œuvres de charité. Parce que son père était le directeur sportif et qu'il soutenait ses gars. Parce que chaque fois qu'elle traversait le campus avec son père et qu'ils croisaient un de ses athlètes, d'Alpha Psi ou de Sigma Tau, il passait un bras autour de ses épaules et lui disait :

– Vous avez vu cette jolie fille ? C'est la mienne. Veillez sur elle comme si elle était votre propre sœur, c'est compris ?

– Oui, monsieur, lui répondaient-ils toujours.

Parce que cette injonction lui donnait l'impression d'être invincible. Et c'était parce qu'elle se sentait invincible qu'elle était allée seule à la kermesse, en mini-jupe, sans se soucier de rien. Elle n'avait eu aucune crainte.

Jusqu'à présent.

Et à présent, il y avait une photo d'elle avec trois gars qui circulait sur Instagram. Et un des frères avait la main sur ses fesses – sur les fesses de la fille du directeur sportif. Et s'ils ne l'avaient pas reconnue ? Elle avait beaucoup changé en un an. Elle n'était pratiquement plus la même personne.

@yobitchez33

On dirait que miss parfaite n'est pas si parfaite @noramelchionda

@ncrdiblhulk7

Les filles de Faber se déchaînent #classicfaber

@ctch_me_if_u_can

Eh Nora tu me montres tes seins

@invisigirl2019

#pute #appât #classicfaber

@ragin_cajin69

Qui savait que la sœur de Melchionda était une traînée à fraternité ?

Nora éteignit son portable et le fourra dans son sac à dos.

***

– J'ai entendu des trucs, lança Asher le lundi soir, sur le seuil de la chambre de Nora, une banane à moitié entamée à la main. Dis-moi que rien de tout ça n'est vrai.

– Rien de tout ça n'est vrai.

***

– N'écoute pas les rumeurs, conseilla Cam, le mardi matin. Mange ça et garde la tête haute. Tu n'as rien fait de mal.

Elle tendit à Nora un sachet de Airheads à la pomme verte.

– Pas maintenant, lança-t-elle à tous ceux qui tentaient de s'approcher de Nora. Laissez-la respirer. Elle parlera quand elle sera prête.

Étonnamment, elle réussit à tenir toute la matinée. Elle ne regarda pas son portable. Elle se força à croire que tous les « Salut, meuf », « Hello, Nora » et regards qu'on lui adressait n'avaient rien de différent de l'ordinaire. Elle fit mine de se concentrer sur les cours, prenant consciencieusement des notes sur *L'œil le plus bleu*, les droites parallèles et transversales et les atomes.

Et soudain, elle explosa.

Elle était assise dans la cafétéria à sa table habituelle avec Cam, Anna, Chelsea et Becca, parce que Cam avait insisté.

– Tu ne vas pas te cacher dans un coin !

Elle sentait tous les yeux sur elle, et faire semblant de déjeuner lui donnait envie de vomir. Elle trempait juste ses frites dans le ketchup et les baladait dans son assiette. La conversation autour de la table était tendue. Chelsea parlait de sandales. Becca se plaignait que ses galettes de riz étaient rassises. Et Anna demanda pourquoi on appelait ça des galettes, alors que ça avait plutôt le goût du polystyrène.

Au bout d'un moment, Nora craqua.

– Bon, je sais que vous avez vu la photo et les commentaires…

– Enfin, lâcha Chelsea, soulagée. Je suis tellement contente que tu en parles. Je connais trop le slut-shaming.

– Et moi, alors ? renchérit Anna. Vous vous souvenez du post qui circulait sur moi, l'an dernier ?

– Oui, répondit Nora. Mais c'est pas du tout ce que vous croyez.

Et les questions fusèrent. Qu'est-ce qui s'était passé ? Qui étaient ces gars ? Est-ce qu'ils étaient les joueurs de son père ? Est-ce que ça s'était passé pendant le week-end ? À la kermesse ? Qui avait posté la photo ? C'était la voiture de qui ?

Nora jeta un regard à Cam, s'attendant à ce qu'elle les fasse taire, comme toute bonne attachée de presse.

– Elle ne se souvient de rien, intervint simplement Cam.

Nora resta stupéfaite.

– T'étais soûle ? demanda Becca.

– Non, rétorqua Nora, tranchante. Je n'étais pas soûle.

– Elle s'est fait droguer, déclara Cam.

Anna lâcha un cri, plaquant une main sur la bouche.

– Sérieusement ? demanda Chelsea.

– C'est exactement comme l'histoire de la fille et des Alpha Psi, lança Anna. Celle qui s'est réveillée dans un maillot de foot et qui se rappelait rien.

– C'était une toge, corrigea Chelsea.

– C'était peut-être encore une autre fille, se défendit Anna.

– Nora, bon sang, les interrompit Becca. Tu vas bien ?

Mais Nora ne pouvait plus parler. Elle n'avait jamais été aussi furieuse. Ce n'était plus du sang qui coulait dans ses veines, mais de la lave bouillonnante. Elle voulait jeter sa limonade au visage de Cam. Elle voulait enfoncer sa serviette dans sa bouche.

Mais une main se posa sur son épaule.

– Nora ?

Elle fit volte-face. C'était Mme Sauce, dans sa jupe fuseau bleue et son foulard aux couleurs du lycée, attaché autour de son cou. On aurait dit une hôtesse de l'air vintage.

– Est-ce que tu veux bien me suivre, s'il te plaît ? Tu peux apporter ton déjeuner.

Nora était tellement en colère qu'elle ne put poser les yeux sur Cam. Ni sur aucune des trois autres. Elle se leva sans un mot et suivit Mme Sauce dans son bureau.

***

– Assieds-toi où tu veux, invita Mme Sauce en désignant à Nora un canapé en cuir et trois fauteuils couleur aubergine.

Nora se souvenait de ces sièges. En troisième, elle avait été convoquée dans le bureau de la conseillère d'orientation pour apprendre son élection en tant que déléguée du collège. Mme Sauce lui avait annoncé la bonne nouvelle en la félicitant et en lui rappelant l'immense honneur qu'une telle nomination représentait. Par leurs votes, ses camarades et ses professeurs reconnaissaient son intégrité et son intelligence émotionnelle.

Nora s'écroula dans le canapé en cuir. Mme Sauce plaça un des fauteuils devant elle avant de s'asseoir. Elle examina Nora, les sourcils froncés.

– Je t'ai demandé de me suivre, non pas pour te sermonner, mais parce que j'ai eu vent de certaines choses.

Certaines choses ? Quel genre de choses ? Nora tenta de rester calme, de ne rien laisser paraître.

– Ce sont peut-être juste des rumeurs, continua Mme Sauce. Seulement, d'expérience, je sais que certaines rumeurs poussent sur un terrain de vérité. Alors, je voulais vérifier… Comment vas-tu ?

– Bien, merci. Et vous ?

Les mots étaient sortis d'instinct, comme sa mère le lui avait appris. Elle fixa des yeux la tache sur le mur, juste au-dessus de l'épaule droite de Mme Sauce. On aurait dit un lapin. Non… Plutôt un canard. Cela lui rappela l'illusion d'optique qu'elle avait vue dans un musée à Utica. Lapin… Canard… Lapin… Canard.

– Nora ?

Elle revint vers les sourcils de Mme Sauce. Ils étaient si sombres et épais. On aurait dit deux mille-pattes marron qui avançaient sur son front.

– Je veux que tu saches que tu peux tout me dire dans cette pièce. C'est un endroit sûr. Ce que tu me diras ici restera confidentiel. Ce que tu voudras partager sur… tes amis, les garçons, tout ce que tu veux… ne quittera pas ces quatre murs. Ça restera entre nous. Est-ce qu'il y a quelque chose dont tu voudrais me parler ?

Nora aurait bien dit à Mme Sauce de se mêler de ses affaires, mais c'était plus facile de se taire et d'ignorer la trahison de Cam et @supfaber avec tous les commentaires et les hashtags.

– Nora ?

– Non, merci, répondit-elle en secouant la tête.

Elle laissa le silence les envelopper comme une couverture.

– J'ai grandi à Faber, déclara enfin Mme Sauce. Tu le savais ? J'étais élève ici.

Nora hocha la tête machinalement. Elle se rappela, en troisième, quand des garçons avaient retrouvé sa photo sur un vieil album. *Josephine Sauce.* Parfois au lieu de l'appeler Sauce Piquante, ils l'appelaient « Jo-si-fine ».

– À l'époque, on n'avait pas de smartphones et de réseaux sociaux pour répandre les rumeurs. On avait les toilettes et des marqueurs.

« Des marqueurs ? » Nora sentit son estomac se nouer. Est-ce qu'elle savait pour le 9 ? Non. Impossible.

– Nora, dit Mme Sauce en se penchant sur son fauteuil couleur aubergine, les coudes sur les genoux.

Des bracelets en argent glissèrent sur son avant-bras.

– Rien de ce que tu pourrais dire ne me choquera. Tu ne baisseras pas dans mon estime, crois-moi. Je sais ce que c'est d'être une fille dans cette ville.

Nora laissa échapper un son indéterminé entre un « Oh » et un « Hmm ». Quel commentaire bizarre. « Je sais ce que c'est d'être une fille dans cette ville. »

Mme Sauce la dévisageait, la tête légèrement penchée.

Nora baissa les yeux vers ses tennis. En quatrième, elle portait les mêmes Converse basses que Cam. Elles leur avaient mis des lacets bleu et or en l'honneur de Faber. Nora portait toujours les siennes, mais pas Cam. Elle disait qu'elle était trop grande pour ça.

– Quand j'avais treize ans, les garçons du collège avaient inventé un concours, raconta Mme Sauce. Ils l'appelaient « mains au cul ».

Nora leva la tête.

– Comme tu l'imagines, l'idée, c'était de mettre le plus de mains aux fesses des filles, dans les couloirs, la cafèt', en attendant le bus. Ça a duré des jours. Ils gardaient les scores, les noms des filles et le nombre de fois qu'ils les avaient touchées. Mes copines et moi, on a fini par se plaindre au proviseur. Ce n'était pas M. Hicks, à l'époque, mais M. Fisher. Et tu sais ce qu'il nous a dit ?

Nora secoua la tête.

– Il a dit : « Vous devriez être flattées ». Il a dit : « C'est la façon qu'ont les garçons de vous montrer que vous leur plaisez ».

Nora ne dit rien. Elle se demanda si Mme Sauce savait que ce jeu existait toujours. Seulement, quand Nora était en cinquième, les garçons l'appelaient « tague un cul » et ils postaient leurs scores sur Instagram.

– Je te le garantis, Nora, « Tu devrais être flattée » ce n'est pas la réaction qu'une élève obtiendra de moi si elle vient se plaindre d'un comportement pareil.

Un comportement pareil. Elle repensa à la main du gars de la fraternité sur ses fesses. Elle pensa à des mains d'inconnus qui lui retiraient sa culotte et qui écrivaient sur sa peau alors qu'elle était inconsciente.

– Nora…

La sonnerie retentit.

– Tu n'es pas obligée d'y aller tout de suite. Je peux t'écrire un mot.

– J'ai un devoir de chimie, bredouilla Nora.

Ce n'était pas vraiment un mensonge. M. Bond les interrogeait pratiquement à chaque cours.

– D'accord…

Mme Sauce se leva en même temps que Nora.

– Mais reviens quand tu veux. Ma porte est toujours ouverte.

Nora hocha la tête. Une bouée de sauvetage dans un immense océan.

***

À la fin de la journée, Adam Courtmanche l'attendait dans le couloir.

– Sérieusement ? l'accueillit-il en lui tendant son portable.

Nora n'eut pas besoin de regarder l'écran.

– Tu m'expliques ?

– Je ne peux pas.

– Tu ne peux pas.

– Non, dit-elle en ouvrant son casier.

– Tu ne peux pas m'expliquer pourquoi tu te vautres dans les bras d'un Alpha Psi pendant qu'un autre te met une main au cul et qu'un dernier vous mate ?

– Non, répéta Nora en sortant son sac à dos.

– Tu réalises que c'est la fraternité de Trey ? Ce sont les frères de mon frère.

Elle se tourna pour le regarder.

– Tu te rends compte à quel point c'est humiliant pour moi ? reprit-il. Je pensais qu'on avait quelque chose tous les deux. Je pensais qu'on était…

Il poussa un petit rire amer.

– Je suis trop con, j'imagine.

Nora ouvrit la bouche.

– Te fatigue pas. Pas la peine, vraiment.

Et il s'éloigna.

***

Salut, Nora. Ça va aujourd'hui ?

Tu as envie de parler ?

Tout le monde s'inquiète pour toi.

Tu veux toujours être dans le comité de la fête des terminales ?

Hello, Nora. Tu te crois trop bien pour nous, simples lycéens, maintenant ? Tu fréquentes seulement les gars des fraternités ?

C'est un montage, n'est-ce pas ? Nora ?

Bon sang, Nora, je sais que tu as certainement autre chose en tête, en ce moment, mais t'as fait le devoir de français ?

CAM

– Elle va bien ? demanda Asher à Cam.

Ils étaient dans le couloir, devant la chambre fermée à clé de Nora, d'où s'échappait une musique tonitruante. Cam reconnut la playlist « Femmes féroces » qu'elles avaient créée ensemble vers la quatrième. Dua Lipa. Pink. Beyoncé. *When you hurt me, you hurt yourself…*[1]

– Ça ira, assura Cam. Elle doit digérer.

Cam savait que Nora était furieuse contre elle. Évidemment, elle le savait. Nora ne la calculait pas depuis qu'elle avait tout dit au groupe, pendant le déjeuner. Nora voulait vivre dans le déni de ce qui était arrivé. Au début, ça pouvait se comprendre. Seulement, il n'y avait pas juste l'enregistrement granuleux d'Adam Xu, il y avait aussi une photo qui montrait très clairement Nora, les trois gars et le tee-shirt compromettant de la fraternité. Elles pouvaient contre-attaquer, maintenant.

---

1. *Quand tu me fais mal, c'est à toi que tu fais mal…*

– On frappe ? demanda Asher.

Cam secoua la tête.

– Elle sortira quand elle sera prête.

Sous l'ampoule du couloir, les cheveux d'Asher étincelaient. Avec sa boucle d'oreille de pirate, son tee-shirt « mangez local » et ses pieds nus incroyablement longs, pâles et osseux qui évoquaient à Cam un oiseau préhistorique, il était le dernier garçon sur cette planète qu'elle aurait pensé un jour trouver attirant. Et pourtant…

– Est-ce que c'est vrai ? demanda-t-il.

– Quoi ?

– Ce qu'on dit sur elle ?

Cam secoua la tête.

– Ne crois pas tout ce que tu entends.

– En général, j'y arrive.

– Tu as vu la photo ?

– Oui. Je le regrette, mais oui.

– Tu lui en as parlé ?

– J'ai essayé, hier soir. Elle voulait rien entendre et rien dire.

– Ouais.

Dire toute la vérité à ses copines n'était pas la même chose qu'en parler au grand frère de Nora, avec lequel elle sortait, en plus.

– Elle est très discrète.

When you diss me, you diss yourslelf…[1]

La musique était si forte que Cam sentait les basses pulser dans sa poitrine. Asher aussi, elle en était sûre. Il était à deux

1. *Quand tu me manques de respect, c'est à toi que tu manques de respect…*

pas d'elle, il la regardait. Encore quelques centimètres et elle sentirait son souffle sur sa peau. Un mouvement du menton et sa bouche serait sur la sienne. Ses mains se posèrent sur sa nuque. Ses lèvres, sa langue. Cam eut besoin de quelques secondes pour se ressaisir et se rendre compte que la musique s'était arrêtée. Heureusement qu'ils ne s'étaient pas embrassés, parce que la porte s'ouvrit soudain et Nora apparut. Elle ne pleurait pas mais elle avait les yeux rouges.

– Super, lança-t-elle en regardant tour à tour Cam et Asher. Tu lui as dit à lui aussi ?

– Me dire quoi ? demanda Asher.

– Je ne lui ai rien dit, se défendit Cam. Je suis venue voir comment tu allais. Je t'ai cherchée après le cross, mais Anna m'a dit que tu n'étais pas allée à l'entraînement.

– Tu crois vraiment que j'allais me pointer au lacrosse après ton annonce publique ? interrogea Nora, les traits déformés par la colère.

– Bon, on dirait que vous avez des trucs à régler, lâcha Asher.

– Non, on n'a rien à se dire, protesta Nora.

Asher partit s'enfermer dans sa chambre.

– Écoute, commença Cam en approchant de Nora. Je comprends que tu sois en colère contre moi, mais je n'ai pas fait d'annonce publique. J'en ai juste parlé à nos trois meilleures amies, qui se font du souci pour toi.

– C'est ça, oui. Et elles sont tellement fortes pour garder des secrets !

– Elles n'en parleront à personne. Elles ne diront rien. Mais elles sont d'accord avec moi sur le fait qu'on a une occasion en or. Non, on a une responsabilité…

– On ? répéta Nora, les sourcils froncés.

– Oui.

– Ça n'a rien à voir avec toi.

– Bien sûr que si, contredit Cam. J'habite dans cette ville, moi aussi. Ça aurait pu m'arriver à moi. Ou à Anna. Ou à Chelsea…

– Mais c'est pas le cas ! l'interrompit Nora d'une voix étranglée. C'est à moi que c'est arrivé !

– Et ça peut se produire de nouveau et cette fois sur n'importe laquelle de nous.

– Tu ne sais même pas si c'est vrai. T'es juste allée sur Google !

– Tu veux savoir si c'est vrai ? Donne-moi une mèche de tes cheveux.

– Quoi ?

– Je suis sérieuse. On va la faire tester. Mes oncles peuvent faire une analyse toxico.

– Bon sang, Cam ! Tu en as parlé à tes oncles ?

– Non. Mais j'ai fait des recherches sur le rohypnol. On a quatre-vingt-dix jours avant…

– Attends, la coupa Asher en sortant de sa chambre.

Il examina les deux filles tour à tour.

– Le rohypnol ? La drogue des violeurs ?

Nora poussa un rire hystérique.

– Génial ! De mieux en mieux.

Asher avait blêmi comme s'il venait de recevoir un coup de poing dans le ventre.

– Nora. Est-ce que ces types t'ont violée ?

– Non, mais…

Nora riait désormais si fort qu'elle arrivait à peine à articuler.

– Ils m'ont marquée comme une vache !

NORA

Elle l'avait dit à haute voix. Elle n'en revenait pas. « Ils m'ont marquée, comme une vache ! » Ces mots semblaient si ridicules à ses oreilles. Elle n'arrivait plus à arrêter de rire. Elle était tellement hilare que des larmes coulaient de ses yeux. Est-ce qu'elle devenait folle ?

Non, ce n'était pas ça. Ces mots étaient juste trop ridicules.

– Quoi ? demanda Asher, sonné.

– Qu'est-ce que tu racontes, Nora ? Marquée comme une vache ?

Nora stoppa net. Qu'est-ce qu'elle était supposée répondre à Cam ? Qu'elle plaisantait ? Ce n'était rien, vraiment. Juste un nombre. Mais le dire à Cam… Ça aurait été un vrai désastre. Cam avait le don de transformer une goutte d'eau en tsunami, c'était son super pouvoir. Comme en quatrième, quand Anna était venue au collège en débardeur et avait été affichée pour violation du code vestimentaire. Le proviseur l'avait obligée à enfiler un pull parce qu'il voyait les bretelles de son soutien-gorge. Ça n'avait pas particulièrement traumatisé Anna, elle n'était ni collée ni exclue du collège, mais Cam était si remontée qu'elle avait convaincu toutes les filles de venir le lendemain à l'école en débardeur et de manifester devant le bureau de M. Hicks.

– Eh oui, on porte des soutien-gorge ! Va falloir vous y faire, les mecs ! avaient-elles scandé en chœur.

Heureusement, Nora s'était réveillée avec un gros mal de gorge. Elle avait eu l'intention de témoigner sa solidarité à Anna, mais son angine l'avait bien arrangée. Elle aurait eu tellement honte de hurler qu'elle avait un soutien-gorge au visage du proviseur.

– Laisse tomber, lança-t-elle à Cam, regrettant immédiatement d'avoir laissé échapper cette information.

– Nora.

Elle n'apprécia pas le ton de son amie. Ni la main qu'elle posa sur son bras.

– Oublie, s'énerva-t-elle. Oublie ce que j'ai dit.

– Nora, répéta Cam, plus sérieuse que jamais.

– Dis-nous, intervint Asher. S'il te plaît.

Nora se tourna vers son frère. Il avait l'air sincèrement bouleversé, ce qui la déstabilisa. Rien ne perturbait Asher, d'ordinaire.

– C'est rien, répéta-t-elle avant de tout leur raconter.

Ce n'était pas comme les marques qu'on fait aux vaches. Ils n'avaient pas gravé le nombre sur sa peau avec un tisonnier brûlant. Juste un trait de marqueur, qu'elle avait réussi à savonner rapidement.

– Quelle horreur, murmura Asher.

– S’il te plaît, dis-moi que tu as pris une photo.

– Non, Camille, je n’ai pas pris de photo.

Asher secoua la tête, encore et encore. On aurait dit qu’il ne pouvait plus s’arrêter.

– Je veux toute l’histoire. Depuis le début.

« Pas question », se dit Nora. Elle avait passé les quatre derniers jours à essayer d’oublier ce qui lui était arrivé. Ce n’était pas pour tout reprendre avec son frère maintenant.

– Nora, appela Cam.

Nora la regarda.

Cam leva les sourcils.

– D’accord. Si tu veux lui raconter, vas-y.

ASHER

Ils avaient drogué sa petite sœur.

Ils lui avaient retiré ses vêtements et écrit sur sa peau et ils avaient accroché sa culotte sur un bâton, comme un trophée.

Asher était choqué. Il était… sidéré. Il dévisagea Nora, sans trouver les mots.

– Vas-y, lança-t-elle.

– Quoi ?

– J'attends, tu en meurs d'envie : « Je te l'avais dit ».

Asher secoua la tête.

– Tu as essayé de me mettre en garde. « Quand tu portes des habits trop serrés… ou trop courts… », répéta-t-elle en agitant son index et en prenant une voix grave. « Ils voient ça comme une invitation. »

– Tu lui as dit ça ? demanda Cam en fusillant Asher des yeux.

Il secoua la tête de nouveau.

– Pour certains gars, c'est le cas. Je ne voulais pas dire…

– Non, l'interrompit Nora. Tu avais raison. J'aurais dû t'écouter, et maintenant…

Elle leva les deux bras en l'air et les laissa tomber le long de son corps.

– Je n'arrive plus à penser à rien d'autre.

Sa sœur pensait qu'il avait raison ? Jamais Asher n'aurait pu imaginer être si peu satisfait de cette petite victoire.

NORA

– Écoute-moi, lança Cam rageusement en attrapant Nora par les épaules. Ce que ces gars t'ont fait n'a rien à voir avec comment tu étais habillée. Rien. Même si tu avais été en bikini, ça n'aurait pas voulu dire que tu *demandais* quoi que ce soit. Tu ne méritais pas ça. Tu m'entends ?

Nora sentit un picotement dans ses yeux.

– Oui, répondit-elle, surprise par l'émotion qui montait en elle.

– Et toi, tu m'entends ? demanda Cam en collant son index sur le torse d'Asher.

– Je t'entends, répondit-il.

– Parfait. Quand est-ce que votre père rentre à la maison ?

– Quoi ?

– Votre père. Il peut identifier les gars sur la photo. Les types dans les fraternités sont tous des athlètes, non ?

– Non, répliqua Asher.

– Il y a deux fraternités sportives, expliqua Nora. Alpha Psi recrute des footballeurs, des hockeyeurs et des joueurs de lacrosse. Sigma Tau recrute des joueurs de soccer, de basket et de baseball. Les autres sont ouvertes à tous.

– D'accord, peu importe. Il y a le symbole des Alpha Psi sur un des tee-shirts. Si c'est une des fraternités sportives, votre père reconnaîtra ces trois types.

– Non, contredit Nora.

– Pourquoi pas ? C'est sûrement ses joueurs.

– Oui, mais je ne lui en parle pas.

– Tu plaisantes ? Il faut que tu lui en parles.

– Tu connais mon père ? demanda Nora en regardant Cam droit dans les yeux. Tu sais comme il est protecteur.

– Oui.

– Je suis sa fille.

– Exactement.

– Ça le tuera.

– Ça ne le tuera pas, Nora. Il sera révolté. Il fera tout ce qui est en son pouvoir pour retrouver les coupables.

– Non, insista Nora en secouant la tête. Je ne le mêle pas à quelque chose comme ça.

Asher lança un regard interrogateur à sa sœur.

– Quelque chose comme quoi ? demanda Cam.

– Une… commença-t-elle en agitant une main dans l'air. Une affaire de sexe… Une tentative de… J'en sais rien. Ce serait horrible pour lui. Et pour l'université.

– T'es sérieuse ? s'indigna Asher.

– Quoi ? se défendit Nora.

– Papa s'occupe tout le temps de ce genre d'histoires.

– Pas du tout !

– OK, pas avec ses propres enfants, concéda Asher. Mais souviens-toi de ce hockeyeur. Peyton quelque chose ?

– Peyton Mallory.

– Oui. Il a agressé sexuellement une fille d'une des sororités à une kermesse.

– Quoi ? Mais jamais de la vie.

– Elle a porté plainte contre lui à l'université. Il est passé en conseil de discipline.

– Je te crois pas.

– Pourquoi j'inventerais un truc pareil ?

– J'en sais rien. Mais j'en ai jamais entendu parler.

– Moi non plus, intervint Cam. C'est passé aux infos ?

– Je crois pas.

– Pourquoi pas ?

– Parce qu'il s'en est tiré. Il n'a pas été renvoyé. Il n'a même pas été exclu de l'équipe.

– Pardon ?

– Comment est-ce qu'il a réussi à s'en tirer ? demanda Cam.

– Je ne sais pas. Mais c'est papa qui l'a conseillé pendant l'audition. Comme il l'avait fait pour le joueur de Los Angeles. Le quarterback. Une fille a dit qu'il l'avait violée derrière la statue de la cruche en fer. Il a dit qu'elle était consentante. Papa l'a aidé à s'en tirer.

– De quoi est-ce que tu parles ? s'agaça Nora. Comment tu sais tout ça ?

– Allons, Nora, répliqua Asher. Tu as entendu papa parler au téléphone. Sa voix est toujours branchée au même volume. Ouvre un peu les oreilles.

– Tu écoutes ses conversations privées ? C'est hyper malpoli.

– Pourquoi est-ce qu'on ne l'a jamais lu dans la presse ? demanda Cam.

– Bonne question, acquiesça Asher.

– Pourquoi tu n'en as jamais parlé avant ? demanda Nora.

– Parce que tu ne m'aurais pas cru, répondit Asher en la regardant dans les yeux.

– T'en as parlé à maman ?

– Non, répondit-il en secouant la tête. Seulement à papa.

– Et qu'est-ce qu'il a dit ?

– Il a dit que je n'avais pas compris la situation.

– Ben, tu vois, lâcha Nora, soulagée. Tu n'as pas compris la situation. Il ne ferait jamais un truc pareil.

CAM

De retour chez elle, Cam envoya un message à Adam Xu.

Désolée pour mon silence

J'imagine que t'as vu la photo, mais c'est pas tout

T'es libre ?

Viens chez moi, 37 Hickory Court

ADAM XU

Il monta les marches de la terrasse des Dodd parce que Camille lui avait demandé de venir. Ça faisait déjà une journée entière que son groupe de baseball lui avait envoyé la photo. Depuis, il ne pensait qu'à ça. Le tee-shirt imprimé du symbole AΨB. La main d'un type sur la jupe de Nora, qui tenait à peine sur ses jambes. Sa tête qui partait sur le côté.

Il voulait s'assurer qu'elle allait bien, mais le seul cours qu'ils avaient en commun était la littérature américaine. Et ce matin, elle ne s'était pas assise à sa place habituelle, au premier rang, où le prof l'interrogeait tout le temps. Au début, Adam avait pensé qu'elle n'était pas venue – sans doute à cause de la photo et de ce que les gens diraient – mais il avait fini par la repérer au fond de la classe, près de la porte. Elle portait un sweat à capuche gris, deux fois trop grand pour elle, et ses cheveux tombaient sur son visage. Camille, comme toujours, était assise près d'elle. Adam aurait aimé échanger sa place avec elle. Il voulait lui demander comment elle allait. Alors que Mme Bell notait les présents et écrivait sur le tableau, Nora avait parlé à Camille. Adam était dans la même rangée, mais à huit sièges d'elle. Il n'avait rien pu entendre de ce qu'elles s'étaient dit. Nora avait la tête baissée. Impossible d'évaluer son état émotionnel de là où il était. Il ne voyait qu'une toute petite partie de son visage.

Et c'est à cet instant qu'une idée avait germé dans sa tête, une idée qu'il n'avait jamais eu le courage de se formuler jusque-là. Depuis aussi loin que remontaient ses souvenirs, il s'était toujours assis au même endroit, au fond de la classe dans un coin. Il s'y sentait plus à l'aise. La seule exception était en troisième, au cours de SVT, parce que M. Mahoney tenait à placer lui-même les élèves et à leur attribuer un binôme. Adam avait dû endurer une année entière au premier rang, au centre de la classe, avec Kevin Hamm pour partenaire de travail. Linebacker dans l'équipe de football, Kevin adorait poignarder avec son scalpel la grenouille à disséquer et balancer ses yeux sur ses camarades. Le plus stupéfiant, c'était que M. Mahoney ne l'avait jamais remarqué. Ou en tout cas, il avait préféré regarder ailleurs. Peut-être parce qu'il n'avait pas voulu s'embêter à lui faire la morale, ou peut-être parce qu'il était un des entraîneurs de foot. En tout cas, dès qu'il avait le choix, Adam s'asseyait au fond. C'était une façon de se protéger. Pourquoi attirer l'attention, quand on peut l'éviter ?

Mais il avait pensé à la personne merveilleuse qu'était Nora. Le genre de personne qui tend la main au nouveau quand il s'est lamentablement vautré dans la cafétéria en s'arrosant de lait. Il avait pensé à Nora sur le terrain de golf et décidé d'agir. Et sans attendre, avant de se débiner, Adam s'était levé et avait remonté sept sièges vers la droite. Il avait tiré la chaise à côté de Camille et s'était assis.

– Salut, avait-il lancé en s'éclaircissant la voix.

– Salut, avait répondu Camille, comme si de rien n'était.

Nora avait pris un air contrarié, les sourcils froncés, comme si sa présence la dérangeait ou la bouleversait.

– Salut, avait-il répété.

Quel imbécile il faisait. Elle avait entendu, pas la peine d'insister.

Heureusement, Mme Bell l'avait sauvé.

– Bien, jeunes critiques littéraires, avait-elle lancé. En supposant que vous avez tous fait vos devoirs et fini de lire *L'œil le plus bleu…* Pourquoi pensez-vous que cette œuvre majeure a si souvent été contestée ou même interdite ?

Adam avait ouvert son cahier. Il avait tenté de se concentrer sur la question, se demandant ce qu'en pensait Nora. Il s'était demandé ce qu'elle ressentait à cet instant.

Sarah Hecht avait levé la main.

– Parce que ça parle de perversion sexuelle ?

Est-ce que ces mots avaient fait rougir Nora comme ils l'avaient fait rougir, lui ? Avait-elle senti des regards sur elle ? Et avait-elle entendu quelqu'un chuchoter « salope » ?

– Parce que ce livre met les gens mal à l'aise, était intervenue Camille.

Manifestement, Camille l'avait entendu. Elle s'était redressée sur sa chaise, le menton bien haut.

– Parce que ça les confronte à des choses qu'ils refusent de reconnaître sur eux-mêmes, comme leur racisme.

À présent, sur la terrasse des Dodd, Adam se remémorait la scène. Camille était une merveilleuse amie. Elle avait immédiatement dévié l'attention sur elle. Elle s'était directement placée en première ligne.

– Tu nous traites de racistes ? avait demandé Sarah Hecht.

– Si tu te sens visée, avait répliqué Camille.

Adam n'en revenait toujours pas. Quel courage !

La porte de la maison s'ouvrit.

– Hello, lança Camille.

Elle avait les cheveux attachés et cachés sous un tissu kaki.

– Salut, répondit-il.

C'était la première fois qu'il entrait chez les Dodd. La première fois qu'il s'asseyait à la table de leur cuisine, et goûtait un smoothie préparé par Camille.

– « La déesse émeraude », l'avait appelé Camille en mettant quelques feuilles de chou frisé dans un mixeur. Ma spécialité.

Adam lui avait dit de ne pas se donner de mal, qu'un verre d'eau lui convenait parfaitement, mais Camille avait insisté. Alors maintenant, il tenait dans la main un verre d'une boisson verte et épaisse.

– Crois-moi, ça a l'air dégueu, mais c'est super bon.

Il s'arma de courage pour y tremper les lèvres. Première gorgée. Ça avait un goût d'herbe. Il pensa aussitôt au terrain de golf.

Il avala et reposa son verre.

– J'ai amélioré la qualité de la vidéo.

– Ah oui ?

Camille but à son tour.

– Et ça donne quoi ?

– C'est toujours pas génial, mais si on zoome, on peut voir le tee-shirt, maintenant. La tête de mort et les lettres grecques, comme sur la photo.

Il avait tout de suite reconnu le AΨB qu'il voyait chaque fois qu'il traversait le campus de Faber. En face de la rangée d'arbres qui cachaient les maisons des sororités où sa mère faisait le ménage, se trouvaient les maisons des fraternités : une demi-dizaine de bâtiments en brique rouge de style colonial, sur fond d'immeubles universitaires beaucoup moins typiques. Et parmi elles, AΨB.

– Alpha Psi Beta, lança Adam. J'ai fait une recherche sur le site de l'université. Ils ont une page Facebook.

– Une page *Facebook* ? s'étonna Camille.

– Oui.

– Qui en-dessous de quarante ans a une page Facebook ?

– Eux, apparemment, répondit Adam en haussant les épaules.

Adam avait essayé de lister les noms des participants et des abonnés, mais c'était impossible sans avoir un compte. Alors il s'en était créé un. Juste un profil générique, sans photo, et avec pour pseudo « Adolf von Baeyer II », parce que « Adolf von Baeyer » était déjà pris.

Adolf von Baeyer II.

Trois jours plus tôt, Adam n'aurait jamais fait une chose pareille. Trois jours plus tôt, il n'aurait jamais adopté une fausse identité sur un réseau social – avec le nom du chimiste allemand qui avait découvert la teinture bleue qu'on utilisait sur les jeans – dans le seul but de constituer une liste de deux mille cent vingt-quatre noms pour identifier trois gars sûrement assez costauds pour le démolir.

C'était le nouvel Adam Xu, qui ne craignait plus qu'on le démolisse. Parce qu'il avait une mission.

– Tu veux voir ? proposa-t-il.

– Quoi ?

– Leur page Facebook.

– Pas tout de suite. Il y a autre chose. Nora a essayé de minimiser, mais…

– Quoi ?

– Ils ont écrit sur elle au marqueur. Un 9, à l'endroit du maillot.

– Pardon ? s'exclama-t-il en ouvrant de grands yeux.

– Oui, elle l'a vu dès le lendemain, mais ne me l'a avoué qu'aujourd'hui. Malheureusement, elle n'a pas pris de photo, mais…

– Attends…

– Quoi ?

Un souvenir lui revenait. Ça s'était passé en sport, la semaine précédente. Lundi. Ou peut-être mercredi ? Il se changeait dans les vestiaires pour son cours de badminton ; le vestiaire était plein à craquer. Adam enfilait son short quand Kevin Hamm avait débarqué, ses cheveux tombant dans ses yeux, sa bouche tordue en un sourire satisfaisait, comme toujours. Ce gars n'avait pas changé d'un pouce depuis le CM1, quand il avait affiché Adam devant tout le monde. Il était peut-être pire encore maintenant. Depuis la troisième, son ego n'avait fait que gonfler. Adam connaissait assez l'échelle de popularité du lycée pour comprendre que, aux yeux de ses camardes, ses succès sur le terrain et son amitié avec Adam Courtmanche suffisaient par l'emporter sur son cerveau de pois chiche et son acné dévorante. Est-ce que les gens l'aimaient vraiment ? Ce n'était pas la question. Quand Kevin Hamm parlait, on l'écoutait. Quand il s'asseyait sur un banc, dans les vestiaires, sortait son téléphone et demandait qui voulait voir une belle paire de seins d'étudiante de Faber, tout le monde levait la tête. Adam aussi avait levé la tête, avant même de comprendre ce qu'il avait dit. Et bien sûr, comme Kevin avait le dernier iPhone avec un méga écran, la photo s'affichait en énorme avec une résolution impeccable : des seins qui débordaient d'un soutien-gorge en dentelle blanche, avec une marque noire entre les deux.

– C'est quoi ? avait demandé une voix.

Les garçons rassemblés autour de Kevin se battaient pour avoir une meilleure vue.

– On dirait un quatre, avait lancé quelqu'un d'autre.

– C'est plutôt un 105, bonnet D, pas vrai les mecs ? avait plaisanté Kevin.

Adam avait détourné les yeux, embarrassé. Il avait essayé de ne plus y penser. *Quelle idée d'écrire un numéro sur une fille ?* Et il avait réussi, jusqu'à cet instant.

– C'était un quatre, lâcha-t-il.

– Pardon ?

– Il y avait une fille avec un numéro quatre sur la poitrine, répondit-il. Je l'ai vu la semaine dernière.

Il lui raconta l'histoire.

– Bon sang ! s'exclama Camille en lui attrapant le bras. Où est-ce que Kevin a eu la photo ?

– Je ne sais pas. Il n'a rien précisé. Juste que c'est une étudiante de Faber.

Camille ouvrit de grands yeux.

– Bon sang, Adam !

– Oui.

– Tu sais ce que ça veut dire ?

– Quoi ?

– Qu'il y en a d'autres. Ça veut dire…

Elle avala le reste de sa « déesse émeraude » comme si c'était un shot de whisky et claqua le verre sur la table.

– On doit monter une opération noire.

– Une opération noire ? répéta Adam.

– Oui.

– Euh… Je ne sais pas ce que ça veut dire.

Camille leva les sourcils.

– Une opération secrète ? Clandestine ? Utiliser des moyens en général défendus.

– Oh… Euh…

– On doit trouver des preuves solides. La vidéo et la photo sont un bon début, mais elles ne prouvent pas qu'un crime a été commis. J'ai demandé à Nora une mèche de ses cheveux pour faire des analyses mais elle a refusé, alors…

Camille avait dû lire l'expression sur le visage d'Adam, parce qu'elle grimaça.

– Désolée, tu dois me prendre pour une dingue. Toute la famille de mon père travaille dans la police et le droit. Tu devrais venir passer un Thanksgiving chez nous. Mes oncles ne parlent que d'autopsies, de preuves, de pièces à conviction… On se croirait dans une convention de *Bones.*

– C'est quoi ça ?

– Tu ne connais pas *Bones* ?

Il fit non de la tête.

– C'est une vieille série criminelle. Elle est top. Bref, Nora veut pas mêler son père à ça, et je dois respecter sa décision, même si ce serait le premier à démêler à cette affaire, vu que c'est le directeur sportif. Mais je dois faire quelque chose. C'est obligé !

– T'es une super amie, la complimenta Adam.

– J'en sais rien.

– Si, je te le dis. En cours, ce matin, tu as entendu quelqu'un traiter Nora de salope. Et tu as directement changé de sujet. Tu t'es interposée pour qu'ils te visent toi plutôt qu'elle.

Camille poussa un rire rapide.

– Oui, enfin, dire à la classe que c'était une bande de racistes a super bien marché.

– Les gens t'écoutent. Et maintenant, tu essaies de retrouver les coupables.

– Je le lui dois. J'aurais dû être avec elle.

– Tu étais avec elle. Tu es venue tout de suite quand je t'ai écrit.

– Non, j'aurais dû y être depuis le début de la soirée. On s'est disputées bêtement et je suis allée à la fête de Kyle, et elle, elle est allée seule à la kermesse, et maintenant…

Camille ne put finir sa phrase.

– Ce n'est pas ta faute.

– Si, ça l'est. Et en plus, je sors avec son frère derrière son dos.

– Quoi ?

– Oui.

– Mais pourquoi ?

– Je sais pas. Les phéromones.

– Non. Pourquoi derrière son dos ? Pourquoi tu ne le lui dis pas ?

– Je sais pas. C'est…

Camille hésita.

Il attendit.

– Elle détesterait nous savoir ensemble.

– Pourquoi ?

– Tu es enfant unique, n'est-ce pas ?

– Oui.

– Moi aussi. Je ne comprends pas vraiment la rivalité entre frère et sœur, mais j'ai passé une grande partie de ma vie chez Nora, alors je peux t'en parler. Asher et elle sont complètement différents. C'est une fille à son papa, et lui, un garçon à sa maman, et… c'est inconciliable. Ils n'ont pas de point de rencontre.

– Comme l'est et l'ouest.

– Pardon ?

– C'est Rudyard Kipling qui disait ça : l'est est l'est, et l'ouest est l'ouest et jamais ils ne se rencontrent. Ma grand-mère m'a appris cette citation.

Camille lui adressa un regard admiratif.

– Fi ! Fo ! Fum ! s'écria une voix.

– Mon père est rentré, expliqua Camille en levant les yeux au ciel. Il cherche à épater la galerie. Il se prend pour Shakespeare. Depuis que j'ai trois ans, c'est comme ça.

Adam sourit sans pouvoir s'en empêcher.

– Eh, tu veux rester dîner ? invita Camille.

Il la dévisagea.

– Mon père est grave chelou, mais il fait des burgers de folie.

– D'accord, je veux bien.

Des burgers chez Camille Dodd. Une première !

NORA

Le mardi soir, Maeve, déjà en pyjama, entra dans la chambre de Nora.

– Tatum a dit qu'Ella D. a dit que son frère, Ethan, a dit qu'il y a une photo sexy de toi qui circule à l'école.

Maeve, *onze ans*, venait de dire « photo sexy ». Horrifiée, Nora voulut donner à sa petite sœur un biscuit, un verre de lait et l'envoyer au lit.

– C'est vrai ? insista Maeve. T'as couché avec trois garçons d'une fraternité ?

Nora ouvrit la bouche, mais la referma aussitôt.

– Quoi ? Je suis en CM2. Je sais ce que c'est « coucher ».

Non seulement Maeve en savait plus que Nora ne le pensait, mais en plus la photo compromettante se propageait dans toute l'école comme une gastro. Tous les parents étaient sans doute aussi au courant. Leurs comptes Facebook devaient s'affoler avec le hashtag #classicfaber. La prochaine fois que la mère de Nora ferait ses courses, un officier de police l'aborderait au rayon bio pour lui parler tout bas : « Faut vraiment que tu surveilles ta salope de fille, Diane. »

– Alors ? demanda Maeve.

Nora craignait que, si elle tentait de parler, quelque chose de complètement dingue ne sorte de sa gorge, comme un éclat de rire hystérique ou un hurlement. Peut-être de la fumée. Mais il fallait qu'elle trouve une réponse, sinon Maeve risquait de s'enraciner sur le pas de sa porte.

– Non, lança Nora. Ce n'est pas vrai.

– Je le savais ! s'exclama Maeve en brandissant un poing vers le plafond. Tu es comme Harry Potter dans *La chambre des secrets* quand tout le monde pense qu'il est l'héritier de Serpentard simplement parce qu'il parle le fourchelangue. Mais c'est pas parce qu'il le parle qu'il l'est, n'est-ce pas ?

– Euh…

– J'ai compris, conclut Maeve en remontant ses lunettes sur son nez. C'est tout ce que j'avais besoin de savoir.

***

– Bonsoir, ma chérie, lança la mère de Nora.

De retour de sa réunion à l'école, elle se tenait dans l'embrasure de la porte de Nora. Apparemment, ses proches avaient décidé de se relayer devant sa chambre pour faire des déclarations qu'elle ne voulait pas entendre.

« Même si tu avais été en bikini, ça n'aurait pas voulu dire que tu demandais quoi que ce soit. »

« Papa s'occupe tout le temps de ce genre d'histoires. »

« Je suis en CM2. Je sais ce que c'est « coucher ». »

– T'as passé une bonne journée ?

Est-ce qu'elle avait passé une bonne journée ? Nora sentit ses lèvres tressauter.

– Qu'est-ce qu'il y a de drôle ?

Rien. À part sa mère dans sa robe de fermière qui lui demandait si elle avait passé une bonne journée, comme si de rien n'était, comme si c'était un jour normal.

Même si Nora racontait à son père ce qui lui était arrivé, même s'il usait de tout son pouvoir de directeur sportif et retrouvait les trois coupables pour les renvoyer de Faber, personne n'oublierait cette photo. Elle serait marquée à vie. C'était comme ça que ça marchait au lycée.

– Mon cœur ?

Nora secoua la tête. Sa mère était tellement naïve. Ce n'était pas sa faute. Elle avait grandi dans un ranch, dans le Montana, où le plus grand problème pour une fille était de choisir entre nourrir les poules ou d'abord traire les vaches.

– Oui, j'ai passé une bonne journée.

***

Elle aimait son père plus que tout au monde. Elle lui faisait confiance aveuglément. Alors pourquoi rôdait-elle devant la porte de son bureau à vingt-deux heures trente comme une espèce d'espion en mission secrète ?

C'était la faute d'Asher. « Ouvre les oreilles, Nora », lui avait-il dit sur son ton paternaliste. Là, elle était tout ouïe, mais n'entendait rien.

– Papa ? appela-t-elle en frappant à la porte. Tu travailles ?

– Je viens de raccrocher. Entre.

Le bureau de son père était la pièce favorite de Nora dans la maison. Il sentait la cire et l'après-rasage. Modeste, il n'était rien de plus qu'un cube en bois, avec une table de travail en chêne et un fauteuil pivotant que la mère de Nora avait acheté dans un vide-greniers, remis à neuf et offert à son père pour son anniversaire. Sur un tapis bleu à poils longs, une étagère, en chêne également, contenait des livres de sport. Mais ce que Nora préférait, c'étaient les trois strapontins 56, 57 et 58, récupérés dans l'ancien stade de Faber démoli pour construire une nouvelle structure au nom du riche donateur qui avait financé les travaux. Le père de Nora les avait vissés au sol. Ainsi, quand ses trois enfants entraient dans son bureau, ils avaient chacun leur siège.

– Bonsoir, ma puce, la salua son père en levant les yeux de son ordinateur.

Il portait sa casquette des hockeyeurs de Faber, avec le pompon ridicule.

– Hello, lança-t-elle en frottant la plaque en bronze sur le strapontin – le 57 – avec son pouce.

Elle s'était assise là plus souvent qu'elle ne pouvait le compter. Quand elle était petite, elle regardait son père remplir des papiers en l'imitant. Elle feuilletait les vieux albums de l'université de Faber, *Le Miroir,* et regardait chaque photo.

– Tu parlais avec qui ? demanda-t-elle.

– Oh, tu sais… Encore un incendie à éteindre.

« Un incendie à éteindre. » C'était son expression pour dire qu'il réparait les bêtises d'un de ses joueurs. Des problèmes avec un entraîneur, des mauvaises notes, des blessures.

– Quel genre d'incendie ?

– La routine, répondit-il en appuyant sur son stylo avec son pouce pour faire sortir et entrer la pointe.

Clic clic clic clic.

– Papa ?

– Oui, ma puce ?

Clic clic clic clic.

– Est-ce que Peyton Mallory a agressé sexuellement une des filles des sororités à une kermesse ?

Le *clic clic* s'arrêta. Il pencha la tête sur le côté.

– Où est-ce que tu as entendu ça ?

– Oh, tu sais, commença-t-elle en tirant sur un fil qui ressortait de son peignoir. Au lycée.

Dans le silence qui suivit, Nora entendit son cœur battre. Elle craignit d'avoir commis une affreuse erreur.

– Non, répondit enfin son père. Peyton Mallory n'a agressé personne, mais une fille l'a accusé de l'avoir agressée.

– Oh. Je vois… et Jason Mann ?

C'était le quarterback de Los Angeles dont lui avait parlé Asher. Elle venait de se rappeler son nom.

– Quoi, Jason Mann ? demanda le père de Nora en la regardant dans les yeux.

– Est-ce qu'il a violé une fille derrière la statue en fer ?

– Non, mais une fille l'a accusé de l'avoir violée.

– Oh.

Elle tira sur un autre fil et insista jusqu'à ce qu'il s'arrache.

– Comment tu le sais ?

– Comment je sais quoi ?

– Qui dit la vérité ?

Il se leva, contourna son bureau et avança sur le tapis à poils longs. Il portait les chaussettes avec les bandes rouge et or de Gryffondor que Maeve lui avait offertes pour Noël. Nora n'aurait jamais retenu ce nom si Maeve n'en avait pas fait tout un cake. Elle avait rédigé tout un discours sur les qualités d'un Gryffondor : courage, hardiesse, force, détermination.

– Je connais mes gars.

Il s'assit sur le strapontin 58 de Maeve.

– Et je sais qu'ils disent la vérité. Je fais ce boulot depuis longtemps, maintenant, j'ai vu plein de choses, et j'en reviens toujours à la même évidence. Je connais mes gars. Je les connais tous personnellement. Et je les crois. S'ils me regardent dans les yeux et me disent qu'ils n'ont rien fait, alors c'est qu'ils n'ont rien fait.

– Oh.

– Je vais te dire le problème avec les joueurs de Division I, ma puce. Ils sont exactement comme les pros. Tout le monde les convoite. Les média, le public… Ces filles… Elles veulent les approcher. Elles feraient n'importe quoi pour ça. Elles s'habillent de façon aguichante, vont à des fêtes, boivent trop, et… les conséquences peuvent être mal interprétées à la lumière du jour. Les susceptibilités peuvent être froissées. Tu comprends ce que je dis ?

Oui, Nora comprenait. Son cerveau était en ébullition.

– Et si… la fille est une de tes athlètes ?

Le père de Nora plissa les yeux.

– Si la fille… qui accuse le gars… est ton athlète, elle aussi ?

Il ne répondit d'abord rien, puis secoua la tête.

– Ça ne peut pas arriver.

– Ah non ?

– Pas sous ma surveillance. Non. Ce n'est pas possible.

Nora dévisagea son père. Le pompon sur sa casquette, les poils sur son menton. Quand elle était petite, elle le regardait se raser. Elle se plantait à côté de lui, devant le lavabo. Il gonflait les joues comme un hamster, et l'aspergeait d'après-rasage. Il la faisait mourir de rire.

Nora secoua la tête. Ça n'avait aucun sens. Rien de tout ça n'avait de sens.

– Ma puce ?

Elle se força à croiser son regard.

Son père leva les yeux vers le mur au-dessus d'elle.

– Il est presque onze heures. J'aurais aimé continuer à parler avec toi, mais tu as cours demain.

« Presque onze heures. »

« Cours demain. »

– Oui, je vais me coucher.

Ils se levèrent tous les deux.

– Eh, lança-t-il en lui ébouriffant les cheveux. Je t'aime. ma beauté.

– Je t'aime aussi.

***

Le matin, Asher proposa à Nora de l'accompagner.

– Maman me prête le minivan. J'ai des toiles à déposer dans la salle d'arts plastiques.

Nora jeta un regard interrogateur à sa mère.

Diane lui sourit. Elle portait des gants en caoutchouc et un des vieux tee-shirts de Rhett avec un trou au niveau de l'aisselle. C'était un jour de ménage, visiblement.

– Tu es belle, comme ça, la complimenta Diane.

Nora portait la tenue la moins sexy qu'elle possédait. Une robe bleue avec des fleurs imprimées sur le tissu, et un col montant. Elle semblait tout droit sortie de *La petite maison dans la prairie.* C'était la robe que Diane l'avait obligée à porter à la première communion de son cousin, l'année précédente, avec des bottes à dentelle qui pesaient des tonnes sur ses jambes.

– Merci, répondit Nora.

Réveillée tôt, elle s'était coiffée et avait pris un demi-toast. Elle avait fait son lit, s'était brossé les dents.

– Tu es prête ? demanda Asher en faisant cliqueter les clés.

– Oui.

Elle attrapa sa crosse et enfila son sac à dos.

Elle jouait son rôle, sans penser à son père, parce qu'il était au travail. Tôt le matin, il avait traversé la cuisine pour partir.

– Salut, ma puce. Tu viens au match contre Bucknell, vendredi soir ?

– Je sais pas. Peut-être.

– « Peut-être » ? avait-il répété en souriant. Notre équipe n'a plus battu Bucknell depuis 1987. Faut pas rater ce match, fais-moi confiance.

« Fais-moi confiance. »

Non, désolée, elle n'y penserait pas maintenant. Elle ne penserait pas aux joueurs de soccer. Il fallait qu'elle aille au lycée.

***

– Alors, commença Asher, au volant du minivan. Tu te sens comment… à propos de tout ça ?

– Bien.

– Nora, dit-il en lui jetant un regard inquiet. S'il te plaît. Avec moi, au moins, fais pas semblant.

– Fais pas semblant ?

– Oui.

– OK. Pourquoi tu m'as dit tout ça sur les joueurs de papa ?

– Qu'est-ce que je t'ai dit ?

Elle se tourna sur son siège pour faire face à son frère.

– Tu sais bien.

– Parce que ce sont des informations primordiales et pertinentes.

Il ne pouvait donc jamais parler comme quelqu'un de normal ? Pourquoi avait-il toujours besoin de se montrer supérieur ?

– Tout à fait. Ce que ces gars t'ont fait n'est pas acceptable, Nora. Et ce n'était pas un incident isolé. Pas plus que pour Peyton Mallory, ou… le quarterback… J'ai oublié son nom. Ça arrive tous les ans. Et tout le monde le sait, en ville. L'université le sait. Papa le sait. Et ils préfèrent fermer les yeux, parce que les gars en question sont des athlètes.

Nora secoua la tête.

– C'est pas comme ça. J'ai parlé à papa, hier soir. Ce n'est pas… C'est impossible qu'il ait…

– Impossible que quoi ? Qu'il ait protégé ses joueurs ? Qu'il ait essayé de protéger l'université ?

– J'ai pas dit ça, rétorqua Nora, tranchante. Ne déforme pas mes propos. C'est… Écoute : arrête de parler, c'est tout. Arrête de me parler de papa. Tu le connais même pas.

– Ah oui ? Je le connais pas ? C'est toi qui le connais pas.

Nora transperça son frère d'un regard méchant.

– Si c'est vrai, tout ça, pourquoi tu lui as jamais rien dit ?

– Je lui en ai parlé, se défendit Asher. J'ai essayé. Tu crois qu'il m'a écouté ? Il a dit qu'il avait rien fait de mal.

– C'est qu'il n'a rien fait de mal.

– Waouh ! s'exclama Asher en secouant la tête. Il t'a vraiment retourné le cerveau !

– N'importe quoi.

– Tu sais, les gens à qui on retourne le cerveau n'en sont pas conscients avant qu'on le leur fasse remarquer…

– La ferme !

Nora s'éloigna de son frère et regarda par la fenêtre.

– Tais-toi, Asher.

Elle posa la tête sur la vitre et contempla le paysage qui défilait à côté d'elle, les maisons, les arbres et le ciel gris. Elle n'était pas en colère contre Asher. Pas vraiment. En réalité, elle était surtout honteuse. Elle savait que son père s'occupait de faire la médiation entre les joueurs et leurs entraîneurs, ou leurs profs, mais c'étaient toujours des petites broutilles insignifiantes.

Elle était ahurie par sa propre naïveté.

« Je connais mes gars. »

« Les conséquences peuvent être mal interprétées. »

« Les susceptibilités peuvent être froissées. »

Les mots de son père rebondissaient dans sa tête comme un ballon de basket. *Je n'ai pas été vexée. Je me suis réveillée sur un terrain de golf avec un 9 écrit à côté de mon sexe. Je n'interprète rien du tout.*

Quelques minutes plus tard, Asher se gara sur le parking des terminales et coupa le moteur avant de rassembler ses toiles. Nora ouvrit la portière et sortit du véhicule. Elle récupéra son sac à dos et sa crosse. Et tel le petit chaperon rouge, elle s'élança gaiement vers les bois où tous les loups attendaient.

CAM

Elle aurait peut-être dû informer Nora de ce qu'Adam Xu et elle avaient l'intention de faire, mais elle savait qu'elle les en aurait empêchés. Nora voulait se protéger, ce qui pouvait se comprendre. Nora voulait protéger son père, ce qui pouvait également se comprendre. Elle aimait Nora. Et elle aimait M. Melchionda, bien sûr, comme tout le monde. Et pourtant. Retrouver les trois coupables allait plus loin que son affection pour Nora et son père. C'était une question de justice. Il fallait les arrêter, avant qu'ils ne s'en prennent à d'autres filles.

C'était, du moins, ce qu'elle se disait.

Adam Xu n'avait pas adoré l'idée, au départ.

– Mes parents travaillent pour l'université de Faber, avait-il expliqué à Cam, alors qu'ils discutaient chez elle, sur le canapé du salon, le mercredi après-midi. S'ils gardent leurs boulots, ici, je n'aurai pas besoin de payer des droits d'inscription pour entrer à la fac. Je ne peux pas prendre le risque de perdre cette chance.

Adam Xu lui avait révélé des informations qu'elle ignorait de lui. L'enfance de sa mère en Chine, sa rencontre avec son père, alors qu'elle était élève à l'institut culinaire de Shanghai et que lui traversait l'Asie pour écrire son mémoire de doctorat de l'université de Columbia. Leur mariage à New York, sa mère qui était tombée enceinte tout de suite et n'avait pu finir ses études. L'université comptait beaucoup pour elle. Elle voulait donner à Adam toutes les chances de réussir dans ce pays.

– Je comprends, lui avait assuré Cam. Ma mère a grandi à Haïti. Elle était la première de sa famille à obtenir son bac, et ensuite, elle est devenue médecin, tu imagines ?

– Sérieusement ?

– Oui.

Elle lui avait promis qu'elle serait prudente et veillerait à ne pas lui attirer d'ennuis.

– Fais-moi confiance, personne ne nous reconnaîtra.

Quand l'idée lui était venue, Cam avait d'abord pensé à une sorte d'expérience sociale. Si Adam Xu et elle s'étaient présentés sous leur vraie identité – un Clark Kent Chinois fan de baseball, et une noire féministe plus rapide que le vent – comment auraient réagi les Alpha Psi Beta ? Les auraient-ils seulement calculés ? Et elle avait pensé que pour convaincre trois gars d'une fraternité de révéler leurs crimes, Adam Xu et elle devraient penser à chaque détail. Et ça commençait par créer deux profils les plus basiques possible.

Katie J, une étudiante de Colgate (@katiegategrrrl), et Matt R, un seconde du Michigan (@mattyrtouchdown24)

– qui « commence à être approché par les recruteurs de l'équipe de foot de Faber » et « trop chaud pour prêter serment aux Alpha Psi Beta » – étaient à peu près aussi excitants que deux tranches de pain de mie. Pour leurs photos de profil, Cam avait parcouru sa galerie et choisi deux sportifs très beaux qu'elle avait rencontrés à son stage d'athlétisme en Floride, deux ans plus tôt. Afin de protéger leurs identités, elle avait fait des coupes artistiques. Sourire éclatant, épaule bronzée ; œil bleu, mâchoire carrée, torse nu. Adam et elle s'étaient créé des comptes Gmail liés aux profils Instagram de Katie J et de Matt R.

– Attends… s'était inquiété Adam Xu. C'est légal, tu penses ?

Assis sur le canapé, il l'avait regardée prendre des photos au hasard dans la maison pour les poster sur son compte. Katie J voulait être décoratrice d'intérieur (#designgirl #batailledoreillers #lavieenrose). Matt R adorait les bananes (#potassium #moncorpscetemple #petitdéjeunertouchdown).

– Créer de faux profils n'est pas illégal, l'avait-elle rassuré.

Elle avait vérifié. Pas plus que le fait d'acheter ses followers. Anna était la reine des faux abonnés au début, quand ils avaient eu leurs premiers téléphones.

– Ce qui est illégal, c'est les agressions sexuelles, avait déclaré Cam en posant une main sur l'épaule d'Adam Xu.

– Certes.

C'était mignon qu'il ne connaisse rien aux réseaux sociaux. Quand Cam lui avait demandé pourquoi il n'avait ni Snapchat, ni Instagram, il avait haussé les épaules et expliqué que sa mère avait des opinions très strictes. Elle pensait que les réseaux sociaux transformaient les adolescents en zombies narcissiques et c'était elle qui payait son abonnement, alors…

Cam dut lui enseigner absolument tout. Comment poster une photo, mettre un hashtag, suivre des athlètes professionnels et des célébrités de Hollywood, prendre une liste des deux mille cent vingt-quatre abonnés du compte Facebook des « Alpha Psi Beta de l'université de Faber » et trouver leur Instagram pour que Katie J et Matt R puissent les suivre comme des ados normaux.

– Ils ont plein d'abonnés, s'étonna Adam Xu.

– Pas tant que ça, corrigea Cam. Serena Williams en a treize millions.

– Treize millions ? répéta Adam Xu, sidéré.

Elle rit.

– Bienvenue sur Insta. T'inquiète pas si t'as pas tous les noms, on n'a pas besoin des anciens étudiants, juste ceux de maintenant.

– Comment je les différencie ?

– Regarde leur profil, tu verras tout de suite. Je t'aide dans une seconde, je vais juste nous apporter quelque chose à manger.

Alors qu'elle cherchait quelques petites choses à grignoter dans la cuisine, son téléphone vibra. Elle espéra trouver un message de Nora, qui accepterait d'être de nouveau son amie.

Asher

T'es toujours fâchée ?

Elle se posa la question. Elle avait été furieuse quand elle avait entendu ce qu'il avait dit à Nora. « Quand tu portes des habits trop courts, ils voient ça comme une invitation. » Bon sang ! Cam connaissait des gens qui pensaient ça, mais Asher ? Elle voulait qu'il soit différent.

Elle lui répondit :

Mythe #1 : c'est la faute de la victime si elle s'habille pas comme il faut

Asher

Je sais, j'ai merdé, mais c'est ma sœur. J'aime pas entendre des gars dire qu'ils veulent se la faire

Cam

Si ça te gêne, c'est ton problème, pas le sien

Elle regardait les trois points onduler. Il était en train de lui répondre. Elle le devança :

Les mots, ça compte, Ash. Interroge ta misogynie

Asher

J'ai compris et je suis désolé. Ça n'arrivera plus, ni dans cette vie, ni dans toutes les autres

Cam sourit. « Dans toutes les autres. » Tellement typique d'Asher. Que penserait-il de ce qu'Adam Xu et elle se préparaient à faire ? Sans doute qu'elle avait perdu la tête, mais elle n'allait pas s'arrêter pour autant.

Cam revint dans le salon avec un sachet de pitas et un bol de houmous. Elle s'assit sur le canapé à côté d'Adam Xu.

– Bon, allons-y !

NORA

Après les cours, le mercredi, elle avait un match, et même si la journée n'était pas ensoleillée, elle s'était appliqué du eye black sur le visage. Elle fit un double-nœud à ses chaussures à crampons, mordit son protège-dents et adressa un regard méprisant à son reflet dans le miroir.

La pluie commença à tomber, dix minutes après le coup d'envoi. Ça collait avec l'humeur de Nora. Toute la journée, elle avait fait en sorte d'ignorer tous ceux qu'elle rencontrait, comme les trois filles qu'elle avait croisées dans le couloir et qui s'étaient moquées de sa robe.

« Jolie tenue, Mary Ingalls. »

« C'est laquelle déjà ? »

« Celle qui est devenue aveugle ? Tu te souviens ? L'incendie ? »

Nora aurait signé tout de suite si on lui avait proposé d'être aveugle. Sourde aussi, pourquoi pas. Elle savait que ses amies essayaient de la soutenir, mais elles s'y prenaient trop mal. Comme Chelsea au déjeuner : « Pourquoi tu te couvres comme ça ? Tu montres à ces débiles qu'ils ont gagné. » Et Anna : « Tu devrais pas te cacher, Nora. T'as un corps magnifique. J'aurais aimé avoir ne serait-ce que la moitié. »

Anna pouvait bien prendre la moitié de son corps si elle voulait. Elle pouvait même l'avoir en entier. Nora ne voulait plus avoir de corps.

Elle courait d'un bout à l'autre du terrain, glissant sur l'herbe chaque fois qu'elle tentait de voler la balle à l'une de ses adversaires des Mount Markham. Elle était trempée, la pluie coulait sur son visage, mais elle ne s'arrêta pas. Enfin elle réussit à voler la balle et fonça vers le but. À quelques mètres du cercle de tir, elle pivota le haut de son corps pour armer ses bras, mais Brittany Carr, une coéquipière qui jouait sur l'aile droite, envoya sa crosse dans les pieds de Nora. Elle s'écrasa par terre, le visage dans l'herbe. Au-dessus d'elle, l'arbitre siffla un temps mort, mais elle ne pouvait plus respirer. L'air s'était bloqué dans ses poumons.

Elle resta étendue sur le ventre jusqu'à ce que son entraîneur, M. Schepp, s'approche d'elle. Nora inspira alors un grand coup.

– Ça va ? Tu es blessée ? Tu as mal où ?

– Le souffle.

– Tu as eu le souffle coupé ? Ça arrive, dit-il en l'aidant à s'asseoir.

– Britt… commença Nora. Elle m'a fait un croche-pied.

Il se tourna vers sa joueuse.

– Carr ?

– C'était un accident, coach, se défendit Brittany. J'ai glissé. Je lui ai dit pardon. Vous m'avez entendu, les filles ? demanda-t-elle en s'adressant aux autres.

Tout le monde l'avait entendue demander pardon.

Mais Nora ne la croyait pas. Elle ne croyait pas que c'était un accident, ni que Brittany était désolée. Et elle ne savait pas pourquoi Brittany l'avait fait tomber.

– Allons, conclut le coach en la relevant. Va boire un coup.

***

– Eh, j'ai vu ton match.

Nora attendait devant le lycée que sa mère vienne la chercher, quand un garçon apparut à côté d'elle.

– Quelle chute !

Cheveux noirs ondulés, nez aquilin. *Jonah Hesse.* La semaine avant d'entrer en troisième, Nora, Cam, Chelsea, Anna et Becca avaient pris l'album de la promotion d'Asher pour dresser une liste des garçons avec lesquels elles auraient aimé sortir. Et il y figurait.

– Je suis Jonah, se présenta-t-il en lui tendant la main.

Nora recula d'un pas.

Le sourire de Jonah s'effaça.

Nora se sentit bête. Il n'essayait pas de l'attraper, mais de se montrer poli.

– Désolée, s'excusa-t-elle. Je suis sale.

C'était le moins qu'on pût dire. Même si la pluie s'était arrêtée, elle était encore trempée et couverte de boue.

Elle aurait pu se changer dans les vestiaires, mais elle ne l'avait pas fait. Elle avait pris son sac à dos et était partie directement.

Le sourire de Jonah revint.

– Salut, Sale, enchanté de faire ta connaissance…

Il regretta aussitôt sa plaisanterie.

– Désolé, c'est pas ce que je voulais dire, s'excusa-t-il en grimaçant. Je voulais faire une blague… Je sais qui tu es.

– OK.

Normal. Tout le monde la connaissait, maintenant. Elle tourna la tête vers le panneau jaune de signalisation, espérant voir sa mère arriver déjà.

Jonah se racla la gorge.

Nora envoyait des messages télépathiques à sa mère. *Dépêche-toi dépêche-toi dépêche-toi.*

– Je suis tombé comme ça, une fois, continua Jonah. Droit sur le visage. En CE2. Du haut d'un bateau de pirate. J'ai perdu deux dents.

– Mon frère s'est cassé le bras en sautant d'un bateau de pirate.

– Asher ?

– Oui.

– Il est super sympa.

– Si tu le dis, lança Nora en haussant les épaules.

– Non, vraiment. Il m'a aidé en maths plusieurs fois, l'an dernier. Je lui avais même pas demandé. Il a vu que j'avais du mal, alors il a proposé.

– Hmm.

– En parlant de propositions…

Elle le fixa d'un regard perçant.

– Ça te dit qu'on se prenne une glace ?

– Si ça me dit qu'on se prenne une glace ? répéta-t-elle.

– Oui.

– Je suis intolérante au lactose.

– Oh, lâcha Jonah en grimaçant. Et un de ces cookies géants du Blue Bird ?

– Ils sont bons, concéda Nora.

– Laisse-moi deviner… t'es du genre pépites de chocolat.

– M&M's, corrigea-t-elle.

– M&M's, acquiesça-t-il. Alors laisse-moi t'en offrir un.

– Pourquoi ?

– Parce que…

Il hésita.

– Ton équipe a perdu. Et je voudrais te payer un cookie de consolation.

– Un cookie de consolation.

– Oui. Et même un verre de lait, avec. Ah, attends, mince. T'es…

– Intolérante au lactose, finirent-ils en chœur.

Il était mignon, décida Nora. Pas mignon façon *Thor* comme Adam Courtmanche, mais mignon drôle, plein d'humour et d'autodérision. Quand il sourit, une fossette se creusa sur sa joue droite. Nora fut même tentée d'accepter l'offre. Une autre fois, bien sûr. Là, elle était couverte de boue et sa mère n'allait plus tarder. Une autre fois.

Et soudain, une voiture s'arrêta devant eux. Une voiture remplie de mecs qui sortaient la tête par la vitre, en sifflant et tirant la langue.

– Fonce, mon gars.

– Emballe-la !

Le cœur de Nora se mit à battre à un rythme effréné. Elle se sentit exposée. Son maillot blanc et mouillé collait à sa poitrine et elle avait les jambes nues. Pourquoi n'avait-elle pas pris le temps de se changer ? Pourquoi les joueuses de lacrosse devaient-elles porter des kilts ? Ce n'était rien de plus que des mini-jupes dans lesquelles les filles devaient courir et marquer des buts. Les garçons, eux, n'avaient pas à s'exhiber en kilts.

– Désolé, lança Jonah en secouant la tête quand la voiture passa. Mes copains sont des débiles.

– Hmm. Ils pensent que si tu m'achètes un cookie géant, je coucherai avec toi.

– Non ! Pas du tout… Je n'aurais…

Au moins, il avait la décence de bredouiller.

– Je dois y aller.

Par miracle, sa mère était enfin arrivée.

– Attends… la rappela Jonah.

Mais Nora n'attendit pas. Elle ouvrit la portière, balança son sac et sa crosse sur le siège arrière, avant de s'asseoir et de demander à sa mère de démarrer.

CAM

Le vendredi, Katie J de l'université de Colgate perçait sur le téléphone de Cam. Apparemment, son demi-sourire et son épaule bronzée suffisaient à attirer quatre-vingt-dix-neuf nouveaux abonnés. Déjà, elle recevait des commentaires de gars qu'elle ne connaissait même pas.

@jb_kuziak

T'es mignonne

@dantheman007

Jolis oreillers

@hanleeknowzall

Parle-moi de toi

@leodalion34

Hello, tu veux venir à une soirée ?

Ça ne pouvait tout de même pas être si facile ? Si ?

@katiegategrrrl

J'adore les soirées !

@leodalion34

Et nous on adore les filles de Colgate alors c'est win win

@katiegategrrrl

Quand et où

@leodalion34

Samedi soir, alpha psi beta, avenue de l'université

@katiegategrrrl

Génial !

@leodalion34

Oh et c'est une soirée graffiti, habille-toi en blanc

@katiegategrrrl

?

@leodalion34

Quoi, t'as jamais été à une soirée graffiti ?

@katiegategrrrl

Non

@leodalion34

Sérieux ? T'es en première année ?

@katiegategrrrl

Yep

@leodalion34

Encore mieux ! quand tu arriveras, on t'apportera un Stabilo pour que tu écrives sur qui tu veux, et on peut aussi t'écrire dessus. Toute la maison sera plongée dans le noir

@katiegategrrrl

Cool !

@leodalion34

Carrément. Amène tes copines canons. Plus il y a de filles de Colgate, mieux c'est

@katiegategrrrl

Ça marche !

NORA

Le vendredi soir, elle assista au match de foot Faber contre Bucknell avec son père. Elle ne voulait surtout pas qu'il trouve son comportement étrange. Tout était normal. Quand ils se levèrent pour l'hymne national, il lui entoura les épaules de son bras, comme toujours. Chaque fois qu'il entonnait les paroles, il avait les larmes aux yeux. Ils partagèrent une portion de nachos trempés dans du fromage orange coulant et un cornet de pop-corn. « Le dîner des fans », comme l'appelait son père.

Maintenant que l'équipe de soccer de Faber avait atteint un niveau correct, et comme elle n'avait plus battu Bucknell depuis 1987, il ne restait plus aucune place dans les gradins. Nora percevait tous ces corps agglutinés autour d'elle. Quand un gars la bouscula pour s'asseoir sur un siège libre, elle sentit son odeur. Bière, transpiration. La panique monta, sa respiration s'accéléra. Mais son père tendit un bras pour créer une barrière autour d'elle. « Je suis ton père, ma puce. Mon rôle, c'est de te protéger. »

Sa nervosité retomba.

Elle regarda les joueurs avec leurs minuscules shorts et leurs jambes musclées qui couraient sur le terrain. Elle décida de profiter du match. D'accord, le foot ne l'intéressait pas plus que ça, et elle se fichait du résultat final, mais elle était là avec son père – la personne qu'elle préférait dans ce monde – et c'était le début du week-end. Elle n'aurait voulu être nulle part ailleurs.

CAM

Adam Xu, alias Matt R du Michigan, avait lui aussi entendu parler de la soirée. Il envoya un message à Cam le vendredi soir. Elle n'aurait jamais imaginé qu'il utilisait autant d'émojis. Son SMS était une suite de pouces levés, de chopes de bière et de feux d'artifice. Elle comprenait son enthousiasme et avait hâte de passer à l'action. Seulement, ils ne ressemblaient ni à Katie J ni à Matt R.

Mais était-ce vraiment un problème ? « Amène tes copines canons ». Cam pouvait facilement être considérée comme canon. Et elle pouvait facilement passer pour une étudiante de première année à l'université de Colgate, comme Katie J. Elle n'aurait aucun problème pour s'incruster dans la soirée.

Malheureusement, ce ne serait pas aussi facile pour Adam Xu. Il avait beau être presque aussi grand que Cam, il avait encore un visage d'enfant. Personne ne lui donnerait plus de quinze ans, et aucune fraternité ne le laisserait entrer. Ce n'était pas une règle officielle, personne ne l'avait jamais formulée explicitement, mais seuls les garçons les plus âgés étaient les bienvenus. Pour les filles, c'était différent. Elles leurs servaient ainsi de chair fraîche et ils avaient tout le loisir de baver sur leurs corps moulés dans leurs robes courtes et de leur donner des notes. *Stupide, sexiste et dégoûtant.* Et c'était précisément pour cela que Cam avait boycotté la soirée des terminales l'an passé, et qu'elle la boycotterait encore cette année. Par principe.

Cam n'avait jamais mis les pieds dans une fraternité, mais elle mettrait sa main à couper que :

1) Cette soirée graffiti serait aussi sexiste et stupide que la soirée des terminales de Faber.
2) Adam Xu ne serait pas reçu à bras ouverts.

***

– J'ai réfléchi, lança Cam quand elle retrouva Adam au Blue Bird le samedi matin pour revoir leur plan. Tu dois rester dans les coulisses, ce soir.

– Dans les coulisses ?

– Tu sais… Tu t'habilles en noir et tu restes dans les bois derrière la maison, ton téléphone à la main.

– Tu veux que je me cache dans les bois ?

– Oui, enfin dans les arbres qui entourent la fraternité. Tu vois l'idée.

– Tu veux pas que je vienne avec toi ? demanda Adam.

– Ce n'est pas que je ne veux pas, c'est juste qu'on ne doit pas plus attirer l'attention que nécessaire.

Il leva les sourcils.

– Ce que je veux dire… Tu ressembles pas vraiment à Matt R.

– Parce que tu ressembles à Katie J, toi ?

– Non. Mais je peux passer pour une étudiante de première année. Toi… tu fais trop jeune.

– Aïe.

– Le prends pas mal. En vrai, c'est surtout parce que tu n'es pas une fille. Même si t'avais seulement treize ans, avec un vagin, ils te laisseraient entrer.

– C'est abusé.

– Carrément. Mais le truc, c'est qu'on veut pas éveiller les soupçons. On veut obtenir des infos et on a plus de chance d'y arriver si j'y vais seule.

Adam approcha son muffin de sa bouche. Il mâcha lentement, avala et regarda Cam.

– Donc tu vas jouer les appâts ?

Cam s'imagina empalée sur le crochet d'une canne à pêche, au-dessus d'un bassin rempli de requins en tee-shirts blancs.

– Oui. On peut le voir comme ça.

– Si tu veux savoir, je trouve que c'est une très mauvaise idée.

– Pourquoi ?

– « Pourquoi ? »

– J'apporterai ma propre bouteille, personne ne pourra me droguer. Et j'ai acheté un Mace.

– T'as acheté un quoi ?

– C'est une bombe aérosol d'auto-défense. Et j'ai un couteau à cran d'arrêt.

Adam leva les sourcils si haut sur son crâne qu'on ne les voyait presque plus sous ses cheveux. On aurait dit un personnage de BD.

Cam rit. Elle sortit de son sac à dos le couteau en question, et tendit le bras brusquement, feignant de vouloir le poignarder.

– Bon sang ! s'écria Adam Xu en reculant sur son siège.

– Du calme. Ce n'est pas un vrai couteau.

Elle appuya avec son pouce sur le bouton argenté.

– C'est un peigne, tu vois ? Génial, non ? Mes parents me l'ont acheté au musée de l'Espionnage pendant nos vacances à Washington. J'étais en CM2. Je me suis même fait arrêter par un agent de sécurité quand on a voulu visiter la fabrique des pièces de monnaie. Donc, si, j'ai de quoi me défendre, ce soir. Je sors mon gadget et je crie : « Essaie un peu de me toucher et je te transperce, connard ! »

Adam secoua la tête.

– Quoi ? demanda Cam. Je sais ce que je fais. Et si on s'attire des ennuis, je fais rappliquer tous mes oncles.

– Tu leur as raconté ?

– Bien sûr que non. Ils me laisseraient jamais faire un truc pareil.

– Tu devrais peut-être en tirer des conclusions.

– Pardon ?

– C'est peut-être trop pour toi.

– Pourquoi ? demanda-t-elle, les yeux plissés. Parce que je suis une fille ? Tu penses que je peux pas me débrouiller à une soirée de fraternité parce que j'ai pas de pénis ?

– Eh, lâcha Adam en levant les mains en signe de reddition. Je pense pas pouvoir me débrouiller seul non plus à leurs soirées. Et d'ailleurs, j'y serai même pas. Je veux juste m'assurer que tu as bien tout pris en compte.

– J'ai tout pris en compte.

– D'accord.

– D'accord. Dix heures. On se retrouve devant le clocher dans la cour.

– Le clocher dans la cour. Entendu.

***

Cam n'aimait pas mentir à ses parents. Pour des parents, Imani et Michael étaient plutôt cool : ils ne la pistaient pas, ne lui imposaient pas de couvre-feu et ne lui rappelaient pas de mettre son appareil dentaire. Ils lui faisaient confiance pour prendre des décisions intelligentes. Alors, quand Cam leur annonça qu'elle dormirait chez Anna Golden, ça ne leur posa aucun problème. Ils lui dirent simplement de bien s'amuser.

Mais Cam ne pouvait pas mentir à Nora. Et même si sa meilleure amie était toujours furieuse contre elle et ne risquait pas de l'inviter à venir manger de la glace sans lactose devant un film au cours des trois prochaines heures, elle lui envoya tout de même un message préventif : **serai à la bibliothèque de l'université, ce soir.** Techniquement, ce n'était pas un mensonge. C'était là qu'elle attendrait avant de retrouver Adam Xu.

***

À vingt-deux heures douze, Adam Xu, tout de noir vêtu, se cachait déjà dans les arbres, derrière Alpha Psi Beta. Sur le trottoir, dans son tee-shirt blanc, Cam examinait les fenêtres noires de la fraternité, et sentait son instinct de survie hurler dans son cerveau. Adam Xu avait raison. C'était une très mauvaise idée.

Mission trop dangereuse ! On avorte ! On avorte !

Et soudain, une marée d'étudiantes en blanc apparut. Elles étaient au moins quinze, et ne paraissaient pas du tout nerveuses. Elles montèrent les marches avec une assurance insolente, comme si elles étaient chez elles, et Cam se laissa entraîner dans le flot, sans plus réfléchir.

– Merci, lança-t-elle au type au tee-shirt blanc étincelant, à la porte, qui lui tendait un Stabilo.

– Pas de quoi. Amuse-toi bien.

Quand il sourit, ses dents scintillèrent d'un éclat blanc mauve.

Cam suivit le groupe de filles vers l'arrière de la maison. Il y faisait chaud et noir. Une foule dense y était réunie. Le bruit était assourdissant et tout autour d'elle rayonnait : pas juste les chapeaux et les dents et les tee-shirts – sur la plupart desquels étaient déjà dessinés des parties génitales et des petits mots sans originalité particulière, comme « dévore-moi » – mais aussi les verres qu'ils tenaient à la main.

« Quel genre de cocktail scintille dans la lumière noire ? » se demandait Cam, alors que les corps, la musique et la chaleur lui faisaient tourner la tête. En tout cas, ça ne devait pas être du lait.

– Hello ! s'écria une voix.

Cam se tourna vers un gars noir, grand, avec des épaules carrées et une taille fille. Sur son tee-shirt, elle lut « Parle-moi ».

– Hello, répondit-elle.

– Je suis Malik !

– Moi, c'est Michelle, cria-t-elle pour couvrir le bruit ambiant.

Elle s'était fixée sur ce nom, un nouvel alias. Il lui était venu dans la bibliothèque, quand, pour tuer le temps, elle avait lu sept chapitres de l'autobiographie de Michelle Obama.

– T'as pas encore de verre, Michelle !

Il leva le sien et prit une gorgée du liquide vert fluo. Déchets radioactifs ? Acide de batterie ?

– J'ai ça ! répliqua Michelle en brandissant sa bouteille de thé glacé.

– Tu trouves que ça brille, toi ?

– Non ! Mais moi, si. Regarde, dit-elle en montrant ses dents.

Il se pencha vers elle et elle sentit son haleine alcoolisée sur sa joue.

– T'as un super sourire, Michelle !

– Merci ! T'as de sacrées épaules !

– Merci !

Est-ce qu'ils étaient vraiment en train de flirter en hurlant ? L'idée amusa Cam. La musique tonnait. Des corps et des éclats de lumière gigotaient autour d'eux. Ça lui rappela les soirées de laser game à la mode quand elle était en sixième. Seulement là, c'était des laser games sous stéroïdes : le genre d'ambiance où on se sent ivre même quand on n'a pas bu. Ou alors comme s'ils étaient tous pris de crises d'épilepsie. Elle ne sut identifier ce qu'elle éprouvait, excitation ou claustrophobie ? Peut-être les deux.

– Eh, Michelle !

– Eh quoi ?

– Tu veux qu'on aille quelque part où on n'aura pas besoin de crier pour s'entendre ?

– Comme quoi ?

– Ma chambre ?

Sa chambre ? Cam eut des frissons. Ce serait comme ça, l'université ? Des gars mignons qui la dragueraient en soirée ? Qui lui demanderaient de les suivre pour discuter en privé ? Un type canon venait de l'inviter à monter dans sa chambre. Manifestement, il voulait faire plus ample connaissance. Avec elle. Mais soudain, elle retrouva ses esprits. *Un type canon d'une fraternité ? Sa chambre ?* Elle avait failli accepter ! Elle n'aurait pas dû se montrer flattée, mais plutôt furieuse. Il ne manquait pas d'air, ce gars ! Mais elle ne pouvait pas se fâcher contre lui, maintenant, sans compromettre sa couverture. Bon sang, elle devait rester concentrée.

– En fait, je meurs de chaud ! cria-t-elle.

Le volume de la musique monta encore.

– Allons plutôt dehors !

Il acquiesça d'un signe de tête et lui prit la main.

– Viens !

Elle hésita. Était-ce vraiment raisonnable de laisser un étudiant qu'elle venait de rencontrer l'entraîner dehors ?

Oui, décida-t-elle. Ils ne seraient pas seuls dans une chambre. Il y aurait du monde autour d'eux.

Tel Moïse écartant les eaux de la mer Rouge, Malik parvint à les guider jusqu'à la porte, en longeant les corps lumineux.

– Mec ! l'arrêta un gars avec une casquette de baseball à l'envers. Ouvre la bouche !

Cam regarda Malik pencher la tête en arrière pour que le type lui verse un liquide dans la gorge. Il ne s'arrêtait plus.

Bon sang ! Si on lui faisait ça à elle, elle vomirait direct. Comme Nora, à la soirée chez les Bomberg.

Nora. Cam se sentit soudain terriblement coupable.

– T'en veux ? demanda à Cam le gars avec la bouteille.

– Non, merci, répondit-elle rapidement.

– Viens, répéta Malik en la tirant par la main.

Dehors, sous une guirlande lumineuse, sûrement là depuis le Noël précédent, elle voyait enfin Malik clairement. Grands yeux marron, fossette au menton. Il était encore plus séduisant qu'elle ne le pensait.

Et plus ivre.

– Ça va ? demanda-t-elle alors qu'il titubait sur la terrasse en pierre et s'appuyait sur elle pour rester debout.

– Oui, répondit-il en se redressant et en lui adressant un sourire paresseux. C'est fort, ces trucs. T'en veux ? proposa-t-il en soulevant son verre et en renversant une partie du liquide.

– Non, merci.

Il fallait qu'elle reste lucide.

– Alors, commença-t-elle en s'asseyant sur un vieux canapé déchiré posé dans l'herbe.

Trop cool, quand même, un canapé sur le gazon.

– T'es un Alpha Psi Beta ?

– Je suis en période d'essai.

– C'est quoi, exactement ?

– C'est…

Il siffla le reste de son verre et se tourna pour être face à elle.

– Je peux t'embrasser ?

Waouh ! Direct !

Il attendait qu'elle réponde. Incroyable. Elle réfléchit un moment. Elle était sobre. Et il lui demandait la permission. Peut-être qu'en l'embrassant, elle obtiendrait les informations qu'elle recherchait. Et à vrai dire, elle était curieuse, elle n'était sortie qu'avec des lycéens. Une petite expérience, quel mal à ça ? Pour avoir un point de comparaison. Pas pour coucher avec lui, bien sûr.

Et déjà, ils s'embrassaient. Elle se dit d'arrêter tout de suite. Et Asher, dans tout ça ? Mais c'était pour la bonne cause. Dans un but expérimental. Elle était tiraillée entre la raison qui lui dictait de mettre fin à ces bêtises et ses hormones qui avaient pris les commandes. Et en plus, Malik embrassait vraiment bien. Comme Asher, ou même mieux, parce qu'il était à l'université. Malik avait plus d'expérience, c'était évident. Ce qu'il faisait avec sa langue… Ses mains sur ses hanches…

Waouh, songea-t-elle. *Sérieux… waouh.*

Et soudain, il se recula, à bout de souffle.

– Eh, lança-t-il.

– Quoi ? demanda-t-elle, haletante.

– Je peux écrire sur toi ?

– Écrire sur moi ? répéta Cam.

– Sur ton tee-shirt. Personne n'a rien écrit pour l'instant. Je voudrais être le premier.

C'était touchant qu'il interrompe leur baiser pour ça.

– Euh, d'accord. Du moment que tu ne mets rien d'obscène.

– Promis. Je vais juste mettre un numéro.

– Ton numéro de portable ?

Il secoua la tête.

– Quoi, alors ?

Il sortit un surligneur de sa poche et retira le bouchon avec ses dents.

– T'inquiète pas.

– Je m'inquiète pas. Je veux juste savoir ce que tu vas écrire.

– Un sept.

– Un sept ?

– Hmm.

Oh bon sang. Bonsangbonsangbonsangbonsang.

Elle regarda Malik tirer sur son tee-shirt pour ne pas toucher sa peau et dessiner un 7 en plein milieu.

– Je veux te prendre en photo.

– Pourquoi ? demanda Cam en se redressant.

– Parce que.

Il sortit son portable de la poche arrière de son jean.

Tu vois ça ? lâcha Cam dans sa tête comme si elle envoyait un message télépathique à Adam Xu. *Dis-moi que tu vois ça.*

– Attends, je voudrais d'abord te demander quelque chose.

– Quoi ?

Elle sortit son téléphone de sa poche. La photo était sur la page d'accueil.

– Tu connais ces trois gars ? demanda-t-elle en zoomant.

– Laisse-moi regarder, demanda-t-il en prenant maladroitement le portable.

Il l'approcha de ses yeux.

– Rizz.

Un surnom. Les garçons adoraient se donner des surnoms.

– C'est quoi son vrai nom ?

– Je sais pas, répondit Malik en secouant la tête.

Il plissa les yeux vers l'écran.

– Sully ?... Peut-être. Mac. Thaz Mac.

– Qui est Mac ? demanda Cam. Le roux ? Le gars avec le sweat-shirt ?

– Eh, lâcha Malik en la regardant. Laisse-moi prendre une photo. Deux, même.

– Deux photos ?

Elle lui reprit son portable et pianota une note pour ne pas oublier. **Rizz, Sully, Mac**.

– Eh, c'est mon téléphone.

– Non, c'est le mien. Ça, c'est le tien, déclara-t-elle en ramassant son portable sur le canapé, où il l'avait laissé tomber.

– Eh, laisse-moi prendre une photo, insista-t-il en essayant de le reprendre.

– De ça ? demanda Cam en reculant et en montrant son tee-shirt.

– Rends-le-moi.

– Dis-moi d'abord pourquoi tu veux prendre une photo de moi. Il représente quoi, ce sept ?

Elle maintenait son téléphone en otage. Il tentait de le récupérer, mais elle ne cédait pas, bougeant la main plus vite que lui.

– C'est un truc pour mon initiation. C'est débile.

Cam remarqua qu'il bafouillait de plus en plus.

– Quel genre de truc ?

– Un jeu.

– Explique.

Il tenta de lui prendre son téléphone et s'écroula sur le canapé en soupirant.

– Je peux pas.

– Pourquoi pas ?

Il secoua la tête, portant une main à ses lèvres pour faire un signe maladroit qui signifiait « bouche cousue ».

– J'en parlerai à personne, promit-elle. Je suis même pas dans cette université.

Il leva les sourcils, mais ses paupières restèrent à moitié fermées.

Cam craignit qu'il ne s'endorme. Il fallait qu'elle réfléchisse vite.

– En fait, je suis au lycée.

– Ah.

– Comment ça : « Ah » ?

Il posa un doigt sur sa bouche.

– Chhhhhhhut, c'est un secret.

– J'adore les secrets. Dis-moi un secret.

– Chuuuut, répéta-t-il en postillonnant.

Il n'était plus aussi craquant à crachouiller ainsi.

– Dix-huit trous.

– Quoi ? Comme au golf ?

Il ne répondit pas. Sa tête s'affaissa.

– Comme au golf, Malik ?

– Je veux pas jouer, grommela-t-il, à peine audible.

– Tu veux pas jouer au golf ?

Il ne répondit pas.

– Malik ?

Il laissa échapper un puissant ronflement. Cam n'en revenait pas. Juste au moment où elle tenait quelque chose, sa source d'informations s'endormait en ronflant comme un vieux bonhomme.

ADAM XU

Mais qu'est-ce qu'elle fait ? Camille est dingue.

Tapi derrière un arbre, il la regardait embrasser un gars sur un canapé. Ça n'aurait pas dû l'étonner. Toute cette histoire était dingue. La bombe aérosol ? Le peigne à cran d'arrêt ? Bon sang ! Il avait essayé de la dissuader, mais elle n'écoutait rien. Et maintenant, elle embrassait un étudiant devant ses yeux. Elle savait qu'il voyait tout ! Ou peut-être qu'elle avait oublié son existence. Adam avait l'habitude qu'on l'oublie. La plupart du temps, ça lui était égal, c'était toujours mieux que d'être le centre de l'attention, comme la fois où il avait bu de l'alcool et que tout le monde avait remarqué son visage rouge et bouffi. « Mec, ça va pas ? Regardez Xu ! Il est bourré ! »

Quand le baiser s'interrompit enfin, il fut soulagé. Il se passait autre chose, maintenant. Ils parlaient… Le gars faisait quelque chose avec son tee-shirt… Et maintenant ? À quoi ils jouaient ? Pourquoi ne lui rendait-elle pas son téléphone ?

Accroupi depuis trop longtemps, Adam avait des fourmis dans les jambes. Il avait besoin de bouger. Il se leva, marcha le plus silencieusement possible, s'étira.

Et enfin, Camille se dirigea vers les arbres en secouant la tête. Elle ne l'avait pas oublié.

– Viens, allons-y ! lança-t-elle.

– Quoi ? Maintenant ?

– Oui. Fiasco total.

Adam jeta un coup d'œil vers le canapé. Le gars était allongé sur le côté.

– Il va bien ?

– Très bien, oui. Il dort, c'est tout.

Adam attendit d'être loin de la maison pour interroger Camille.

– Qu'est-ce qui s'est passé ? T'as réussi à lui extirper des informations ?

– Je lui ai demandé d'identifier les trois mecs de la photo.

– Et ?

– J'ai des surnoms. Peut-être. Je sais pas. Il était tellement bourré, je sais pas si je peux me fier à ce qu'il a dit.

– C'est quoi ?

– Quoi ?

– Les surnoms.

Camille sortit son portable et pianota sur l'écran.

– Rizz. Sully. Mac.

– OK, je regarderai sur la page Facebook.

Camille lui parla du numéro sept et lui raconta qu'il avait voulu la prendre en photo pour un jeu. En rapport avec le golf. Dix-huit trous, il l'avait appelé.

– Je chercherai sur Google, promit-il.

– Quoi ?

– « Dix-huit trous ».

– Je doute qu'on trouve quoi que ce soit, répliqua Camille en haussant les épaules.

Ils s'arrêtèrent sous un lampadaire et elle consulta de nouveau son téléphone. Elle prononça à haute voix les mots qu'elle tapait.

– Dix… huit… trous.

Adam attendit.

– *Meurtre au dix-huitième trou : les enquêtes de l'inspecteur Sweeney*, lut Camille. « Pourquoi les terrains de golf ont dix-huit trous », Snopes point com. « Pourquoi les terrains de golf ont dix-huit trous », NBC Chicago. Je continue ?

– Essaie un hashtag, conseilla Adam.

– Adam ! lâcha Camille en souriant.

– Quoi ?

Elle approcha son portable de son cœur.

– Mon petit génie des réseaux sociaux. Je suis si fière de toi.

– Oh, ça va !

Elle se remit à taper sur l'écran.

– Hashtag… un… huit… trous.

Adam attendit de nouveau. Il regarda Camille parcourir les résultats.

– Alors ?

Elle ne leva pas la tête.

– Non. Des trucs de golf, juste… Je vais essayer « hashtag dix-huit trous université de Faber »…

Elle se replongea dans les résultats.

Rien.

Elle essaya « #18trousAlphaPsiBeta »

Rien.

Adam tenta « Nombres jeu Alpha Psi Beta Université de Faber ».

Rien.

Camille tenta « Initiation Alpha Psi Beta Université de Faber ».

Un article s'afficha. Elle le lut à haute voix.

– « Tout le groupe a été suspendu quand un des jeunes initiés a succombé à un coma éthylique en 2003. Deux ans plus tôt, la fraternité Sigma Tau avait également été suspendue après un bizutage qui avait mal tourné : un garçon en état d'ivresse avait sauté du toit d'un bâtiment de l'université et s'était ouvert le crâne. « Le bizutage est un problème complexe », explique Barton Hodge, le référent des étudiants… » blablabla. Ils ne parlent que d'alcool. Rien sur les agressions sexuelles… Continue à chercher. Je vais regarder leur Insta. Ils y ont peut-être posté quelque chose…

Adam essaya « APB Université de Faber jeu initiation ». Et « APB Université de Faber 18trous ».

– Trouvé, lança Camille en lui tendant son portable. AlphaPsiBetaUF.

Elle parcourut le compte.

– De la soupe… des repas… tee-shirts rouges… des vieux mecs quelconques… vestes et cravates… encore des vestes et des cravates… Rien. Bon sang !

– Hmm, lâcha Adam en se frottant le front.

Il vérifia l'heure sur son téléphone.

– Je dois y aller. On peut en reparler demain ? Je dois rentrer en douce chez moi, avant que mes parents s'aperçoivent de mon absence.

– Merde, murmura Camille

– Quoi ?

– J'ai dit à mes parents que je dormais chez Anna.

– Et tu l'as pas dit à Anna ?

– Non, admit-elle en regardant autour d'elle. Je peux dormir ici, j'imagine. Il y a plein de bancs.

– T'es dingue, ou quoi ? Tu vas pas dormir dans la cour.

– Pourquoi pas ?

Il lui adressa un regard sévère.

– J'ai mon Mace, tu te rappelles ? Et mon couteau à cran d'arrêt.

– C'est un peigne.

– T'as une meilleure idée ?

– Non, mais…

– Eh, lança-t-elle en lui donnant un petit coup de coude. Je peux dormir chez toi ? Je file avant que tes parents se réveillent, promis.

Adam hésita. C'était la pire des idées.

– S'il te plaît ? supplia Camille, les deux mains croisées sous son menton, façon princesse de Disney. On pourra regarder la page Facebook ensemble.

– Bon, d'accord. Mais va pas falloir faire de bruit du tout. Ma mère a des oreilles bioniques.

CAM

Elle était impressionnée. Ils durent escalader un arbre, monter sur un toit et se faufiler par une fenêtre pour entrer dans la chambre d'Adam Xu.

– Je savais pas que t'étais un voyou, le complimenta-t-elle tout bas.

– Oh, tu sais, répliqua Adam Xu en haussant les épaules. Je savais pas que tu l'étais, toi non plus.

Il lui tendit un jogging.

Camille dessina un « merci » sur ses lèvres. Elle chercha du regard un endroit pour se changer.

Adam Xu lui indiqua une porte à gauche de son lit.

– Ne tire pas la chasse d'eau, murmura-t-il.

Camille partit sur la pointe des pieds dans la salle de bain pour s'habiller, faire pipi et se débarbouiller le plus silencieusement possible. Quand elle revint dans la chambre, Adam Xu avait allumé son ordinateur.

Cam se pencha pour regarder l'écran.

Fraternité Alpha Psi Beta Université de Faber

21 h 36

Un grand merci à la promo d'initiés d'automne et leur collecte de plus de 3 400 $ pour des organisations caritatives, dont le Club des filles et des garçons du comté de Chenango !

Sous la légende, une trentaine de gars en jean et tee-shirt rouge souriaient devant les marches de la fraternité. Cam inspira profondément.

– S'il te plaît, dis-moi qu'ils sont tagués.

Adam Xu dirigea le curseur sur un gars hirsute au dernier rang. Un nom apparut : « Trip Meister ».

– Yesss ! Continue. On cherche… attends…

Elle prit son téléphone.

– Rizz, Sully et Mac.

Adam Xu passa sur tous les visages, de gauche à droite. Ryan Stern. Nate Engelhart, Jonathan Washkowitz. Tom Rizzoli.

Il se tourna vers elle.

– Rizzoli ?

– Clique dessus.

Il obéit. Cam étudia sa photo de profil. « Tom Rizzoli. » Cheveux noirs qui s'échappent d'une casquette de baseball à l'envers, lunettes de soleil miroir. Cam chercha sur son portable la photo des trois gars avec Nora. Elle zooma sur celui qui riait et le plaça à côté de la tête de Tom Rizzoli sur l'écran d'ordinateur.

– Rizz, murmura-t-elle. Cours toujours, tu ne pourras pas te cacher.

Adam Xu retourna sur la photo de groupe et continua à passer le curseur sur les visages.

Liam Sullivan était le blond avec le sweat-shirt gris. Et Alec MacInerney, le roux qui ouvrait la portière.

Tom Rizzoli, Liam Sullivan, Alec MacInerney.

Merci, Malik. Elle avait vu son nom s'afficher rapidement quand Adam Xu avait fait le tour des visages. Malik Jones. C'était l'un d'eux, certes, mais il l'avait aidée.

– C'est peut-être suffisant, lâcha Cam. La vidéo, la photo et les noms. On pourrait tout donner à la police du campus. Et si tu acceptes de témoigner…

– Quoi ? l'interrompit Adam Xu, ahuri.

– Tu as vu ce qui s'est passé sur le terrain de golf. Tu peux témoigner.

– Non, dit-il en secouant la tête. Sûrement pas.

– Adam…

– Je te l'ai dit. Mes parents travaillent pour l'université de Faber. Je ne peux pas m'impliquer.

– T'es déjà impliqué.

– Je ne peux pas m'impliquer publiquement.

Cam expira bruyamment.

– D'accord. Alors on envoie tout ce qu'on a anonymement et on espère que ça suffira.

– Comment ?

– Par le mail de Katie J. Et on retire le son de la vidéo. Ça te va ?

Adam Xu hocha lentement la tête.

– Peut-être. Mais on doit d'abord demander à Nora.

– Ah oui ?

– Absolument, oui.

Elle savait qu'il avait raison, bien sûr. Malheureusement…

– OK. On lui demandera demain.

– Demain, acquiesça-t-il.

– Première heure.

– Première heure.

ADAM XU

Camille avait programmé l'alarme de son portable pour six heures, mais elle ne l'avait pas entendu sonner. Adam et elle dormaient toujours.

– *Xǐng lái !*

La voix de sa mère réveilla Adam en sursaut.

– *Nimen zai gan shenme ?!*

Il ouvrit les yeux, la vit et voulut aussitôt balancer sa couette sur Camille. Mais trop tard ! Sa mère faisait de grands gestes vers le sol. Elle parlait si vite qu'il ne put distinguer dans son mandarin que « une fille dans ta chambre ».

Camille s'assit et la salua d'un signe de la main.

– Oh, euh… Bonjour, madame Xu.

Elle s'étira en bâillant, comme si de rien n'était. Elle avait l'habitude de se réveiller par terre chez des garçons. (À la décharge d'Adam, il lui avait proposé le lit, mais elle avait insisté pour dormir sur le sol ; elle était déjà contente d'avoir un endroit chaud pour dormir).

– Adam, qu'est-ce qui se passe ?

Génial. Son père, maintenant.

– Bonjour, monsieur Xu.

Elle se leva et traversa la chambre dans son tee-shirt marqué d'un sept et le pantalon de survêt d'Adam, pour lui serrer la main.

–Je m'appelle Camille Dodd. Enchantée de vous rencontrer. Vous avez un fils extra, au fait.

Les parents d'Adam dévisagèrent tour à tour leur fils et Camille.

– C'est pas ce que vous pensez, se défendit Adam, faiblement.

Même si ce n'était pas ce qu'ils pensaient, et même si ce n'était que Camille, et qu'elle avait dormi par terre, il sentit ses joues s'embraser. Ses parents continuaient de les transpercer tous les deux du regard. Leurs yeux voyaient des choses. Adam était un garçon, Camille une fille. Et il y avait un lit dans la chambre. Adam savait que ses parents arrivaient au résultat évident de cette équation. Garçon+fille+lit ne pouvait signifier qu'une seule chose pour eux.

–J'avais besoin de dormir quelque part, expliqua Camille.

Elle essayait de l'aider, bien sûr. Mais personne ne pouvait plus rien pour lui. Sa mère ne voulait pas d'explication. Elle voulait gesticuler et cracher des insultes que Camille ne pouvait pas comprendre.

– *Gun chu qu !*

***

– Désolé, bredouilla Adam en raccompagnant Camille dehors.

Sa mère s'était plantée sur la terrasse derrière eux. Elle les regardait, les jugeait.

– Pas de problème, assura Camille, toujours vêtue de son jogging, son jean en boule sous le bras.

– Elle voit une fille dans ma chambre et s'imagine… Tu sais.

– T'inquiète. Si c'était ma mère, elle aurait dit que le sexe est une chose merveilleuse et que nous devons enduire nos préservatifs de spermicides.

Adam grimaça. Il jeta un petit coup d'œil par-dessus son épaule pour s'assurer que sa mère n'avait rien entendu. Elle ne savait sans doute pas ce qu'étaient des spermicides, mais tout de même.

– Je vais voir Nora, annonça Camille.

– Quoi ?

– T'as bien entendu. Tu viens avec moi ?

Adam regarda de nouveau sa mère. Elle avait les bras croisés.

Il se tourna vers Camille. Il était tiraillé.

– Je peux pas. J'aimerais, mais ma mère va me tuer.

Camille hocha la tête.

– Je comprends. Je parlerai à Nora de notre part à tous les deux.

– Écris-moi, après. Je veux savoir ce qu'elle a dit.

– Promis.

NORA

À huit heures, le dimanche matin, la sonnerie de la porte retentit avec insistance. Nora fut d'abord agacée, puis intriguée. Pourquoi personne n'allait ouvrir ? Et elle finit par se rappeler qu'elle était seule à la maison. Son père était dans le Massachusetts, pour une réunion entre directeurs sportifs de la Patriot League, et sa mère emmenait Asher et Maeve à Syracuse pour qu'Asher visite l'université des arts visuels et des arts du spectacle, et Maeve, une exposition sur des gobelins. Ils avaient fixé ce voyage des semaines plus tôt. Nora avait imploré ses parents de l'en dispenser. Elle avait trop de devoirs, avait-elle prétexté. Elle devait réviser sa chimie pour le lundi suivant. Sa mère avait accepté de la laisser rester à la maison : un grand soulagement pour Nora.

Jusqu'à maintenant.

Et cette sonnerie infernale.

Nora grogna. Scouts, témoins de Jehovah… Elle n'allait sûrement pas leur ouvrir. Elle dormait encore à moitié. Et pourtant, elle se leva tout de même. Et si c'était une urgence ?

Elle tituba dans l'escalier et ouvrit la porte.

Cam.

– Quoi ? lança Nora d'une voix embrumée.

– Je t'ai écrit en venant.

– Je dormais.

– Il faut que je te parle.

Nora dévisagea son amie : cheveux plaqués sur un côté, comme si elle venait elle aussi de se réveiller ; tee-shirt blanc sur lequel était gribouillé quelque chose au Stabilo ; jean en boule sous le bras.

– C'est quoi, ce jean ?

– Je peux entrer ? demanda Cam.

– Non.

– S'il te plaît. C'est important.

– D'accord, abdiqua Nora en levant les yeux au ciel.

– Ils sont où, les autres ? demanda Cam, alors qu'elles entraient dans la cuisine.

– Pas là. Je suis seule.

– Super.

Elle s'installa sur l'un des tabourets du bar.

– Pourquoi « super » ?

– Assieds-toi. S'il te plaît.

– Bon sang, Camille, qu'est-ce qui se passe ? Dis-moi !

– D'accord.

Camille prit une profonde inspiration.

– Je sais qui c'était.

– Qui ?

– Les gars du terrain de golf. J'ai leurs noms. Et il y a d'autres numéros. C'est un jeu. Pour l'admission dans la fraternité.

– De quoi tu parles ?

– Des Alpha Psi Beta. Je suis allée à une de leurs fêtes, hier soir, et…

– Attends… Quoi ? Tu m'avais dit que tu travaillais à la bibliothèque.

– C'est vrai. Mais pas pour l'école. Pour toi. En mission secrète.

Nora avait le cerveau en ébullition.

– Il y avait une soirée graffiti. Adam Xu est venu avec moi. Mais il est resté caché et j'y suis allée seule. Enfin, c'est pas le problème. Ce que j'essaie de dire, c'est que j'ai rencontré un garçon, Malik, qui est dans sa période d'initiation. Il était complètement soûl, et il a écrit un sept sur moi. Tu vois ?

Cam montra son tee-shirt et Nora déchiffra le numéro.

– Il m'a expliqué que c'était pour un jeu, un truc pour le serment. Je lui ai montré la photo de toi avec les trois gars et je lui ai demandé s'il les reconnaissait.

Cam s'interrompit pour reprendre son souffle.

Nora avait les yeux rivés sur elle.

– Ensuite, Adam Xu et moi, on est allés sur la page Facebook des Alpha Psi Beta. Bizarre, je sais. C'est pour les plus de quarante ans, Facebook, non ? J'aurais donné ma main à couper qu'on y trouvait plus que les vieux. Mais attends…

Cam sortit son portable et pianota sur l'écran.

– J'ai des photos. Tom Rizzoli, Liam Sullivan, Alec MacInerney.

Nora secoua la tête et repoussa le téléphone.

– Je me fiche de savoir qui ils sont.

– Quoi ?

– Leurs noms ne changent rien, Cam.

– « Leurs noms ne changent rien ? » répéta Cam en levant les mains au ciel. Leurs noms changent tout, au contraire ! Maintenant, on peut porter plainte contre eux. On a la photo. On a la vidéo…

Nora décocha un regard sévère à son amie.

– On n'a plus la vidéo.

– OK… Te fâche pas… J'ai demandé à Adam Xu de l'enregistrer sur son Cloud, l'autre jour, quand t'étais dans sa chambre. J'ai griffonné sur un bout de papier de ne pas l'effacer.

– Camille ! gronda Nora, se retenant de la gifler.

– Je suis désolée. Je me disais qu'il nous la faudrait comme preuve.

Nora adopta un ton calme et mesuré.

– On n'en a pas besoin comme preuve. Parce qu'on ne va rien en faire.

– C'est obligé ! Adam a amélioré la qualité de l'image et maintenant, on voit clairement le tee-shirt. Il faut dénoncer ces gars. C'est un jeu, Nora. Toutes les nouvelles recrues des Alpha Psi Beta y jouent. Il faut qu'on les arrête.

Nora secoua la tête. Encore et encore. C'était la violation ultime de leur amitié. Cam avait piétiné la volonté de Nora. Elle n'avait tenu aucun compte de ses sentiments. Et pour quoi ? Pour mener une espèce de mission secrète dans le campus où le père de Nora travaillait, et dans son ancienne fraternité pour couronner le tout. Typique de Cam. Elle fonçait tête la première, sans réfléchir, sous prétexte de vouloir rendre justice. Exactement comme la manifestation pour les bretelles de soutien-gorge en quatrième.

– Écoute, lança Nora. Je comprends ce que tu dis. Mais ça n'en vaut pas la peine.

– Qu'est-ce que tu racontes, ça n'en vaut pas la peine ?

– Mon père a déjà assez de fil à retordre dans son boulot. Je te l'ai dit. Je ne veux pas l'impliquer dans une histoire pareille. C'est définitif.

– Tu me tues, Nora, se désola Cam en posant la tête sur le bar. Tu le sais, ça ? Tu me tues carrément.

Nora tapota gentiment Cam sur la tête.

– Toi aussi, tu me tues.

***

Quand Nora se retrouvait seule à la maison, elle avait toujours le même petit plaisir. Allongée sur le canapé, sous le plaid affreux de grand-mère Merrill, elle regardait *Fighter*. Aucun de ses amis ne l'aurait comprise. Pourquoi regarder des types transpirer et se taper dessus, quand elle pouvait dévorer toutes les séries qu'elle voulait sur Netflix ? Nora n'aurait su l'expliquer. Ce qui lui plaisait, ce n'était pas tant la boxe que l'histoire. Tout ce qui était arrivé à Micky Ward dans sa vie – à partir du moment où il était né dans cette famille de dingues jusqu'au moment où il était monté sur un ring – lui donnait envie de prouver quelque chose.

– Les gens pensent que la boxe est une affaire de force brute, lui avait dit un jour son père. Alors qu'en fait, c'est une affaire de cœur. C'est le courage de se relever quand on est à terre.

Regarder *Fighter* permettait à Nora de disparaître, comme la lecture pour Maeve et la peinture pour Asher. Micky Ward, l'Irlandais, était la drogue de Nora, et à cet instant, personne n'aurait pu le lui reprocher. Après le départ de Cam, la réalité de ce qu'elle lui avait dit la rattrapa avec la puissance d'un uppercut dans la mâchoire. Les inconnus sans visage du terrain de golf avaient désormais un nom et une identité. Ils étaient réels. Nora ne pouvait plus faire comme s'ils n'existaient pas. Mais elle pouvait se concentrer sur le ring, sur les dos trempés de sueur, les poings gantés et les jeux de jambes.

Nora remonta le plaid sous son menton. Les paupières closes, elle écouta la voix de Micky Ward. « C'est moi qui me bats, OK ? C'est pas toi, pas toi, pas toi… »

– Nora.

Elle ouvrit aussitôt les yeux. Une main lui touchait l'épaule. Son cœur se figea. Qui la secouait ?

– Nora !

Mais ce n'était qu'Asher.

– Qu'est-ce que t'as ? demanda-t-elle en chassant le sommeil.

Quelle heure était-il ? Elle avait dû s'endormir.

– J'en ai parlé à maman.

– Tu as parlé de quoi à maman ?

– Des gars qui t'ont droguée. Elle arrive. Je voulais te prévenir.

– Quoi ?

– Je suis désolé. Ça fait plusieurs jours que j'y réfléchis, et je pouvais pas juste… Il fallait que je le lui dise.

Nora poussa un long soupir. Elle détestait son frère. Elle le détestait ! Asher avait dit à leur mère qu'elle s'était fait droguer. Comment avait-il pu faire ça ? Nora voulait lui fourrer l'affreux plaid de grand-mère Merrill dans la bouche pour qu'il ne puisse plus jamais l'ouvrir.

– Ash ? appela Diane depuis la cuisine. Tu peux rester ici avec Maeve un instant, s'il te plaît ?

– Bien sûr.

– Nora, lança sa mère en apparaissant dans le salon. Mets tes chaussures.

– Quoi ? s'étonna Nora en la dévisageant.

– Mets tes chaussures et retrouve-moi dehors dans cinq minutes.

Diane ne rigolait pas. Mais pourquoi elle voulait qu'elle mette ses chaussures, Nora l'ignorait.

Elle eut la réponse à sa question, cinq minutes plus tard quand elle sortit de la maison. Sa mère avait coiffé ses cheveux en une longue tresse. Elle portait une chemise en flanelle et des santiags.

– Qu'est-ce qui se passe ? demanda Nora.

– On part en randonnée.

Pardon ? Une randonnée ?

– Et on va où ?

– Sur le mont Aggie.

Ce n'était pas vraiment une montagne, mais plutôt une colline boisée, tout au bout du campus de Faber, avec un immense plateau rocheux au sommet. Le point de départ du sentier était à un kilomètre et demi de leur maison. Vingt minutes de marche, donc, avant qu'elles ne commencent la randonnée. Rien qu'à la perspective, Nora était déjà fatiguée, mais elle n'était pas en position de s'y opposer. Quand sa mère se mit en marche, elle la suivit. Nora se demanda ce qui se passerait quand elles arriveraient en haut. Que lui dirait Diane ? « Tes parties intimes, c'est ta propriété privée, Nora. Une fois que ta réputation est entachée, tu ne peux plus revenir en arrière. » La mère de Nora tenait à préserver cette réputation comme s'il s'agissait d'une pierre précieuse, hermétiquement protégée par une vitre pare-balles.

Nora se retint de repartir en arrière. Mais non, elle n'allait pas se débiner. Elle allait surmonter une nouvelle épreuve : la conversation horriblement embarrassante avec sa mère parfaite au sujet d'une agression sexuelle, ou plutôt une tentative d'agression sexuelle. Elle avait l'impression d'être dans le couloir de la mort.

Elles avancèrent en silence, jusqu'à la cour du campus.

– Je vais te raconter une histoire, lança alors la mère de Nora.

OK, bizarre. Ça faisait un sacré bout de temps que sa mère ne lui avait plus raconté d'histoire. La dernière devait remonter à la maternelle.

– Elle a commencé ici… Sur ce banc, quand j'ai rencontré ton père.

Bon, l'histoire de Rhett et Diane. Nora l'avait entendue un million de fois. Sa mère en était consciente, au moins ? *C'était en automne, les arbres se déclinaient en rouge, orange et or. Le soleil qui filtrait à travers les feuilles l'embrasait comme la flamme d'une bougie.*

– J'ai menti.

– Quoi ? s'étonna Nora.

– Ce jour-là, je ne pleurais pas parce que j'avais le mal du pays.

– Ah non ?

– Non, confirma Diane en secouant la tête. Je n'en ai jamais parlé à personne… C'est difficile.

Nora paniqua. De quoi n'avait-elle jamais parlé à personne ? Qu'est-ce qui était si difficile ?

– Tu veux t'asseoir ? demanda Nora.

– Oui.

Mais elle changea aussitôt d'avis.

– En fait, non. Allons jusqu'au sentier.

Nora accepta. Si les choses devenaient encore plus étranges, autant qu'elles soient en mouvement.

– Ma compagne de chambre en première année de fac s'appelait Amy. Amy Bachman. Elle venait de Sandpoint, dans l'Idaho. Elle était mignonne, drôle. On s'est immédiatement bien entendues. Parce qu'on avait toutes les deux grandi dans l'Ouest et qu'on ne se sentait pas trop chez nous à Faber, on passait tout notre temps ensemble. Amy était timide, mais quand la semaine de bizutage a commencé, je l'ai convaincue de venir avec moi. On est allées aux portes ouvertes des sororités, et quand est arrivé le moment de prêter serment pour Kappa Kappa Nu, on était ravies.

Attends, songea Nora. Depuis quand sa mère avait-elle fait partie d'une sororité ? Son père adorait parler de ses années dans la fraternité. Le week-end des alumni, ses amis envahissaient la maison – Aldo, Pinchy, Joey D, Keefer – tous les oncles de substitution de Nora qui racontaient leurs exploits de l'époque. Ils appelaient le père de Nora « le maître de l'univers » et riaient en évoquant les souvenirs d'antan. Comme quand il s'était retrouvé coincé dans la chute à linge sale en essayant de rattraper un furet échappé. Mais la mère de Nora n'avait jamais parlé d'aucune camarade de Kappa Kappa Nu.

– La période d'initiation a dû durer peut-être six semaines. Et vers la fin, une soirée avait été organisée chez les Alpha Psi Beta, avec pour thème « les Égyptiens et leurs putains ».

Nora ouvrit de grands yeux. *Sérieusement ?* Elle n'aurait su dire ce qui l'étonnait le plus, le nom de la fête ou entendre le mot « putains » dans la bouche de Diane Melchionda.

– Amy et moi, on s'est toutes les deux déguisées en Cléopâtre. Traits épais d'eyeliner noir, ceintures de corde, sandales. Quand on est arrivées dans la maison, tous les frères étaient peints en or, visages, torses et jambes, et s'étaient mis de la cire noire dans les cheveux. À notre arrivée, ils nous ont tendu des shots de Goldschläger, avec « des traces d'or », à ce qu'ils nous ont dit. Amy et moi, on a pris un seul verre. C'était notre règle : pas plus d'un verre. Comme si ça nous protégeait de tout.

– OK, lâcha Nora, alors qu'intérieurement elle n'arrivait pas à croire que sa mère buvait avant l'âge autorisé de vingt-et-un ans.

– Notre autre règle était de ne jamais se séparer, continua Diane. Mais à un moment, il a fallu que j'aille aux toilettes et

Amy discutait littérature avec l'un des frères. Ils avaient une discussion passionnante et elle n'a pas voulu s'interrompre. Elle m'a dit d'y aller seule. J'ai obéi, mais quand je suis revenue, je ne l'ai pas trouvée. Il y avait tellement de monde et de bruit, tous ces Pharaons et ces Cléopâtre… On n'avait pas de téléphone à l'époque, je ne pouvais pas lui envoyer un message… Je pouvais juste la chercher parmi la foule… je…

Nora se sentait nouée. Cette histoire allait mal se terminer.

– Tu n'es pas obligée de continuer.

Elles étaient tout au bout de la cour, pratiquement au sentier.

– Vraiment.

– Non, protesta sa mère. Je veux finir mon histoire.

Elle marqua une courte pause, avant d'enchaîner.

– J'ai cherché partout, mais sans succès. Je me suis dit qu'elle était partie avec le type qui lui parlait de livres, alors je suis retournée dans notre chambre. Le matin, elle était dans son lit. Comme elle ne se sentait pas très bien, elle m'a dit d'aller prendre mon petit-déjeuner sans elle. Je lui ai proposé de l'emmener à l'infirmerie, mais elle a refusé. Elle a mis quelques jours à m'avouer qu'elle s'était fait violer par deux garçons de la fraternité. Elle n'avait aucune idée de qui ils étaient, parce qu'ils étaient tous déguisés en pharaons.

Nora dévisagea sa mère. *Violer ?* Pourquoi est-ce que sa mère lui racontait ça ? Enfin, bien sûr, elle savait pourquoi : parce qu'Asher avait tout déballé à propos des garçons du terrain de golf. Sa mère s'était peut-être imaginé qu'elle s'était fait violer, elle aussi.

– Maman, murmura-t-elle.

Mais sa mère secoua la tête. Elle s'arrêta sur le sentier et montra la pancarte en bois : « Mont Aggie. Ouvert de l'aube au crépuscule ».

– Viens.

Nora se sentait sonnée et un peu nauséeuse. Mais elle suivit sa mère.

– J'ai dit à Amy d'appeler ses parents, de leur dire ce qui lui était arrivé. Elle a refusé. Elle a dit qu'ils l'obligeraient à revenir à la maison. Alors j'ai proposé qu'on en parle à sa « grande sœur ». C'est ce qu'il faut faire quand on fait partie d'une sororité. Les filles te le répètent dès l'instant où tu commences le bizutage. « La force des sœurs. » On est donc allées voir Lauren, une étudiante plus âgée, et Amy lui a expliqué qu'elle s'était fait violer par deux types des Alpha Psi… Lauren lui a alors dit… Je ne l'oublierai jamais. Elle lui a dit : « T'inquiète pas pour ça. On boit toutes beaucoup trop et on fait des bêtises. » Amy s'est défendue, a dit qu'elle n'avait pris qu'un verre. Mais Lauren a insisté « Quand même. On fait toutes des trucs qu'on regrette, à ces fêtes. Ça fait partie de l'expérience de la fac. » Elle a ajouté « Les Alpha Psi sont des gars bien. Ce sont les meilleurs sur le campus. Il vaut mieux ne pas les contrarier, ou on sera plus invitées à leurs soirées. Fais-moi confiance, quand tu seras en dernière année, tu regarderas en arrière et ça te fera rire. Comme nous toutes ».

– Tu plaisantes ? s'offusqua Nora.

Diane secoua la tête et continua.

– J'ai emmené Amy chez le doyen. Elle lui a raconté qu'elle avait été violée, et il lui a dit que c'était une accusation sérieuse. Il lui a demandé si elle avait porté plainte à la police. Il lui a demandé combien elle avait bu, ce qu'elle portait, qui était entré dans la chambre en premier, est-ce qu'elle avait dit non. Il lui a demandé si elle pouvait identifier les coupables. Quand elle lui a répondu qu'elle n'en était pas sûre, parce qu'ils se ressemblaient tous, il a répliqué : « Eh bien, si vous ne savez pas qui c'était, je ne peux pas vous aider… »

– Mais… et si c'était oncle Aldo ? Ou oncle Keefer ? lâcha Nora, horrifiée.

Sa mère secoua la tête de nouveau.

– Quoi ? demanda Nora.

Elle se rappela les amis de son père, le week-end de la réunion des alumni, avec leur odeur d'eau de Cologne et leurs rires tonitruants.

– Ça aurait pu être n'importe lequel des amis de papa, non ?

– Je ne sais pas, répliqua sa mère, dépitée. Je n'ai aucun moyen de savoir. C'était ma première soirée à l'université. J'en garde un souvenir flou. Tout ce que je sais, c'est que le lendemain, Amy a quitté Faber. Elle m'a expliqué qu'elle avait besoin d'un nouveau départ. Elle m'a fait promettre de ne jamais en parler à personne et d'oublier même qu'on s'était jamais rencontrées. Mais je n'ai rien oublié.

Elle sortit une photo de la poche de sa chemise en flanelle.

– C'est Amy.

Nora examina le cliché. Deux filles côte à côte. Une brune et une blonde, toutes les deux avec des bandeaux à paillettes sur la tête, des traits épais d'eyeliner, des robes tellement minuscules qu'on aurait dit des tee-shirts longs et des sandales en or à lanières montantes.

– Attends, c'est toi, ça ? s'étonna Nora en montrant la blonde.

– Oui, à gauche. Et Amy est à droite.

– Oh là là !

Nora n'en revenait pas. Sa mère maquillée. Sa mère dans une minirobe ultra moulante. Elle réussit à décrocher les yeux de la photo.

– C'est bien toi qui m'as fait tout un scandale à cause d'une jupe ?

– Quelle jupe ?

– Celle que je voulais. Avant la rentrée, tu ne t'en souviens pas ? Tu ne voulais pas me l'acheter. Tu as dit qu'elle ne laissait rien à l'imagination.

– Oui, je m'en souviens, répondit sa mère, hésitante.

– C'était à cause d'Amy ? Tu te disais que si je portais une minijupe, il m'arriverait la même chose qu'à elle ?

– Non. Enfin… d'une certaine façon, je pense que j'ai toujours essayé de te protéger… de tout ça. T'empêcher de grandir trop vite. Mais ce n'était pas… Ce qui est arrivé à Amy n'a rien à voir avec comment elle était habillée. Si je ne t'ai pas acheté cette jupe…

– Je me la suis offerte quand même, avoua Nora. Julie Golden m'a emmenée au centre commercial et je l'ai achetée avec mon argent des baby-sittings, et je l'ai cachée dans le fond de mon armoire pour que tu ne la voies pas. Je la porte tout le temps.

Sa mère ouvrit de grands yeux. Nora se dit qu'elle l'avait choquée. Parce que ce n'était pas la fille qu'elle connaissait.

Mais elle ne regretta pas sa confession. En réalité, elle avait attendu tout ce temps une occasion de lui dire qu'elle ne suivait pas toutes les règles à la lettre. Qu'elle n'était pas comme sa mère.

– Je l'ai portée la nuit de la kermesse. Alors d'une certaine façon, tu avais raison.

Elle attendit une réaction.

Diane affichait une expression sérieuse.

– Oh, ma chérie. Je n'avais pas raison. Cela ne leur donnait pas le droit… On aurait dû en discuter… Ma mère ne parlait jamais de ce genre de choses avec moi, mais j'aurais dû t'en parler. J'aurais dû te raconter ce qui est arrivé à Amy. C'est pour ça que je pleurais quand j'ai rencontré ton père. Pas parce que je voulais rentrer chez moi, mais parce qu'Amy était partie. Parce que je l'avais laissé tomber.

– Maman, non, ce n'était pas ta faute.

Elles étaient arrivées au sommet, entourées de rochers.

– C'est leur faute à eux. À ces gars. Pas la tienne.

Nora regarda sa mère et sentit les larmes poindre. Et soudain, elle éclata en sanglots.

– C'était leur faute, à eux.

– Oh, ma chérie…

Sa mère l'enlaça et caressa tendrement ses cheveux.

– Ma petite chérie.

Nora pleura un long moment. Quand elle s'arrêta enfin, elle s'essuya le visage sur la chemise en flanelle de sa mère.

– Désolée pour la morve.

Diane sourit.

– Je peux supporter un peu de morve. Je peux supporter beaucoup de choses.

Elle glissa une mèche des cheveux de Nora derrière son oreille.

– Asher m'a raconté quelque chose, mais je veux l'entendre de ta bouche. Tu peux m'expliquer ce qui s'est passé pendant cette kermesse ?

Est-ce que Nora pouvait vraiment se confier ? Ici, sur ce plateau rocheux couvert de graffiti et de fientes d'oiseaux ? C'était probablement le moment le plus étrange de sa vie. Elle déglutit. Sa gorge était gonflée et serrée de toutes les larmes qu'elle avait versées. Elle s'imagina dire : « Ils m'ont retiré ma culotte. Ils m'ont marquée comme une vache ». Mais elle devait d'abord poser une question.

– Tu vas le dire à papa ?

– Non, assura Diane. Mais il faut qu'il l'apprenne. Et je t'aiderai à le lui dire. On y arrivera ensemble, d'accord ?

– Je ne sais pas.

Elle regarda par-dessus l'épaule de sa mère, au-delà des pierres. Toute la ville de Faber s'étalait devant leurs yeux comme un village LEGO. Sa mère l'observait. Elle sentait les questions dans l'air, entre elles.

Elles restèrent debout, en silence pendant un long moment.

– Tu sais pourquoi je t'ai amenée ici ?

Nora fit non de la tête.

– Pour que tu grimpes sur ces rochers et que tu hurles ta colère si tu veux. Je hurlerai avec toi.

Nora se retint de sourire.

– T'es sérieuse ?

– Absolument. Ça fait du bien de hurler. Quand j'étais étudiante, je le faisais régulièrement.

– Vraiment ? s'étonna Nora.

– Oui. Alors si tu veux, on peut commencer par crier, et ensuite, tu me raconteras ce qui s'est passé. Ou tu me racontes d'abord et ensuite, on crie. Comme tu préfères.

Nora voulait rire, ce qui était complètement dingue. Ce n'était pas drôle du tout. La situation était grave et sérieuse.

– On crie d'abord, et ensuite je te raconterai.

Diane lui tendit la main. Nora la prit. Ensemble, elles s'avancèrent vers le rocher le plus haut et cherchèrent de bonnes prises pour se hisser au sommet.

ADAM XU

Il savait que sa mère était déçue de lui, mais il n'avait pas compris à quel point avant de remonter les marches de la terrasse.

– Tu es assez grand pour faire des saletés, dit-elle en lui tendant une serpillière. Alors tu es assez grand pour nettoyer.

Il tenta de lui expliquer la situation.

– *Bu shi ni shuo xiang de.*

Ce n'est pas ce que tu crois. Elle imaginait des choses entre Camille et lui qui n'existaient pas, assura-t-il. Ils étaient juste amis. Et ils aidaient une autre fille. C'était pour ça que Camille avait dormi dans sa chambre, parce qu'ils avaient essayé de faire ce qu'il fallait.

Ignorant ses explications, sa mère lui tendit un seau.

– Allez.

Et elle traversa la pelouse en direction de la voiture.

Adam secoua la tête, encore sonné par la nuit précédente. Ce qu'ils avaient vécu était tellement dingue qu'il avait à peine fermé l'œil. *Dix-huit trous. Tom Rizzoli. Liam*

Sullivan. Alec MacInerney. Camille était en route pour parler à Nora de ce qu'ils avaient découvert. Comment allait-elle réagir ? Il regretta de ne pas être présent.

– *Ba tuoba he shuitong fang dao che li !* cria sa mère par la vitre ouverte, côté conducteur.

Bien. Il ne pouvait pas être avec Nora parce que sa mère voulait qu'il monte dans la voiture avec une serpillière et un seau. C'était sa punition. Quand les autres enfants enfreignaient les règles, ils étaient privés de sorties. La mère d'Adam, elle, l'emmenait avec elle à son travail.

Tu es assez grand pour faire des saletés. Alors tu es assez grand pour nettoyer.

***

Elle se gara dans la rue, devant la maison des Kappa Kappa Nu. La matinée était fraîche et lumineuse. Il se rappela ce que sa mère lui avait raconté sur les maisons des sororités. Il aurait préféré l'attendre sur le trottoir à respirer l'air vivifiant. Mais non. Elle lui demandait de la suivre avec son matériel de nettoyage.

Dès qu'elle sonna à la porte, une fille affublée du sweatshirt des KKN, avec des cheveux noirs attachés au-dessus de la tête en une sorte de chignon désordonné, bondit sur la terrasse.

– Jun ! s'exclama-t-elle. Heureusement que tu es là !

À la grande surprise d'Adam, elle se jeta au cou de sa mère.

– Plein de nouvelles sont rentrées malades hier soir ! Les Alpha Psi ont organisé une soirée graffiti. Qui sait ce qu'elles ont bu. Impossible à dire. Ça scintillait de partout. On a ouvert les fenêtres, mais…

– Pas un problème, répliqua la mère d'Adam brusquement, se dégageant de l'étreinte. On nettoie.

– Oh là là, lâcha la fille en remarquant enfin la présence d'Adam. C'est votre fils ?

– Mon fils. Oui.

– Jun ! Il est tellement mignon !

Adam n'eut même pas le temps d'être flatté.

– Attention où vous marchez, avertit la fille en ouvrant grand la porte.

Elle fit un bond géant de ballerine à travers l'entrée.

– Ça commence ici.

Un mur de puanteur agressa directement Adam. Il retint un haut-le-cœur.

Quand la fille disparut à l'intérieur, sa mère lui donna un sac poubelle, un masque, une bouteille d'eau de javel, un rouleau d'essuie-tout et une paire de gants en caoutchouc.

– Reste, ordonna-t-elle. Lave.

On aurait dit un sergent à l'armée, avec ses ordres tranchants. Adam avait plutôt l'habitude de l'entendre prononcer de longs sermons en mandarin, qu'il laissait glisser sur lui. À présent, il fallait qu'il soit attentif, pas le choix !

– D'accord, répondit-il.

Sa mère hocha la tête avant de grommeler quelque chose qu'il ne put distinguer, mais il ne lui demanda pas de répéter. Elle contourna le désastre pour partir dans le couloir. Adam resta seul dans l'entrée, à côté d'une mare de vomi qui s'étendait sur le carrelage jusqu'à un mur de boîtes aux lettres. Ignoble.

Depuis des années, c'était le travail de sa mère. Il ne l'avait jamais compris. Pourquoi laver les saletés de ces filles, alors qu'elle les méprisait tant ? Pour l'argent, bien sûr. Elle envoyait un chèque à sa famille à Qibao, tous les mois, et même si Adam n'était jamais allé en Chine, il admirait la loyauté et le dévouement de sa mère. Mais tout de même. Avec son père qui enseignait à l'université, elle aurait pu se trouver un meilleur boulot, même sans diplôme. Elle cuisinait à merveille. Pourquoi ne pas travailler pour le réfectoire ? Il le lui suggérerait plus tard.

Adam commit l'erreur de respirer par le nez, et faillit vomir. Il pouvait y arriver. Il mit le masque sur son visage. L'eau de javel servirait à cacher l'odeur. D'un point de vue chimique, c'était très intéressant. L'hypochlorite de sodium était un agent oxydant. Quand il était mis en contact avec des virus, des bactéries, de la moisissure – ou dans ce cas, le contenu de l'estomac d'une dizaine de filles – il oxydait les molécules à l'intérieur des germes et les détruisait.

Adam s'arma de courage pour démarrer.

Il examina de nouveau le sol. Surtout ne pas penser au dégoût que ça lui inspirait. Il se concentra plutôt sur la chimie. Toutes les molécules de germes à oxyder. Il y en avait un nombre impressionnant, plus que ce que pouvait produire un seul être humain.

Plein de nouvelles sont rentrées malades hier soir ! Il se répéta les mots de la fille qui les avait accueillis. *Qui sait ce qu'elles ont bu. Impossible à dire. Ça scintillait de partout.*

Adam revoyait constamment Nora sur le terrain de golf. Son corps inerte. Et pourtant, elle n'avait bu qu'un Fanta.

Il s'accroupit pour noyer plus de germes sous des poignées d'essuie-tout imbibé d'eau de javel.

Est-ce que les Alpha Psi Beta avaient drogué d'autres filles, la veille ? Est-ce que les filles à la fête savaient qu'elles participaient à un grand jeu sordide ? Dix-huit trous… Nora était le numéro 9. La fille sur le portable de Kevin Hamm, le numéro 4. Camille, à l'évidence, était le 7… On attribuait les numéros au hasard ? Y avait-il encore quinze autres filles qui seraient bientôt marquées comme du bétail ?

Adam se redressa pour jeter le papier dans le sac poubelle. Et *boum* ! Sa tête cogna quelque chose de dur et tranchant. Il poussa un cri de douleur et se frotta derrière l'oreille. *Foutues boîtes aux lettres !* Il leur donna un coup de poing.

Et soudain, à cet instant précis, il eut une idée.

TROISIÈME PARTIE

NORA

Le lundi soir, quand le père de Nora rentra du Massachusetts, elle l'accueillit à la porte et l'enlaça.

– Quand tu auras fini de défaire tes affaires... j'ai besoin de te parler, dit-elle ensuite. Rien d'urgent.

Nora connaissait son père. Après un voyage d'affaires, il aimait ouvrir sa valise sur-le-champ et mettre son linge sale à laver.

Pendant ce temps, la mère de Nora donna un peu d'argent à Asher pour qu'il emmène Maeve manger une glace au Nautilus.

– Il est neuf heures, et c'est un jour d'école, fit remarquer la fillette. Pourquoi vous nous mettez à la porte ?

– Personne ne nous met à la porte, la contredit Asher. On nous offre une occasion en or de manger un banana split en pyjama.

En le regardant entraîner leur petite sœur dehors, Nora éprouva un élan de gratitude pour son grand frère.

Quand ils furent enfin tous les trois seuls, ils s'installèrent dans le salon, Nora et sa mère sur le canapé et son père dans le fauteuil gris, un verre de citronnade à la main. La citronnade était sa boisson préférée, Nora le savait.

Il avala quelques gorgées.

– Alors, ma puce, qu'est-ce que tu voulais me dire ? demanda-t-il ensuite.

Nora se figea. Qu'est-ce qu'elle voulait dire à son père ? Rien. « Vouloir » n'était pas le bon terme.

La main de sa mère se posa sur son bras, chaude et réconfortante. Elle déglutit. Elle n'avait plus éprouvé une telle nervosité depuis ses dix ans, devant l'échelle qui menait au plongeoir de la piscine de Faber. Ses jambes avaient tremblé, son cœur tambouriné. Arrivée sur la planche, elle avait voulu redescendre de la même façon qu'elle était montée. Mais la règle était claire : pas de marche arrière, et une file d'enfants attendaient déjà au pied de l'échelle. Nora se souvint avoir regardé Cam tout en bas, les mains agrippées aux rambardes.

– Je ne peux pas…

– Mais si ! avait assuré Cam, qui n'avait peur de rien, et sautait du plongeoir le plus haut depuis qu'elle avait six ans.

– J'ai trop peur.

Et Cam, aussi courageuse qu'audacieuse, était passée devant tout le monde pour monter à l'échelle la rejoindre.

Le maître-nageur avait sifflé.

– Eh ! Un par un !

Mais Cam n'avait pas tenu compte de son avertissement. Elle avait grimpé jusqu'au sommet pour lui redire :

– Tu vas y arriver !

Nora se rappelait comment Cam s'était tenue derrière elle, avait posé les mains sur sa taille et avait avancé avec elle sur la planche, comme si elles dansaient à la queue leu leu. Quand elles arrivèrent au bout du sautoir, Cam lui murmura à l'oreille.

– Ne regarde pas en bas. Tiens juste ma main et saute. Un… deux… trois…

C'était pareil. Dans ce salon. Elle devait se jeter à l'eau. Elle prit la main de sa mère dans la sienne et la serra fort. Sa mère répondit de la même façon.

Nora regarda son père.

– Il est arrivé quelque chose, le soir de la kermesse. J'ai acheté un Fanta. Peut-être après que tu m'as vue au stand de barbe-à-papa. Peut-être avant. J'en sais vraiment rien. Je ne me souviens de rien.

– Pardon ? Comment ça, tu ne te souviens de rien ? répéta-t-il lentement.

– Je n'ai aucune idée de ce qui s'est passé après avoir bu mon verre. Je me suis réveillée sur le terrain de golf. Enfin, c'est Cam qui m'a réveillée. Elle avait reçu un message d'Adam Xu. Il lui a écrit que j'avais besoin d'aide. Trois garçons de Faber m'avaient retiré ma culotte, et l'un d'eux était en train de baisser sa braguette, mais c'est Adam qui les a arrêtés…

Et alors qu'elle prononçait ces mots, elle se rendit enfin compte de ce qu'elle devait à Adam Xu.

– Il avait une batte de baseball et il les a chassés. Il m'a sauvée de… ce qu'ils s'apprêtaient à me faire.

Grâce à lui, je ne suis pas une autre Amy Bachman. Il les a empêchés de me violer.

Le père de Nora la contemplait, totalement immobile, le regard fixe, comme s'ils jouaient à la statue musicale.

– Je vais bien, ajouta-t-elle. Enfin, Cam est persuadée qu'ils m'ont droguée, ce qui est tout à fait possible, vu que je ne me souviens de rien. C'est déjà grave, je sais, mais sinon… je vais bien.

Elle ne le disait pas juste pour le rassurer, elle se sentait vraiment mieux. Elle était soulagée. La veille, elle avait hurlé du haut du rocher le plus élevé de Faber, jusqu'à en avoir mal aux oreilles et à la gorge. Et elle avait tout raconté à sa mère. Maintenant, son père était lui aussi au courant. La vérité avait enfin éclaté au grand jour et le monde ne s'était pas écroulé. Ils étaient tous encore là, bien en vie.

Le père de Nora secoua la tête. Lentement d'abord, puis avec plus de vigueur. Il se leva et se mit à faire les cent pas derrière la table basse.

– Rhett, l'appela Diane.

Il s'immobilisa et s'essuya les tempes avec ses doigts comme pour convoquer une pensée cohérente. Il frotta encore et encore jusqu'à ce que Diane intervienne de nouveau.

– Rhett.

Il regarda alors Nora. Ses tempes étaient roses, ses yeux aussi. Roses et humides.

– Tu étais… Ils ne t'ont pas…

– Non, papa.

Elle décida de ne pas parler de la culotte sur le drapeau ou du numéro 9 au niveau de son maillot. Elle en avait assez dit pour le moment. Il ne pourrait pas gérer plus d'information.

– Je vais bien.

Il lâcha un soupir de soulagement.

– Merci, mon Dieu.

Nora n'arrivait pas à détourner son regard des yeux de son père. Est-ce qu'il pleurait ? Vraiment ? Elle n'aurait su dire à quelle réaction elle s'était attendue de sa part. De la colère, peut-être. La promesse que des têtes allaient tomber. En un sens, c'était pire. Nora n'avait jamais vu son père pleurer. Pas une seule fois.

– *Rhett*, répéta Diane, encore plus insistante. Trois membres des Alpha Psi ont drogué notre fille, l'ont transportée sur un terrain de golf, lui ont retiré sa petite culotte avec l'intention évidente de faire bien pire. Elle ne va pas bien !

Elle enveloppa sa fille de son bras.

– Les Alpha Psi ?

– Il y a une photo qui circule.

– Une photo ?

– Quelqu'un l'a prise à la kermesse, je ne sais pas qui. Mais j'y apparais avec trois gars qui me font monter dans une voiture. L'un d'eux porte un tee-shirt des Alpha Psi. Et…

Elle hésita. Elle ne l'avait pas encore dit à sa mère.

– Et il y a une vidéo aussi.

– Une vidéo, répétèrent en chœur Rhett et Diane.

Nora hocha la tête.

– On y voit ce qui s'est passé sur le terrain de golf. Le gars au tee-shirt des Alpha Psi aussi, m'a dit Cam, parce qu'Adam

Xu a amélioré la résolution. Et Cam a fait des recherches. Elle pense connaître leurs noms.

– Rhett.

– Quoi ?

– Il faut que tu fasses quelque chose.

– Que je fasse quelque chose ?

Nora ne pensait pas qu'il faisait exprès de ne rien comprendre. Il était juste trop choqué pour avoir les idées claires.

– Tu es le directeur sportif. Il faut que tu fasses un rapport officiel. Que tu organises une commission disciplinaire.

Il secoua la tête de nouveau, comme un pantin. Nora craignit qu'il se torde un muscle.

– C'est sûrement une erreur, finit-il par lâcher.

– Une « erreur » ?

– Ils ne feraient jamais ça, affirma-t-il en secouant encore la tête.

Diane se tourna sur le canapé et caressa la joue de sa fille.

– Ma chérie, tu nous donnes un instant, s'il te plaît ? Ton père et moi, on doit parler en privé.

– D'accord.

Elle était l'enfant, eux les adultes. Ils prendraient les commandes, maintenant. Quand elle se leva du canapé, son père avança vers elle et l'encercla de ses bras, mais sans la toucher, comme si elle venait d'être victime d'un accident de voiture et était grièvement blessée.

– Tout va bien, papa, assura-t-elle. Je vais bien.

***

Elle n'essayait pas d'entendre la conversation, au contraire, même. Elle mangeait un bol de Rice Krispies à la table de la cuisine. Elle mâchait bruyamment. Mais Asher avait raison, leur père n'avait qu'un volume. Elle avait beau mastiquer de toutes ses forces, les mots lui parvenaient depuis le salon.

« Mes joueurs… l'université… un conflit d'intérêt… »

La voix de son père, forte et pressante. Et celle de sa mère, basse et implorante.

« Ta fille… réfléchis un peu… pour l'amour de Dieu, Rhett ! »

Nora versa plus de céréales dans son bol. Elle mourait de faim. Après neuf jours sans pouvoir avaler quoi que ce soit, son corps réclamait d'être nourri. C'était une bonne chose. C'était sain. Elle enfournait cuillérées après cuillérées. Ses parents pouvaient discuter d'elle, en privé. Elle n'interviendrait pas. Elle resterait assise là, à alimenter son corps.

CAM

Cam se rendit au Nautilus à vingt-et-une heures sept, un lundi soir, parce qu'Asher l'avait invitée à manger une glace avec Maeve et lui. Et parce qu'il lui manquait. Ils ne s'étaient pas revus depuis des jours. Elle n'était plus fâchée contre lui. Et elle aimait les glaces, et au Nautilus, contrairement au Blue Bird, on trouvait le goût pépites de Nutella. Elle aurait pu en manger des litres.

– Salut, lança-t-elle en approchant d'Asher et Maeve.

Ils étudiaient déjà les parfums devant le comptoir, tous les deux en pyjama – marron et jaune pour Maeve, à carreaux pour Asher. Cam sourit.

– Salut, répondit Asher.

– Jolis pyjamas.

– Merci, lança Maeve, sans aucune ironie.

Ils commandèrent. Cam tenta de payer pour sa glace, mais Asher insista pour l'inviter.

– C'est moi qui offre.

– Tu veux dire maman, corrigea Maeve. C'est elle qui t'a donné l'argent, quand même.

– Certes, concéda Asher. C'est maman qui te l'offre.

– Maman nous a donné de l'argent pour se débarrasser de nous, expliqua Maeve à Cam, alors qu'ils s'installaient sur la banquette. Pour qu'elle et papa puissent avoir une conversation secrète avec Nora.

Cam adressa à Asher un regard interrogateur. Il lui répondit par un clin d'œil entendu.

– C'est sûrement à cause de cette photo sexy, continua Maeve en prenant une bouchée de glace.

– Quelle photo sexy ? demanda Cam avant de plonger sa cuillère dans son nuage de chantilly.

– Nora et les trois garçons de la fraternité, expliqua Maeve en faisant couler de la sauce chocolat sur son menton. Vous pensez tous que je sais rien, mais j'écoute. J'observe.

– Ah oui ? Et tu sais quoi d'autre ? demanda Asher.

– Ça, lâcha-t-elle en les montrant tour à tour avec sa cuillère. Il se passe quelque chose, là. Entre vous deux.

– Ah oui ? demanda Cam.

– Oui, carrément.

Cam n'adorait pas particulièrement les enfants. Mais elle aimait beaucoup Maeve. C'était une espèce d'ermite-lectrice ébouriffée d'une franchise sidérante.

– Et qu'est-ce qui se passe entre nous, selon toi ?

– Je sais pas, répondit-elle avant d'avaler une autre bouchée de glace. Mais j'ai mes soupçons.

– Tu as tes soupçons, répéta Asher, amusé.

Il poussa le pied de Cam sous la table. Elle fit pareil, adressant un sourire gêné à sa coupe de glace.

Ils mangèrent en silence quelques minutes. Et soudain, Maeve lâcha sa cuillère, qui tomba sur la table avec un bruit métallique.

– Je dois faire pipi.

Cam glissa sur la banquette pour la laisser partir aux toilettes.

– Alors, qu'est-ce qui se passe ?

– Entre nous ? demanda Asher.

– Avec Nora. Et tes parents. Pourquoi est-ce qu'ils vous ont mis dehors ?

– Je ne suis pas sûr, mais je pense qu'elle raconte à mon père ce qui lui est arrivé.

– Sérieux ?

– Elle en a déjà parlé à ma mère. Enfin, à l'origine, c'est moi qui lui en ai parlé. Ce qui a un peu forcé la main de Nora, et du coup, elle est furieuse contre moi…

Il fronça les sourcils.

– Et je la comprends.

– Tu essayais de l'aider, le défendit Cam.

– OK, mais je n'aurais pas dû le faire dans son dos.

– Tu as fait ce que tu pensais être juste.

Songeuse, elle prit une autre bouchée de pépites de Nutella. Elle se demanda si elle pouvait lui confier ce qu'elle avait appris. Jusqu'où elle pouvait aller.

– C'est un jeu, finit-elle par lâcher. D'écrire des numéros sur des filles.

– Quoi ?

– Le 9 au marqueur qu'ils ont écrit sur Nora. C'est pour entrer dans la fraternité Alpha Beta Psi. Ils appellent ça « le dix-huit trous ».

– Comment tu le sais ?

Cam pensa à Malik, à ce qu'ils avaient fait sur le canapé pendant la fête. Leur baiser. Elle secoua la tête. Ce n'était pas le moment !

– C'est une longue histoire. J'ai fait quelques recherches. J'ai essayé d'en savoir plus. Je suis allée sur Google, j'ai entré « dix-huit trous », « université de Faber dix-huit trous », « Alpha Psi Beta dix-huit trous ». Mais je n'ai rien trouvé…

– T'as essayé avec un « z » ? demanda Maeve en apparaissant brusquement à côté de Cam.

– Pardon ?

– Il y a des filles dans ma classe, elles ont un jeu débile et elles se font appeler « les Renard'z », avec un « z » à la fin. Chaque fois qu'elles prennent un selfie, elles sont là « hashtag Renard'z », « les Renard'z pour toujours ». Elles se croient hyper cool. C'est pénible.

– J'imagine, compatit Cam.

Un « z » pour ces gars, c'est trop gamin, non ? Elle vérifierait plus tard.

– Et en parlant de « pénible », continua Maeve en glissant sur la banquette, faut que je vous parle de la maman de ma copine Ella. Elle dit que Harry Potter devrait être interdit de l'école parce qu'il fait la promotion de la Wicca.

Et aussitôt, elle repartit en courant.

Asher donna un autre petit coup de pied à Cam sous la table. Ils sourirent tous les deux.

***

Après la fermeture du Nautilus, Cam raccompagna Asher et Maeve chez eux. Quand ils arrivèrent devant la maison, Asher demanda à sa sœur de rentrer sans lui. Il n'allait pas tarder.

– Tu m'étonnes, ponctua Maeve.

Depuis la terrasse, elle agita son bras pour les saluer.

– Adios, amoureux secrets !

– Waouh, lâcha Cam.

– Ouais, acquiesça Asher.

– Elle a quel âge, déjà ?

– Onze ans en théorie. Mais vingt-cinq dans sa tête.

Cam sourit, attendrie. Elle se souvenait de Maeve à l'époque où elle était haute comme trois pommes et réclamait qu'on lui lise des histoires. Et maintenant, elle sortait des choses comme « photo sexy » ou « amoureux secrets ». Comment Nora supportait-elle de la voir grandir ?

– Et donc, nous voilà, dit Asher, un sourire aux lèvres.

Cam le regarda. Ils se tenaient sur l'allée en pierre, éclairée par la lumière de la terrasse. Elle voulait lui sourire, mais ils étaient devant la maison. Si Nora sortait sur le pas de la porte, comment pourrait-elle expliquer qu'elle noyait son regard dans celui de son frère, avec un air béat sur le visage ? Mais ce n'était pas tout ce qui l'en empêchait. Malik. Pourquoi l'avait-elle embrassé, bon sang ? Pourquoi n'avait-elle pas remarqué combien elle tenait à Asher jusqu'à cette seconde ?

– Viens, dit-elle en attirant Asher loin de la lumière, vers le jardin des voisins. J'ai embrassé quelqu'un, bafouilla-t-elle. Samedi soir. Mais c'était pour la bonne cause.

Elle tenta de s'expliquer. Elle était en mission pour rendre justice. Elle avait créé deux faux profils Instagram. Elle était venue à la soirée graffiti des Alpha Psi Beta, armée d'un Mace et d'un peigne rétractable. Elle avait embrassé une nouvelle recrue de la fraternité, mais uniquement pour lui soutirer des informations – pour être parfaitement honnête, elle n'avait encore jamais embrassé d'étudiant et par curiosité, elle voulait savoir si ce serait différent, mais surtout, ce baiser ne signifiait rien du tout. Moins que rien. Parce qu'elle tenait à Asher. Elle tenait vraiment beaucoup beaucoup à lui.

– Tu as embrassé un gars, comme ça, que tu ne connaissais même pas, résuma Asher.

– Oui.

– Parce que tu voulais lui soutirer des infos dans le cadre de ta mission secrète. Et parce qu'il est à la fac.

– Ça sonne vraiment débile quand c'est dit tout haut, reconnut Cam.

– Carrément.

– J'ai été débile. Je suis désolée.

Asher soupira. Les yeux fermés, il se pinça l'arête du nez.

– Tu ressembles tellement à ton père comme ça, remarqua Cam.

Asher ouvrit brusquement les paupières.

– Dis pas ça !

– Pourquoi pas ?

– Je ne veux pas lui ressembler.

– Tu plaisantes ? Ton père est…

Elle s'interrompit. Lui expliquer à quel point elle trouvait M. Melchionda sexy ne plaiderait pas en sa faveur.

– Oublie. Tu ressembles à toi. Et c'est à toi que je tiens. Et je voudrais que tu me pardonnes d'avoir été aussi nulle.

Asher semblait triste.

– S'il te plaît, supplia Cam.

Elle hésita à se mettre à genoux.

– J'ai deux conditions.

– Je t'écoute.

– On en parle à Nora.

– D'accord.

– Et… tu viens à la soirée des terminales avec moi.

– T'es sérieux ? demanda Cam en grimaçant.

– Oui.

– Pourquoi ?

– Parce que je suis en terminale, et que je n'y suis jamais allé.

– Tu rates rien, assura Cam. Tout le monde dit que c'est nul.

– Je ne suis pas tout le monde et j'aimerais y aller avec toi. T'en dis quoi ?

Cam soupira. Elle n'avait pas vraiment le choix.

– D'accord, accepta-t-elle.

– On se serre la main.

– Mais pour ta gouverne, je ne porterai pas une robe. Je mettrai sans doute un jogging et des tongs. Et une des chemises hawaïennes affreuses de mon père.

– Ça m'est égal, comment t'es habillée.

– Vraiment ?

– Vraiment.

– Alors si je me pointe avec une jupe fendue, ça te ferait ni chaud ni froid ?

– T'as une jupe fendue ?

– Et si oui ?

– Alors, la laisse pas pourrir au fond d'un tiroir.

– Eh ben, j'en ai pas.

– Habille-toi comme tu veux. Ce qui est le plus confortable pour danser. Un sac poubelle, si tu veux. On peut en porter un, tous les deux.

– Embrasse-moi.

Il obéit.

***

Cam rentra chez elle, dans le noir. Un tapis d'étoiles recouvrait le ciel. Elle planait, légère comme l'air. Ses lèvres étaient à vif à force de baisers, mais ça ne la dérangeait pas. Elle était si heureuse d'avoir embrassé Asher qu'elle en oublia tout le reste. Ce n'est qu'une fois chez elle qu'elle se rappela le « z ».

ADAM XU

Assis dans le noir, il jouait à *Donjons et Dragons* avec Tobias Muenker et ses copains de Cleveland. Par FaceTime, ce n'était pas pareil, mais c'était déjà ça. Soudain son téléphone vibra. C'était Cam. **Tu dors ?**

Il lui répondit : **attends**

Et il écrivit un message à Tobias : **je dois y aller. À demain**

Une minute plus tard, son portable sonna.

– Hello, la salua-t-il en glissant sous sa couette pour couvrir le son de sa voix.

– C'est avec un « z », annonça Camille.

– Quoi ?

– Dix-huit trous avec un « z ». Ils ont un finsta.

– Un faux compte insta ?

– Exactement.

– Ils t'ont acceptée ?

– Non.

– Alors comment tu sais que c'est eux ?

– Je ne sais pas, c'est juste une intuition. C'est pour ça que j'ai besoin de toi.

– Moi ?

– Si c'est bien leur compte et qu'il sert pour leur jeu, ils ne permettront jamais à une fille d'y entrer. Mais Matt R, ils pourraient l'accepter.

– Tu penses qu'ils vont accueillir un gosse quelconque du Michigan ?

– Peut-être. Faut essayer. Je te l'ai dit, Nora ne veut pas qu'on montre la photo ou la vidéo. On doit trouver un autre moyen… S'il te plaît, Adam.

Il hésita un instant.

– J'ai fait quelque chose… tout à l'heure.

– Quoi ?

– J'ai mis des prospectus dans les boîtes aux lettres d'une sororité.

– Des prospectus ?

– Oui.

Il expliqua à Cam comment l'idée lui était venue quand il nettoyait le vomi sur le sol des Kappa Kappa Nu et qu'il s'était cogné la tête sur les boîtes aux lettres. Il lui raconta qu'il avait fait des photocopies et emprunté le badge de sa mère pour retourner dans les maisons.

– C'est juste pour les prévenir, continua-t-il. Leur dire que si elles trouvent un numéro dessiné sur leur corps sans qu'elles sachent comment c'est arrivé, ou si elles ont des infos sur un jeu appelé dix-huit trous, elles doivent contacter la police du campus.

Le silence envahit l'espace un instant.

– Je t'ai déjà dit combien je t'aime ? demanda alors Camille.

– Jamais, je crois, dit-il en souriant.

– Sérieusement, Adam. Tu es extra. Tu es mignon. Tu te plies en quatre pour aider les gens. Pourquoi aucune fille ne t'a encore sauté dessus ?

– Allez, tu me caresses dans le sens du poil, là, c'est ça ?

– Et ça marche ?

– Peut-être.

– Alors tu le feras ? demanda Camille.

– Je vais essayer. Mais n'espère pas trop.

– J'espère grave, au contraire. Rappelle-moi.

– Attends… Tu veux que je le fasse maintenant ?

– Oui !

Il voulut lui expliquer qu'il était tard, qu'il essaierait dans la matinée, mais elle avait déjà raccroché.

Il contempla son portable, dans le noir.

Se connecter à son compte Instagram Matt R à 23 h 27 et contacter en message privé l'Alpha Psi qui l'avait invité à la soirée graffiti : pas de problème. Trouver quoi dire : facile. Au lycée, il y avait des types qui semblaient toujours savoir quoi dire. Comme Adam Courtmanche, dont Adam Xu enviait l'aisance avec les gens. Adam Courtmanche déambulait dans les couloirs comme s'il en était le propriétaire : un sourire assuré aux lèvres, saluant tout le monde, taquinant ses copains à propos de ce qu'ils avaient fait sur le terrain. C'était le genre de personnage que Matt R devait incarner : sûr de lui et bien dans sa peau. Un vrai mec.

@mattyrtouchdown24

Hello mec, désolé de pas être venu à la fête. Ma mère m'a puni. J'ai pas pu faire le voyage. Ça craint

Après quelques minutes, une réponse apparut :

@dancee99

Sale môme. T'as fait quoi ?

@mattyrtouchdown24

Elle m'a chopé dans ma chambre avec une fille

@danvee99

Sympa

@mattyrtouchdown24

Elle était pas contente

@danvee99

Ta mère ou la fille ?

@mattyrtouchdown24

Ahah. Ma mère. La fille était plutôt comblée, crois-moi

Écrire ces mots le dégoûta profondément. On aurait dit Kevin Hamm dans les vestiaires. Mais c'était le rôle, il devait le garder en tête.

@danvee99

Queutard veinard

@mattyrtouchdown24

Carrément. Elle était comment la fête ?

@danvee99

Complètement dingue

@mattyrtouchdown24

Avec des bombasses ?

@danvee99

Les filles des sororités en tee-shirts blancs. On en avait plein les yeux

@mattyrtouchdown24

Sérieux, mec ?

@danvee99

Si tu joues au foot à Faber et que tu prêtes serment aux APB, c'est le pied

@mattyrtouchdown24

Beaucoup d'action ?

@danvee99

De ouf

Adam hésita. Il ne voulait pas se faire griller, mais il fallait qu'il prenne des risques. Il inspira profondément.

@mattyrtouchdown24

T'as des photos ?

Comme @danvee99 ne répondait pas, il tenta un autre angle d'approche.

@mattyrtouchdown24

Je suis en train de me faire recruter à Colgate aussi. Ils ont l'air cool. Ils m'ont envoyé des photos à tomber par terre

@danvee99

Mec, va pas à Colgate, putain

@mattyrtouchdown24

Pourquoi pas ? Les filles de gate sont fraîches

@vangee99

Les filles de faber carrément plus

@mattyrtouchdown24

J'attends la preuve

@danvee99

Bon sang mec. Tu me crois pas ?

@mattyrtouchdown24

Si tu veux recruter un alpha…

@danvee99

Je suis assez bourré pour te donner 10 mn. Envoie une demande d'abonnement à @18trouz. Tu entres et tu sors

CAM

À minuit passé, son portable vibra.

Adam Xu

Il m'a accordé 10 mn d'accès. Maintenant il m'a bloqué mais j'ai fait des tas de captures d'écran. Je te les envoie…

Cam

Omg

Adam Xu

Je sais

Cam

Putain de merde

Adam Xu

C'est clair

Cam

On se retrouve devant le 7-11 avant les cours

NORA

Cam avait demandé à Nora de la retrouver devant le supermarché 7-11. **Important**, disait le message. Quand Nora arriva, Cam l'attendait sur le trottoir. Elle lui tendit un muffin à la myrtille et une petite brique de jus.

– Assieds-toi, lança Cam. Et mange.

– J'ai déjà mangé, répliqua Nora.

Après tout le psychodrame du week-end, cette matinée lui avait semblé étrangement normale. Sa mère avait préparé du pain perdu avec du bacon et son père avait déposé un petit baiser sur sa tête en partant au travail.

– Je ne veux surtout pas que tu t'inquiètes, avait-il dit. Je m'occupe de tout.

« Tout. » Un bien grand mot, mais tellement flou. Que voulait-il dire exactement ? Allait-il adresser un rapport au doyen ? Allait-il mettre le feu à la maison des Alpha Psi Beta ? Nora n'en savait rien, et elle ne lui avait rien demandé. Elle avait avalé une deuxième tranche de pain perdu avec un peu plus de sirop d'érable. *Mon père va s'occuper de tout. Ce n'est plus mon problème.*

– Alors mange pas, mais assieds-toi avec moi, demanda Cam en tapotant sur le bord du trottoir. J'ai quelque chose à te dire.

– Tu n'es pas obligée.

Elle savait déjà ce que Cam voulait lui dire. Elle l'avait vu par elle-même, la veille, depuis la fenêtre de sa chambre, quand elle avait baissé le store. Elle n'avait pas eu l'intention de regarder, mais ses yeux avaient été attirés par le cercle de lumière projeté sur la pelouse par le lampadaire. Au début, elle n'avait pas vraiment compris qui étaient ces deux corps enlacés. Ses parents ? Nora avait plissé les yeux. Est-ce que ses parents étaient en train de se dévorer devant la maison ? Non. Ce n'était pas son père. Il avait des bras trop fins, des cheveux trop longs… C'était Asher. Et soudain, elle s'était rappelé son annonce officielle trop bizarre, au dîner : « Je pense que j'ai une petite amie ». Elle s'était ordonné de baisser le store. Ça ne la regardait pas. Même s'il avait balancé à leur mère son histoire à elle, Nora n'avait pas le droit de se venger en l'espionnant avec sa mystérieuse petite amie. *Arrête de regarder*, s'était-elle admonestée. *Ça suffit.* Mais quelque chose l'en avait empêchée. Le rire qui était monté jusqu'à sa chambre. Nora l'avait reconnu immédiatement. C'était le rire de Cam. Et ces tennis jaune fluo, c'étaient les tennis de Cam.

Asher et Cam.

Elle était restée un moment sonnée, comme si on l'avait plongée dans un seau d'eau glacée. Son frère et sa meilleure amie. Son *frère* et sa *meilleure amie* s'embrassaient à l'arrière de leur maison. C'était plus que mal, et pourtant ça pouvait parfaitement s'expliquer. Asher et Cam étaient les deux personnes les plus autoritaires que connaissait Nora. Ils lui disaient tout le temps quoi faire, comment vivre. Ils pensaient avoir toutes les réponses, ils étaient sûrs de tout savoir, d'avoir tout compris. C'était le couple parfait. Mais ça n'excusait rien.

– Je t'ai vue avec Asher, lança Nora. Hier soir. Derrière la maison. Alors… merci pour ce film d'horreur.

– Oh, lâcha Cam, choquée. Merde. Ce n'était pas… Je voulais te le dire.

– Ah oui ? Vraiment ?

– Oui.

– Tu voulais me dire que tu sortais avec mon frère ?

– Oui. Mais c'est pas pour ça…

Elle leva soudain la tête pour regarder au-dessus de l'épaule de Nora.

– Salut.

– Quoi ? demanda Nora en se retournant.

Adam Xu venait d'apparaître. Vêtu d'un pantalon kaki et d'un tee-shirt vert, il avait glissé les pouces dans les anses de son sac à dos. Il était plus grand que dans ses souvenirs. Plus mignon, aussi. Était-il allé chez le coiffeur ? Ou alors c'était du gel ?

– Hello, Nora.

– Salut ?

Elle prononça le mot plus comme une question que comme une salutation. Depuis quand Adam Xu se peignait-il et qu'est-ce qu'il faisait devant le 7-11 ?

– J'ai demandé à Adam de nous rejoindre ici, expliqua Cam. Parce qu'il est dans cette histoire depuis le début, et ce qu'on vient de découvrir... c'est...

– Attendez... l'interrompit Nora. C'est pas à propos d'Asher ?

– Non.

Cette expression sur le visage de Cam et d'Adam Xu... Mais à vrai dire, Adam Xu tirait toujours la même tête. Sérieux et concentré.

– Je t'ai dit que le numéro 9 faisait partie d'un truc organisé pour les nouvelles recrues des fraternités, tu te souviens ? Un jeu. Attends...

Elle sortit son portable et pianota sur l'écran.

Nora secoua la tête.

– Mon père a pris les choses en main. Il va tout régler. Vous avez plus à...

– Regarde.

Cam mit son téléphone sous le nez de Nora. Et ce qu'elle y vit... Sa culotte aux couleurs du drapeau américain, éclairée sur fond de ciel étoilé. Sous la photo, une légende : **#18trouz #9 #GodBlessAmerica**.

– Oh non, lâcha Nora, se sentant poignardée en plein ventre.

Elle n'aurait pas dû tant manger ce matin.

– Où est-ce que vous avez trouvé ça ?

– Sur le finsta des Alpha Psi, répondit Cam. Ils ont laissé Adam y entrer hier soir. Regarde les captures d'écran...

Nora secoua la tête. Elle pensa au 9 écrit au niveau de son maillot et à tout le coton imbibé d'alcool qu'il avait fallu pour l'effacer.

– Il faut que tu voies les autres photos.

Nora obéit. Les fesses d'une fille dans un string rouge, le numéro 13 au marqueur noir. **#18trouz #13 #fesséesàvolonté**.

– Continue, lança Cam.

Nora balaya l'écran. Nouvelle image : un soutien-gorge en dentelle, une poitrine, le numéro 4. **#18trouz #4 #bellepaire**.

– Ça suffit.

Elle ferma les yeux et tendit le téléphone dans la direction de Cam. Elle sentit la main d'Adam Xu sur son bras. Elle se dégagea aussitôt.

#18trouz. Quelque chose luisait dans le coin de son esprit, comme les pièces que son père lançait dans la piscine de l'université de Faber pour qu'Asher et elle plongent tout au fond et les remontent.

– C'est une tradition, expliquait Cam. Débutée dans les années 1990 par un membre des Alpha Psi. Il y a une dédicace sur leur page. Ils ne donnent pas son nom, mais ils l'appellent « le maître du jeu ».

– Quoi ? demanda Nora en ouvrant les paupières.

– C'est un *jeu* pour eux. Comme s'ils jouaient au golf.

Nora avait la gorge nouée et sèche.

– Je dois y aller, parvint-elle à peine à articuler.

– Où tu vas ? demanda Cam.

– Les cours commencent dans vingt minutes, renchérit Adam Xu.

Nora les ignora. Son cerveau tournait en roue libre. Elle avait l'impression d'avoir déjà vécu cette scène. Ou peut-être était-ce un rêve ? C'était le genre de choses… Non, en réalité, personne ne pourrait rêver d'un truc pareil.

– Nora ? Tu vas où ? insista Cam.

– Je rentre chez moi.

Ses jambes l'y emmenaient déjà.

– On t'accompagne.

Nora se fichait qu'on la suive. Son sac tapait dans son dos au rythme de sa course. Les semelles de ses bottes couinaient sur le trottoir. Affreux de courir en UGG. Les pires chaussures de course !

Mais ses pieds la portèrent tout de même jusqu'à sa porte d'entrée qui n'avait pas été fermée à clé. Elle traversa le couloir, vers le bureau de son père, et jusqu'aux étagères remplies de livres de sport. Ce fut le premier endroit qu'elle inspecta. Elle passa en revue tous les titres, mais ne trouva pas ce qu'elle cherchait. Elle ouvrit alors le tiroir du bureau. Il était là : *Le Miroir.* Quand elle était plus petite, elle adorait revoir sa mère étudiante en première année, son père à peine plus âgé. Tous les deux si jeunes. Cette fois, elle tourna directement les pages jusqu'aux portraits des étudiants de dernière année : Ives, Jameson, Jennings… Son cœur tambourinait dans sa poitrine. Est-ce qu'elle avait une crise de paranoïa ? Impossible… *Kurian, Lambeaux, London…* Il fallait qu'elle vérifie… *Marcus, Meehan, Melchionda…*

Rhett Andrew Melchionda.

Nora étudia le visage de son père à vingt-deux ans. Elle lut la légende sous la photo : « *Fixez-vous des objectifs élevés et ne vous arrêtez pas avant d'y être arrivés* – Bo Jackson. Activités : Rugby 1-4 (capitaine 3, 4) ; Blue Highway (chant, guitare) ;

Alpha Psi Beta 1-4 (président 4) ; 18 Trous (fondateur, maître du jeu). »

Une vague de nausée l'envahit.

– Nora ? appela Cam.

– Nora ? répéta Adam Xu. Qu'est-ce qui se passe ?

Nora voulait hurler.

Elle secoua la tête. Il devait y avoir une explication. Son père adorait le golf, Nora le savait très bien. Il l'avait emmenée plusieurs fois sur le green. Il lui avait appris à frapper la balle avec un bois 3. Il avait participé à tous les tournois d'alumni, avec ses camarades de la fraternité. Étudiant, il jouait peut-être déjà. Elle ne se souvenait pas de l'avoir entendu le dire. Mais c'était obligé, forcément. Et il avait inventé un jeu pour les autres golfeurs de l'université. C'était de ce jeu-là qu'il était le maître. N'est-ce pas ?

– Nora ?

– Nora ? répéta Adam Xu.

Ne tenant aucun compte de ses amis, Nora contempla le portrait de son père. Il avait un sourire radieux. Tout le monde le disait. Et il était tellement séduisant. Tellement charismatique. Il faisait son travail comme personne.

– C'est lui, murmura-t-elle.

– Quoi ? demanda Cam.

– Mon père.

Rhett Melchionda : remboîteur d'épaules déboîtées, accoucheur de bébés, protecteur de sa fille contre les palets volants. C'était son père. Celui capable de façonner les pancakes de la forme des personnages de *Moi, moche et méchant*. Celui qui retirait la croûte de ses sandwichs au beurre de cacahouètes et à la confiture. Celui qui lui faisait apprécier toutes les règles les plus compliquées du football et du hockey, qui lui avait appris les paroles de tous les classiques du rock. C'était la meilleure personne qu'elle connaissait au monde. Rhett Melchionda, directeur sportif le jour, superhéros la nuit. C'était impossible. Parfaitement impossible. Alors comment expliquer cette panique qui montait en elle ?

– Qu'est-ce qu'il a, ton père ? demanda Cam.

Nora secoua la tête. Elle n'était pas capable de répondre, pour l'instant. Un grondement l'assourdissait, comme si un avion décollait dans ses oreilles. Elle sentit la page entre ses doigts, l'épaisseur du papier, et elle la déchira.

– Qu'est-ce que tu fais ? s'étonna Cam.

Nora brandit le bout de papier qu'elle tenait dans la main.

– Je pense qu'il l'a inventé.

– Quoi ?

– Le dix-huit trous. Je pense que c'est mon père qui a lancé ce jeu.

Cam secoua la tête furieusement, comme si elle tentait d'enlever l'eau de ses oreilles après la piscine.

– C'est impossible.

– Je sais. Et pourtant.

– Non, insista Cam fermement. Ça n'a aucun sens.

Cam avait raison. Ça n'avait aucun sens. Mais ça ne voulait pas dire que ce n'était pas vrai.

Nora consulta l'heure sur son téléphone. Il était sept heures cinquante-huit. Les cours commençaient dans deux minutes. Elle n'y assisterait pas. Nora venait d'entrer dans un univers parallèle où les règles habituelles ne s'appliquaient pas. Elle plia la page en deux, puis en quatre.

– Nora, lâcha Cam tout doucement. Qu'est-ce que tu fais ?

N'était-ce pas évident ? Elle pliait son père en quatre pour l'enfourner dans sa poche. Et elle sortit du bureau.

– Où vas-tu ? demanda Cam en lui emboîtant le pas.

Nora ne répondit pas. Quand il lui avait dit au revoir, ce matin, il portait ses chaussures de course et sa ceinture d'hydratation. Elle savait où il était.

– J'envoie un message au lycée, proposa Adam Xu en tapant sur son portable. Pour les informer de notre retard.

Nora secoua la tête. Ce n'était pas le moment de péter un câble. Il fallait qu'elle garde le contrôle d'elle-même. Le stade de Crokett se dressait devant eux tel un château fort.

– Il est là.

– Comment le sais-tu ? demanda Cam.

– Je le sais, c'est tout.

Quand ils arrivèrent devant l'entrée, Nora s'arrêta.

– Allez en cours. Je me débrouille.

– T'es sûre ? s'inquiéta Cam.

– On peut rester, proposa Adam Xu.

– J'ai besoin de le faire seule.

– D'accord, acquiesça Cam. Mais avant qu'on y aille, je voudrais te dire encore une chose. J'ai posté ça sur Insta, il y a une heure environ… Enfin, c'est plutôt Katie J qui l'a posté depuis son compte…

– C'est quoi ? demanda Nora, intriguée.

– Attends.

Cam sortit son portable de sa poche pour lui montrer. Sur l'écran, Nora lut :

@katiegategrrrl

@superfaber

@fabergazette

Les nouvelles recrues des Alpha Psi Beta jouent à un jeu. Ces photos proviennent de leur compte finsta @18trouz. #universitédefaber #faberNY #voilànotreville #réagissez #revoltezvous #lesfillessontpasdesjouets

Nora leva les yeux du téléphone.

– Je sais. J'aurais dû te demander d'abord. Mais il fallait que je fasse quelque chose. Quand j'ai vu toutes ces filles, ces hashtags, ça m'a rendue dingue, il fallait…

– J'ai fait un prospectus, intervint Adam Xu.

Nora se tourna vers lui.

– Pour prévenir les sororités. Les mettre au courant. Je leur ai conseillé d'aller à la police du campus si elles avaient des informations. J'ai mis des copies dans toutes leurs boîtes aux lettres.

Des posts Instagram dans la *Gazette* ? Des prospectus dans les boîtes aux lettres ? Les mots traversaient les oreilles de Nora comme s'ils étaient dits dans une langue étrangère qu'elle aurait été incapable de traduire.

– On essayait d'aider, assura Cam.

– Il faut que j'y aille, lança Nora au ralenti.

– Nora, tu te trompes peut-être.

– Je sais que non.

– Laisse-le t'expliquer.

– Il faut que j'y aille, répéta-t-elle.

Sa voix bourdonnait de façon désagréable. Elle tremblait de tout son corps.

Elle dit au revoir à ses amis et ouvrit le portail.

Elle avança sur la piste. Son père était sous les tribunes de presse. Il montait les marches au pas de course, les genoux bien haut. Il affichait une forme spectaculaire.

Nora avait le souffle court. Commettait-elle une erreur ? Elle aurait peut-être dû appeler sa mère d'abord. Diane avait une réunion, mais elle aurait très bien compris que Nora l'interrompe, surtout pour…

– Salut !

Trop tard. Il descendait vers elle. Il lui faisait signe de la main.

– Merde, murmura Nora.

Que faire, maintenant ? Elle aurait dû être au lycée.

Merde, merde, merde.

Il avançait vers elle, en sueur, les sourcils levés. Il allait lui poser une série de questions : *Qu'est-ce que tu fais là ? Tout va bien ? Tu ne devrais pas être en cours ?*

Le cœur de Nora se déchaînait, comme si son corps voulait l'empêcher de parler.

– C'est quoi, « dix-huit trous » ?

Son père lui adressa un regard interrogateur.

– Bonjour, déjà.

– Papa, commença-t-elle.

La réponse la terrorisait, mais elle devait en avoir le cœur net.

– C'est quoi, « dix-huit trous » ?

Il leva les sourcils. La petite cicatrice rose était à peine visible, au-dessus de son œil droit. Elle se revit à dix ans, dans les gradins de la patinoire de Tayte.

– C'est l'ensemble d'un parcours de golf.

– Non.

– Non ? répéta-t-il, intrigué.

Elle sortit de sa poche la page, et l'agita devant lui.

– Je parle de ça.

Il la déplia, et lança un nouveau regard d'incompréhension à Nora.

– C'est la page dans mon album de dernière année ?

– Oui.

– Tu l'as déchirée ?

– Oui.

– Pourquoi ? demanda-t-il d'une voix intriguée, peut-être même blessée.

– Parce qu'il faut que je sache la vérité.

– La vérité sur quoi ?

– Papa, insista-t-elle au comble de la frustration. Dis-moi, juste. C'est quoi, « dix-huit trous » ? Je sais que ça n'est pas du golf.

Il sortit une des bouteilles de sa ceinture pour boire un peu d'eau et la remit à sa place.

– Ma puce…

Il consulta sa montre.

– Tu ne devrais pas être en cours ?

Elle secoua la tête. Il n'avait toujours pas répondu à sa question. Elle la reposa pour la quatrième fois.

– C'est quoi, « dix-huit trous » ?

Elle ne put lire l'expression sur le visage de son père.

– C'était un truc de fraternités. À l'époque.

– Quel truc ?

– Je ne peux pas te le dire.

– Pourquoi tu ne peux pas me le dire ? C'est toi le fondateur.

Elle montra la page arrachée dans sa main.

– C'est écrit juste là.

– J'ai prêté serment, expliqua-t-il en secouant la tête.

– Tu as prêté serment ?

– Quand j'ai intégré les Alpha Psi Beta, j'ai juré fidélité. Je sais que ça peut paraître bizarre, mais…

Non. Ça ne paraissait pas bizarre à Nora. Ça lui paraissait ridicule. Son père était un adulte, un père.

– Le système grec n'est pas facile à expliquer, continua-t-il. Quand on n'est pas dedans. Les traditions et les rituels font partie intégrante d'une fraternité…

Il parlait, mais Nora ne l'écoutait plus. Il avait prêté serment ? Il avait juré fidélité à un groupe de gars d'une vingtaine d'années, et maintenant il s'en servait d'excuse pour ne pas répondre à sa question ? Nora sentit le feu de la colère la consumer.

– Tu sais qu'ils y jouent encore, n'est-ce pas ?

– Quoi ?

– Les Alpha Psi. Ils jouent encore au dix-huit trous. C'était pas juste un truc de l'époque. Ils ont écrit sur moi, la nuit de la kermesse. Sur le terrain de golf, alors que j'avais perdu connaissance. Ils ont écrit un 9, juste là…

Elle désigna l'endroit entre ses jambes.

– Avec un marqueur. Ils ont suspendu ma culotte sur un drapeau et ils ont pris une photo qu'ils ont postée sur leur page Instagram. Avec le hashtag « dix-huit trous ». Et le hashtag « neuf ». Et le hashtag « God Bless America ».

Le père de Nora resta muet. À quoi s'était-elle attendue exactement ? Elle n'en savait rien. Mais là, il ne lui donnait rien. Elle osa l'examiner un moment. Elle noya son regard dans le bleu incroyablement lumineux de ses yeux.

– Papa, murmura-t-elle. Pourquoi tes anciens camarades de la fraternité t'appellent le « maître de l'univers » ?

Il secoua la tête. La couleur avait disparu de son visage.

– J'ai besoin de l'entendre.

Il se mit à faire les cent pas, comme il le faisait toujours. *Sérieusement ? Il va juste faire des allers-retours, une main dans les cheveux ? Il ne va pas me répondre ?*

Il ne peut pas admettre la vérité. Il veut taire le secret. Comme Asher et Cam qui ne voulaient pas révéler leur relation. Ou sa mère qui n'avait jamais parlé d'Amy Bachman. Comme Nora qui avait voulu garder pour elle ce que lui avaient fait les trois garçons à la kermesse.

Elle en avait assez des secrets.

– Papa, dit Nora d'une voix étranglée.

Elle pensait aux autres filles sur les photos, aux autres numéros, aux autres hashtags. Elle pensait à Peyton Mallory et Jason Mann. Étaient-ils des Alpha Psi, eux aussi ? Son père avait-il vraiment cru que les filles qui les accusaient d'agressions sexuelles mentaient ? Ou sa fidélité était-elle si aveugle qu'il refusait de voir la vérité ? Avait-il couvert ses joueurs en sachant qu'ils étaient coupables ? C'était évident ! Bon sang, elle avait tellement envie de vomir. Sa mère était-elle au courant ? Si oui, comment pouvait-elle rester mariée avec lui ? Nora n'arrivait plus à réfléchir. Les idées tournaient trop vite dans son cerveau. Elles la faisaient dérailler.

« Je ne veux surtout pas que tu t'inquiètes, avait-il dit pendant le petit-déjeuner. Je m'occupe de tout. » Il avait osé dire ça, alors que c'était lui qui avait inventé le jeu ! C'était à cause de lui que sa culotte s'était retrouvée sur Instagram. Il était complice.

La colère grondait en elle. Un cri animal sortit de sa gorge et son père se figea aussitôt.

– Ça va ? demanda-t-il.

Elle le regarda ouvrir de grands yeux.

– Non, ça va pas du tout ! hurla-t-elle. Trois gars m'ont droguée et retiré ma culotte à cause de toi ! C'est toi qui as lancé ce jeu ! C'est toi le responsable !

Son père semblait abasourdi. Nora n'en revenait pas d'avoir prononcé ces mots.

– Tu ne penses pas ce que tu dis.

– Bien sûr que si !

Elle sentait ses jambes trembler, ses mains pendre douloureusement de chaque côté de son corps, mais elle continua :

– J'ai passé tout ce temps à m'inquiéter que tu découvres ce qui m'était arrivé, que tu me juges. Mais ce n'est pas moi qui devrais avoir honte, c'est toi !

– Ma puce…

Il tendit le bras pour lui prendre la main, mais elle ne se laissa pas faire.

– Arrête de m'appeler comme ça !

Il ouvrit de grands yeux.

– Je vois bien que tu es perturbée, dit-il sur un ton neutre. Je vais te donner le temps et l'espace pour te calmer.

Il se tourna et s'éloigna.

Lui avait-il vraiment tourné le dos ?

La lave qui coulait dans les veines de Nora bouillonna de plus belle. Elle hésita à le suivre, mais elle était trop en colère pour bouger.

– Non ! Moi je ne te donnerai pas d'espace ! Pour arranger ça !

***

Nora n'irait pas au lycée. Elle avait déjà pris sa décision. Elle allait parler à sa mère de son père. C'était son mari, elle méritait de connaître la vérité sur l'homme qu'elle avait épousé. Mais quand Diane entendrait l'existence de ce jeu, comment réagirait-elle ? Est-ce qu'elle se ratatinerait ? Est-ce qu'elle mettrait le père de Nora à la porte ? Nora avait l'impression que depuis le jour où elles avaient hurlé ensemble au sommet du mont Aggie, un nouveau lien s'était formé entre elles. Sa mère lui avait parlé de son passé. Elle avait révélé une autre facette d'elle-même, une facette qui portait des robes minuscules et de l'eyeliner et se défoulait en hurlant. Nora était obligée de le reconnaître, elle s'était trompée sur sa mère. Elle l'avait pensée parfaite et intouchable, une espèce de sainte que rien n'affecte et qui ignorait tout de la vraie vie. C'était faux.

Nora espérait que sa mère serait revenue de sa réunion. Et en effet, elle la trouva dans la cuisine, assise au bar, en train de siroter une tasse de thé.

– Maman ?

Elle se tourna, étonnée de voir sa fille à la maison si tôt.

– Qu'est-ce qui ne va pas ? Tu es malade ?

– Je dois te dire quelque chose.

Elle n'était pas sûre d'y arriver. Elle ne voulait pas voir le visage de sa mère quand elle apprendrait la vérité. Diane aimait Rhett. Elle l'aimait de tout son cœur, depuis qu'elle avait dix-huit ans.

– Dis-moi.

Nora s'installa sur un tabouret. Le coussin était recouvert d'un tissu jaune avec des fleurs blanches, que sa mère avait cousu.

– C'est à propos de papa.

Et tout se déversa, comme de l'eau qui coule d'une carafe.

Cam à la fête des Alpha Psi, le gars qui avait dessiné un 7 sur son tee-shirt.

Les photos du finsta, #18trouz #9 #QueDieuBénisseUSA.

L'album. 18 Trous (fondateur, maître du jeu).

Sa confrontation avec son père au stade Crockett et ses explications. « J'ai juré fidélité. »

Et même si elle n'était pas fière de l'admettre, elle ajouta :

– Je lui ai dit que c'était sa faute, ce qui s'est passé. Je lui ai hurlé dessus, et il m'a tourné le dos. Il a dit que j'avais besoin de temps et d'espace pour me calmer.

Pendant quelques minutes, sa mère ne dit rien. Elle était peut-être en état de choc, ou alors elle réfléchissait à ce que

Nora venait de lui dire. Nora n'avait aucun moyen de le savoir. En tout cas, la vérité sortie au grand jour habitait chaque molécule d'air entre elles.

– Maman ?

Quand elle ouvrit les yeux, Diane affichait une expression que Nora ne lui avait jamais vue. Elle portait sa tenue de paysanne habituelle, mais elle ne se ressemblait plus. Ses traits étaient sombres et déformés par la fureur.

– Je te dépose au lycée, lança-t-elle.

Au lycée ? Maintenant ?

– Et ensuite, j'irai parler avec ton père.

D'accord. Elle allait le mettre devant ses responsabilités et exiger qu'il passe à l'action.

Diane se leva et Nora l'imita. *Prends les choses en main, maman ! Reste forte !* Réussirait-elle à convaincre son père de tout avouer au doyen ?

Sa mère partit vers la porte, Nora sur les talons. Jusqu'à cet instant, elle n'avait jamais imaginé sa mère tenir tête à son père sur rien. Mais personne ne pouvait plus effacer les décisions terribles de son père, pas plus que la nuit de la kermesse, ou les posts de Cam sur Instagram et les prospectus d'Adam Xu.

Les cartes étaient étalées sur la table.

CAM

Elle était toujours en état de choc. M. Melchionda avait créé un jeu, dont l'objectif était d'agresser sexuellement des jeunes filles ? *M. Melchionda ?* L'idée était inconcevable. Totalement inimaginable et bouleversante.

– Ça va éclater, se désola Adam Xu, alors qu'ils entraient ensemble dans le lycée. À cause de nous.

– Probablement, oui.

Adam avait raison. Déjà avant le deuxième cours de la matinée, le post @superfaber de Katie J avait contaminé tout l'établissement comme un virus. Tout le monde en parlait. Partout où Cam allait – le labo de sciences, le vestiaire des filles, la salle de gym – elle entendait les élèves murmurer « dix-huit trous ».

– T'as vu ça ? demandèrent Chelsea, Anna et Becca dans le couloir entre deux cours.

Elles agitèrent toutes les trois leurs portables au visage de Cam.

– J'ai vu, répliqua-t-elle.

C'est même moi qui l'ai écrit.

Au déjeuner, Chelsea, Anna et Becca passèrent en revue toutes les photos, les unes après les autres. Numéro 4. Numéro 13. Numéro 2.

– Est-ce que Nora est l'une de ces filles ? demanda Chelsea.

Cam secoua la tête en silence. La vérité resta sur sa langue comme une hostie. Elle voulait la cracher, mais elle ne pouvait pas. Il fallait qu'elle l'avale. Tout ce temps, Cam s'était dit qu'elle agissait en amie fiable et fidèle – qu'elle prenait les bonnes décisions, parce que Nora n'avait pas les idées claires. Mais c'était Cam qui avait tout mis en branle. Cam qui avait laissé Nora aller seule à la kermesse. Cam qui avait créé des finstas, élaboré une mission secrète, flirté avec un étudiant pour qu'il lui révèle des secrets. Et elle avait aimé ça. Embrasser Asher dans un débarras, embrasser Malik sur un canapé, se faire passer pour Michelle, pour Katie J. C'était tellement excitant. C'était bien ça qu'elle avait recherché, si elle voulait être vraiment honnête. Elle s'était convaincue qu'elle agissait en bonne copine, mais c'était tout le contraire. Cam n'avait pas aidé Nora. Elle avait détruit sa vie.

Je pense que c'est mon père qui a lancé ce jeu.

Non, elle ne pouvait pas supporter de penser à M. Melchionda maintenant. C'était même intolérable. Elle posa sa coupe de glace sur son front brûlant.

Ouf !

– Qu'est-ce que tu fais ? lui demanda Anna, vaguement dégoûtée.

– Je me rafraîchis les idées.

ADAM XU

Dans la queue de la cafétéria, il hésitait. Burger ou pizza ? Il venait d'opter pour un burger, quand il entendit une voix.

– Adam ?

Il se tourna, même si c'était probablement Adam Courtmanche qu'on appelait. Mais non, Nora regardait droit dans sa direction, à son grand étonnement. Quand ils s'étaient dit au revoir sur le campus, il ne s'était plus attendu à la voir de la journée.

– Salut, lança-t-il.

– Salut, répondit-elle. Je peux manger avec toi ? Je ne me sens pas d'affronter les autres, pour l'instant.

– Bien sûr, accepta Adam en hochant la tête.

Il attendit que Nora se serve – sandwich à la dinde, frites, pomme. Ils passèrent leurs cartes de cantine à la caisse et traversèrent la cafétéria jusqu'à une table vide à côté de la fenêtre. Il sentait des regards sur eux. *Adam Xu et Nora Melchionda qui mangent ensemble ?* Très inhabituel. Adam s'asseyait en général un peu à l'écart. Quand Tobias vivait encore à Faber, ils choisissaient une des tables excentrées pour pouvoir discuter au calme. Maintenant, il restait seul, avec un livre, tandis que Nora se retrouvait au centre du réfectoire, entourée d'amis. Un mois plus tôt, déjeuner avec Nora Melchionda aurait été pour lui un rêve. Il aurait bafouillé, tremblé… Mais ses sentiments pour Nora… Comment l'expliquer ? Il l'aimait toujours, bien sûr. Et il était heureux de partager sa compagnie, mais elle ne le rendait plus nerveux. Quand ils s'étaient séparés, plus tôt dans la matinée, devant le stade, il avait soudain pris conscience que Nora n'était plus un fantasme. C'était une personne sérieuse et compliquée – certainement plus que ce qu'il avait cru. Elle n'était pas juste une banque de données d'observations collectées au fil des années. C'était un être humain en chair et en os, dans une situation douloureuse, et elle avait besoin d'un ami.

– Merci beaucoup. Pour… tout, lança-t-elle alors qu'ils prenaient place.

– Pas de problème.

– J'avais raison. Mon père n'a pas nié.

– Oh… Waouh ! Et ça va ?

– Je suis sous le choc, répondit-elle.

– Tu veux… que je t'accompagne à l'infirmerie ?

Nora secoua la tête.

– Il faut que je mange, dit-elle en déballant son sandwich. J'ai tout raconté à ma mère. Elle est partie lui parler. Je ne l'avais jamais vue aussi furieuse.

Nora mordit dans le pain et de la moutarde coula sur son menton.

Adam lui tendit une serviette.

– Merci, dit-elle en s'essuyant.

Adam prit une bouchée de son burger.

Ils ne parlèrent plus pendant quelques minutes.

– Je voudrais te poser une question, finit par lancer Nora.

– Je t'écoute.

– Pourquoi est-ce que t'as fait le prospectus ?

Il but une gorgée de citronnade, avant de reposer la bouteille sur le plateau.

– Je ne veux pas que quelqu'un d'autre subisse ça. Après t'avoir vue…

Elle pencha la tête.

Il inspira profondément.

– T'étais sur le terrain de golf… Tu bougeais plus, j'ai cru que t'étais morte… C'était horrible.

Nora fronça les sourcils.

– C'est pas ce que je voulais dire… C'était affreux pour toi. Beaucoup plus. Je suis désolé.

– Ne t'excuse pas, lança-t-elle, le sillon entre ses yeux se creusant encore. Ce que tu as fait pour moi, ce soir-là… J'ai une vraie dette envers toi, Adam.

– Tu ne me dois rien.

– Si, insista Nora. Tu m'as sauvé la vie.

– Tout le monde aurait…

– Non, assura-t-elle en secouant la tête. Tu imagines comment serait ma vie maintenant, si tu ne les avais pas arrêtés ? S'ils m'avaient violée ? Je serais dévastée. Je ne sais même pas si j'aurais eu la force de me relever. Alors, s'il te plaît, laisse-moi te dire ce que j'ai à te dire.

Il sentit ses joues s'embraser.

– OK.

– Merci.

– De rien.

Nora prit ses frites et en mangea plusieurs rapidement. Elle chercha ensuite sur son plateau la boisson qu'elle avait oublié de prendre et sans un mot, Adam lui tendit sa citronnade.

– Merci.

Elle but plusieurs gorgées avant de lui rendre sa bouteille.

– Donc…

– Donc, répéta-t-il.

– Tu joues au baseball, c'est ça ?

Transition maladroite, mais il comprenait. Elle en avait assez de parler de cette soirée-là.

– Oui, troisième base.

– Le coin chaud, commenta-t-elle.

Il la dévisagea, étonné.

– Quand ton père est directeur sportif, tu en connais un rayon sur tous les sports. Qu'est-ce qui t'a donné envie de jouer au baseball ?

Bonne question. La réponse dépendait de ce qu'il voulait bien révéler. Il hésita.

– C'est une histoire marrante, en fait.

Et il lui raconta sa première expérience avec une batte dans la main. Il lui raconta son passage sur la ligne de troisième base et Kevin Hamm qui avait crié « Il n'a pas touché le sac ! Il a loupé le sac ! » Il était reparti en arrière pour s'accroupir et toucher le sac avec la main, provoquant un éclat de rire général. « Le Chinois a touché le sac ! Il a touché le sac ! Ahahahahahah ! »

– Sérieusement ? Quels débiles, commenta Nora.

– Oui, bon, ponctua Adam en haussant les épaules. C'est grâce à eux que j'ai décidé d'apprendre à jouer. Pour leur montrer qu'ils se trompaient. Et je suppose que j'ai réussi, parce que je suis entré dans l'équipe universitaire…

– Et ça te fait quoi ?

Il la regarda dans les yeux.

– D'être comme eux ? précisa-t-elle.

Il pensa à GroupMe, son équipe de baseball sur Insta. **Mec, faut que tu viennes voir ça.** La photo de Nora avec ses trois agresseurs, postée sur les réseaux. Il pensa aux commentaires en-dessous. **Bon sang. Joli cul. Me le ferais bien.** Ces mots l'avaient rendu malade. Il avait voulu tout raconter à ses coéquipiers. Ils ne savaient pas ce qui était vraiment arrivé. Il y était là, lui. Il les avait chassés, ces gars-là. Mais Adam ne leur avait rien dit, parce que leur rappeler que Nora était une personne et pas juste un corps aurait été compliqué. Alors il s'était tu. Il n'en était pas fier. Et à vrai dire, il n'était pas fier non plus de faire partie de cette équipe.

– Je ne suis pas comme eux.

Nora lui adressa un regard intrigué.

Il voulait lui expliquer que lorsqu'on était un mec à Faber, et qu'on n'entrait pas dans un certain moule, on ne pourrait jamais s'intégrer. Bien sûr, il aimait le baseball, mais il n'était pas un sportif décérébré. Et il n'était pas non plus un intello chétif. Il était plein de choses en même temps.

– Je veux dire… commença-t-il, mais Camille apparut soudain à côté de leur table.

– Depuis quand tu t'assieds ici ?

Nora leva vers elle des yeux vides.

– Je suis avec Adam.

– Salut, Adam, lança Camille en tournant la tête.

– Salut.

– Alors, cette nouvelle place ?

– C'est parce qu'Adam est mon ami.

Aïe. Non pas parce qu'il en espérait plus désormais, mais parce qu'il imaginait combien Camille avait dû être blessée.

– D'accord, c'est mérité, admit Camille. Écoute… Je suis désolée de pas t'avoir dit, pour Asher et moi, et je suis désolée de ne pas t'avoir demandé avant d'envoyer les photos. J'ai déconné. Et tu pourras m'en vouloir, plus tard, promis. Mais pour l'instant, il faut que je sache ce qui se passe.

Nora hésita.

– S'il te plaît, insista Camille. Je connais ton père depuis que je suis née.

– N'importe quoi, répliqua Nora sur un ton neutre.

– Si, c'est vrai, j'ai…

– C'est lui qui a inventé le jeu.

– Je refuse d'y croire.

– Je ne voulais pas non plus, reconnut Nora. Mais c'est vrai.

– Comment ? interrogea Camille en s'écroulant sur la chaise à côté d'Adam. Je ne comprends pas. Pourquoi aurait-il fait un truc pareil ?

– Aucune idée.

– Je veux dire, bien sûr, il y a des mecs qui font des trucs pareils. Des grands malades, des pervers qui détestent les femmes. Mais ton père ? Même si c'était quand il était jeune à l'université… Je n'arrive pas à l'imaginer…

Nora hocha la tête sans rien dire. Adam n'en revenait pas de la voir si calme, impassible. Était-ce l'effet du choc ?

– Je suis vraiment désolée, Nora.

– Oui, moi aussi.

– Tu le détestes ?

– Je ne sais pas. Je ne ressens rien.

Elles se turent un moment.

– Je sais que c'est la dernière chose que tu voudrais entendre maintenant… finit par dire Camille en grimaçant. Le jeu est carrément devenu viral. Tout le monde ne parle que de ça.

– Sérieux ?

– Et je sais que c'est ma faute, mais ne panique pas, s'il te plaît, ça va s'arranger.

Nora transperça Camille d'un regard enragé, comme si elle avait devant elle une démente.

– Tout va s'arranger ?

– Oui, insista Camille. Parce que tu nous as, Adam et moi. N'est-ce pas, Adam ?

– Carrément.

– Et Asher, ajouta Camille en prenant la main de Nora. Je sais que t'as pas envie de penser à lui, là, tout de suite, mais c'est dommage, parce qu'il t'aime et c'est comme ça. Et Chelsea et Anna et Becca. On est toutes avec toi et on va t'accompagner jusqu'au bout.

La cloche retentit pour le début des cours. Pendant qu'Adam ramassait leurs deux plateaux, Camille entoura les épaules de Nora de son bras. Et ensemble, ils quittèrent la cafétéria.

NORA

Elle passa le reste de la journée en pilote automatique. En cours, sur le terrain de hockey, elle faisait illusion, un sourire placardé sur les lèvres. Elle prenait des notes, marquait des buts. Elle aurait pu faire croire à n'importe qui qu'elle allait bien, mais c'était faux. Les mots de son père tournaient en boucle dans sa tête. « Je vais te donner le temps et l'espace pour te calmer. »

Il pensait qu'elle avait juste besoin de se calmer ? *Se calmer ?*

Mais comment pouvait-elle se calmer, maintenant qu'elle ne croyait plus un traître mot qu'il prononçait ? Comment pouvait-elle se calmer, alors qu'elle avait encore tant de questions ? Elle songea à faire irruption dans son bureau et à n'en sortir qu'après avoir eu toutes les réponses. *Pourquoi tu as inventé ce jeu, papa ? Comment tu les as laissés continuer à y jouer ? Comment est-ce que tu arrives à te regarder dans un miroir ?* Elle songea à s'enchaîner à un de ses strapontins, comme les environnementalistes qui s'enchaînent à des arbres. Jusqu'où devrait-elle aller pour qu'il lui dise la vérité ?

***

Quand Nora arriva chez elle, le pick-up de son père était dans l'allée. Trempée par l'averse qui avait démarré à la fin de son entraînement, elle entra dans la cuisine et le trouva assis au bar, plongé dans son portable.

– T'es rentré, commenta-t-elle bêtement.

– Salut. T'as besoin d'une serviette ?

Si elle avait besoin d'une *serviette* ?

– T'es mouillée, non ?

Il prit un torchon sur le crochet et le lui tendit.

– Comment était ta journée ?

Comment était sa journée ? Nora plissa les yeux vers son père. Il se comportait comme si rien ne s'était passé, comme si tout était normal. Il sourit, et soudain, les questions qu'elle voulait lui poser se coincèrent dans le fond de sa gorge. Parce qu'une partie d'elle voulait aussi faire semblant que tout allait bien. Une partie d'elle voulait se jeter dans ses bras comme elle le faisait quand elle était petite. Elle voulait enfouir son visage dans son sweat-shirt et sentir son après-rasage. Mais c'était impossible, parce que tout avait changé. Le sourire de son père était faux. Sur le comptoir, elle vit un bucket de KFC et un litre de 7UP. Elle n'en crut pas ses yeux. Sa mère s'enorgueillissait de cuisiner sain pour sa famille tous les soirs. Elle n'achetait jamais de soda.

– Maman, qu'est-ce qui se passe ? demanda Nora, lentement.

Diane secoua la tête.

– Sers-toi, proposa-t-elle au lieu de répondre.

– Ça sent super bon, renchérit son père avec un sourire forcé.

Il tourna la tête vers Asher et Maeve qui venaient d'entrer dans la cuisine.

– Ça vous paraît pas délicieux, les gars ?

La mère de Nora grommela quelques mots inaudibles.

Maeve observa tour à tour ses deux parents.

– Qu'est-ce qui se passe ? demanda-t-elle.

– Apparemment, maman a laissé à papa les commandes du dîner.

Leur père éclata de rire, comme si Asher venait de faire une plaisanterie hilarante.

Leur mère ne dit rien.

La tension entre eux pesait des tonnes. C'était tout ? Ils ne parleraient pas du jeu inventé par leur père ? Ils allaient juste s'asseoir, écouter la pluie tomber et s'enfiler des ailes de poulet avec des fourchettes en plastique ? Nora se représenta une vie de repas de famille tendus. L'un après l'autre, ils quitteraient la maison pour l'université. D'abord Asher, puis Nora et enfin Maeve, jusqu'à ce que Rhett et Diane se retrouvent seuls, penchés sur cette même table, muets et amers. Cette idée la fit paniquer. Et s'ils n'en parlaient plus jamais ? Il fallait qu'ils crèvent l'abcès, et maintenant !

– Maman ?

Diane leva la tête vers sa fille.

Nora ouvrit de grands yeux, pressant sa mère de dire quelque chose, n'importe quoi. Mais non. Elle se contenta de secouer la tête et de poser sur la table un paquet d'Oreo.

– Dessert, annonça-t-elle.

– Des Oreo ? commenta Maeve, sidérée.

Quand les Melchionda voulaient des biscuits, ils les préparaient eux-mêmes, pour éviter tous les additifs. Malgré elle, Nora en prit un. Elle le sépara en deux pour lécher la garniture à la vanille. Son père détestait que les enfants jouent avec la nourriture. En temps normal, elle aurait évité de le provoquer après une journée de travail. À présent, ça ne lui faisait ni chaud ni froid, c'était même un plaisir. « Je vois bien que tu es perturbée. Je vais te donner le temps et l'espace pour te calmer. » Elle lécha en faisait plus de bruit. Délicieux. Elle détestait que ce soit si bon, ça la détournait de ce qu'elle ressentait vraiment. Mais elle ne put s'empêcher de prendre un autre Oreo et de l'enfourner tout rond.

Soudain, un bruit retentit au-dessus d'eux. Une sorte d'explosion suivie par un souffle puissant. Nora se mordit la langue.

Maeve poussa un petit cri.

– Qu'est-ce que… ? lâcha le père de Nora en regardant vers le plafond.

– On a été frappés par la foudre ? demanda Asher.

– Ne me dis pas que ça vient du toit ? demanda Diane.

– Je crois bien, si, répondit Rhett.

– Je t'avais dit de réparer les fuites, s'énerva-t-elle.

– Je pensais que t'avais appelé le réparateur.

– Non, tu avais dit…

Nouveau grondement. D'instinct, Nora se couvrit la tête avec les bras. L'image de Chicken Little lui vint à l'esprit. « Le ciel nous tombe sur la tête ! Le ciel nous tombe sur la tête ! » Des gouttes se mirent à couler régulièrement sur les plaques de cuisson.

Plic, ploc, plic, ploc.

Le père de Nora repoussa sa chaise.

– Je monte.

– Je viens avec toi, proposa Asher.

La mère de Nora se précipita vers la plaque de cuisson et plaça une casserole sous la fuite.

– Les filles, allez chercher les serviettes dans le vestibule et les draps dans l'armoire à linge.

– Tu t'occupes des serviettes, lança Nora à Maeve. Et moi, des draps.

– Oui, chef !

Elle avait les dents noires d'Oreo, réveillant un souvenir dans l'esprit de Nora. Son père avait demandé à un de ses joueurs de hockey de retirer son protège-dents pour montrer à Nora ce qui se passait quand on oubliait de le mettre. Pendant quinze ans, il avait toujours répété la même phrase. « Je suis ton père, ma puce. C'est mon rôle de te protéger. »

Presque drôle, tellement c'était ironique.

– Quelqu'un peut m'apporter la boîte à outils de papa ? entendit-elle Asher crier à l'étage. Et une bâche !

Après un court silence, il se remit à hurler :

– Oubliez ! Il nous faut du contre-plaqué et du goudron !

Il se croyait dans une quincaillerie ?

– Je vous apporte des draps, répliqua Nora.

Rhett et Asher descendirent l'escalier en courant, contournèrent Nora et se ruèrent dans la cave. Ils revinrent avec un rouleau de plastique transparent, un rectangle de bois, la grosse boîte à outils en métal, un bidon rouillé et ce que Nora reconnut comme un couteau à mastiquer. Sa mère lui avait appris à l'utiliser, pour retirer le papier peint dans la chambre d'amis. Alors qu'elle regardait son frère et son père repartir vers le toit, tous les deux trempés, elle se dit que Cam aurait été dégoûtée par la scène. Les hommes se chargeaient des gros travaux, tandis que les femmes épongeaient avec du tissu fleuri.

– Viens, lança-t-elle à Maeve avec son tas de serviettes sous le bras. On monte.

ASHER

Ça resterait comme une soirée mémorable, qu'ils se répéteraient en boucle. Le soir où leur mère avait servi du KFC et des Oreo avant que le toit ne s'effondre. Incroyablement emblématique de tout ce qui s'écroulait autour d'eux.

Asher contemplait la réparation de fortune – un assemblage précaire de bâche en plastique, contre-plaqué, clous et goudron – en se demandant si elle allait tenir. La pluie tombait encore à verse, dehors. Des bouts de bois flottaient dans la baignoire. Toutes les serviettes et les draps de la maison étaient par terre.

– Bon, lâcha le père d'Asher en s'essuyant les mains sur son pantalon. Mission accomplie.

– *Mission accomplie ?* répéta sa mère, stupéfaite.

– Allons, Diane, tu ne vois pas que je fais des efforts ? rétorqua-t-il en baissant la voix.

– Non, tu ne fais aucun effort. Tu mets des pansements sur une plaie béante et tu te fais passer pour un chirurgien.

C'est toujours ce que tu fais, Rhett. Tu dis n'importe quoi pour justifier tes positions.

Asher examina ses parents, et conclut que ça ne tiendrait jamais.

NORA

– Qu'est-ce que tu attends de moi, Diane ? demanda le père de Nora.

Il avait le visage couvert de poussière, les cheveux dégoulinants de pluie. Ils avaient tous les cheveux trempés. C'était une famille de rats mouillés.

– Ce que j'attends de toi ? La même chose que je t'ai demandée tout à l'heure et que tu as refusé de me donner. Je veux la vérité.

– C'est compliqué, se défendit Rhett.

– Non, protesta Diane en secouant la tête. La vérité est simple. C'est mentir, qui est compliqué.

Il leva les yeux vers le plafond.

Elle lui décocha un regard exaspéré. Nora se demanda s'il implorait Dieu. Priait-il pour que son rafistolage cède et pour pouvoir se sauver par le toit ?

– La vérité sur quoi ? demanda Maeve. De quoi vous parlez ?

Le père de Nora baissa la tête vers Maeve, avant de regarder tour à tour Nora et Asher.

– Une erreur. Une erreur idiote que j'ai commise quand j'étais un gamin débile.

– Tu n'étais pas un gamin, protesta Diane. Tu avais vingt-deux ans !

– Quel genre d'erreur ? demanda Asher.

Nora retint sa respiration jusqu'à ce qu'un vertige l'oblige à expirer.

– Quand j'étais en dernière année à Faber, on m'a élu président de la fraternité, comme vous le savez.

En effet.

– Je devais m'occuper des nouvelles recrues.

En effet.

– En tant que président, il fallait que je leur invente un défi pour prouver leur valeur. Alors j'ai créé un jeu. Et a posteriori, je me rends compte que je n'aurais jamais dû. Mais j'étais jeune et bête, et je n'ai pas réfléchi.

– Quel genre de jeu ? interrogea Asher.

Le père de Nora hésita. Il jeta un coup d'œil à Maeve, qui était pendue à ses lèvres. Il poussa un long soupir, pour bien montrer à tout le monde qu'il répondait à contrecœur.

– Un jeu de virilité.

– C'est quoi, un jeu de virilité ?

Nora avait attendu ce moment toute la journée – le moment où son père serait mis au pied du mur – mais en regardant Maeve, elle hésita. Maeve était encore si jeune. Quand Nora lui raconterait, son innocence volerait en éclats. Mais si elle ne lui disait rien, qui empêcherait Maeve de se retrouver à sa place, dans une kermesse, à boire du Fanta et à se retrouver inconsciente sur un terrain de golf ?

– C'est un jeu où les garçons cherchent à coucher avec une fille, répondit Nora. Qu'elle soit consciente ou non. Et ils écrivent un numéro sur son corps, et ensuite ils prennent des photos pour prouver qu'ils l'ont fait. Comme ils l'ont fait avec moi.

La bouche de Maeve s'ouvrit toute seule.

– Bon sang, murmura Asher.

La pluie tambourinait sur le toit. L'espèce de rustine qui s'y trouvait craqua. Tout le monde leva la tête. Nora retint son souffle et attendit. Mais rien ne se passa. La rustine tenait bon. Nora éprouva une pointe de déception.

– Ce n'était pas la même époque, se justifia le père de Nora, les yeux toujours rivés sur le plafond.

– Quoi ? demanda Nora.

Il baissa la tête.

– Ce n'était pas la même époque, quand ta mère et moi on était à l'université. On ne connaissait pas ces choses-là.

– Quelles choses ?

– Le mouvement *MeToo.* Ce n'était pas encore à la mode.

– À la mode ? s'offusqua la mère de Nora en pointant son index sur Rhett. Tu racontes vraiment n'importe quoi et tu le sais.

– Mais non, c'est la pure vérité.

La mère de Nora secoua la tête, sidérée.

– Je ne sais pas quoi te dire, là, tout de suite. Je ne sais même pas qui tu es.

– Le même que j'ai toujours été, Diane.

– Et Peyron Mallory ? Et Jason Mann ? demanda Nora.

– Quoi ?

– C'étaient des Alpha Psi ?

– Peut-être.

– Est-ce qu'ils jouaient au dix-huit trous quand ils ont agressé ces filles ? C'est pour ça que tu les as couverts ?

– Je ne les ai pas couverts, se défendit son père, les sourcils froncés. Ils m'ont demandé d'être à leurs côtés, lors de leur conseil de discipline.

– Parce qu'ils savaient que tu les tirerais d'affaire. Parce que t'es le « maître de l'univers », dit-elle en dessinant des guillemets dans l'air. Tu peux tout faire.

– C'est faux. Il y a un comité dans le conseil de discipline. Je ne suis que le conseiller.

– Et tu leur conseilles de mentir ? demanda Nora.

– Jamais de la vie ! s'indigna son père en se mettant en colère, mais étrangement, ça n'ébranla pas Nora.

– Ils savent que tu es le maître, continua-t-elle. Ils savent que c'est toi qui as inventé le jeu. Tout comme tes copains de la fraternité. Oncle Aldo et Oncle Keefer droguaient aussi des filles aux soirées ?

– Quoi ? Mais non !

– Est-ce que droguer les filles fait partie du jeu ? Est-ce que tu as dit à tes nouvelles recrues de mettre du Rohypnol dans leur boisson ?

– Non ! Ce n'était pas comme ça !

– C'est quoi le Rohypnol ? demanda Maeve.

– C'est une sorte de somnifère, répondit Nora, avant de revenir vers son père. Tu savais que tes joueurs le faisaient. Tu savais et tu as préféré fermer les yeux.

– Non, non, se défendit-il.

– Je ne te crois pas.

Sa voix tremblait désormais, elle n'était plus stable sur ses jambes.

– Je ne crois plus rien de ce que tu dis.

Elle sentit un bras lui entourer les épaules. Asher. Nora ne se souvenait pas de la dernière fois qu'il l'avait enlacée.

– Papa, tu dois partir.

– Pardon ?

– Oui. Tu dois quitter la maison.

La puissance des mots d'Asher et son bras autour de ses épaules donna de la force à Nora.

– Pars.

Leur père se désigna avec le doigt.

– Ma maison. Vous voulez que je quitte ma maison, alors que je viens de réparer le toit.

– On a tous aidé, papa, lui rappela Maeve.

– Rhett, lâcha Diane, une expression de profonde tristesse sur le visage. Ne rends pas la situation plus pénible qu'elle ne l'est déjà.

– Tu veux que je parte, toi aussi ?

– Oui.

– Tu me jettes dehors ?

– Oui.

Nora s'attendit à ce que son père riposte, se défende, mais il hocha simplement la tête.

– Je vais préparer mon sac.

ASHER

Après le départ de son père, l'atmosphère changea complètement. Asher sentit notablement la tension quitter son corps.

Quelques jours plus tard, Nora et Asher préparaient le dîner ensemble dans la cuisine pour offrir une pause à leur mère. Rien de très compliqué, de la pizza, de la salade et des fruits. Selon Asher, maintenant que leur mère était le seul parent du foyer, ils devaient participer aux tâches ménagères davantage.

– Tu sens la différence ? demanda Asher.

Nora leva la tête du fromage qu'elle râpait.

– Par rapport à la mozzarella ?

– Non, je parle du départ de papa.

Elle hocha la tête, tout en plaçant des copeaux de fromage sur la sauce tomate.

– Oui.

– Il prenait tellement de place, commenta Asher.

– Il en prend encore.

– Quoi ?

– Il n'est pas mort, Ash. Il prend de la place, ailleurs.

– Certes.

Leur père existait encore. Il n'était juste plus revenu à la maison. Il s'était sans doute réfugié chez un de ses entraîneurs, et la jouait profil bas. S'il s'était installé dans un hôtel, il serait rapidement devenu le centre de tous les commérages de Faber. Les gens auraient dit qu'il avait une liaison. Il n'allait sûrement pas prendre le risque.

– Je sais que tu le détestes, lança Nora. Tu l'as toujours détesté.

– Je ne l'ai pas toujours détesté, protesta Asher. Je ne pensais juste pas qu'il était parfait, contrairement à toi.

– Parfait ? répéta-t-elle en riant.

Asher dévisagea sa sœur et lut toutes les émotions qu'elle cachait. La colère, le dégoût, la tristesse. Ça devait être dur de vénérer quelqu'un toute sa vie, pour découvrir que ce héros n'avait aucune moralité. Il savait depuis longtemps que son père n'était pas ce type bien que tout le monde admirait. Le jeu des dix-huit trous n'était pour lui qu'une confirmation. Mais que devait-il faire, maintenant ? Comment pouvait-il arranger la situation pour sa mère et pour ses sœurs ?

– Tu n'es pas parfait non plus, tu sais ? commenta Nora.

Asher n'en doutait pas. Il grimaça en repensant à ce qu'il avait dit à Nora sur sa façon de s'habiller. Asher voulait croire qu'il n'avait rien à se reprocher, qu'il ne ressemblait en rien à son père. Il regrettait tellement d'avoir dit à sa sœur de se couvrir. Et d'avoir entendu cette bribe de conversation

– « c'est ta parole contre la sienne, mon gars » – sans vraiment essayer d'en parler à son père. Il avait préféré ne pas savoir que des filles se faisaient maltraiter et que la vérité était enterrée. Il avait préféré croire les explications de son père.

Mais Asher ne se mentirait plus à lui-même.

Est-ce qu'il était parfait ? Sûrement pas.

– Tu as raison. Je ne suis pas parfait. La différence, c'est que j'ai les couilles de le reconnaître.

Nora posa la râpe.

– Qu'est-ce que ça veut dire, ça ?

– J'assume la responsabilité de mes erreurs.

– Non, « les couilles de le reconnaître ». Ce n'est pas une question d'avoir des couilles ou pas, c'est une question d'honnêteté.

– Tu as raison.

– Une question de décence.

– J'ai compris.

Il avait l'impression d'être en face de Cam, qui le reprenait sur le choix de ses termes. De toutes les filles qu'il avait connues, Camille Dodd était la première à lui faire remarquer le poids des paroles. « Les mots, ça compte, Ash. » Contrairement à son père, Cam n'était pas hypocrite. Sa moralité était intacte. Elle lui avait même avoué son baiser avec le gars de la fraternité – évènement qu'Asher aurait bien aimé oublier. Beaucoup auraient préféré ne rien dire de peur de perdre le respect d'Asher, mais étrangement, il ne la respectait que plus pour ça.

– Tu penses que papa dit la vérité ? demanda Nora. Qu'il ne savait pas ce qui se passait ?

Asher la regarda. Il hésita à lui donner de faux espoirs. Il se demanda s'il ne serait pas mieux d'aller dans son sens. Mais il ne put s'y résoudre.

– Complètement impossible.

NORA

Les jours qui suivirent le départ de son père, Nora s'efforça de ne pas penser à lui. Elle se levait le matin, s'habillait et prenait son petit-déjeuner avec Asher et Maeve pendant que leur mère dormait. Elle allait au lycée et à ses entraînements de lacrosse, elle faisait ses devoirs, elle jouait aux cartes avec Maeve – crapette, bataille, huit américain –, ce qu'elle n'avait plus fait depuis des années. Un après-midi, Cam se pointa devant leur maison avec un tube de pâte à cookies.

– Je sais que c'est un peu la loose en ce moment, lança-t-elle. Je suis ici pour toi. Mais je suis aussi ici pour Asher et je veux être sûre que ça te va.

Est-ce que ça lui allait ? Nora n'en savait rien. Elle écouta Cam lui expliquer comment elle en était arrivée à embrasser Asher. Ils ne s'y étaient pas attendus, n'avaient rien programmé. Ils s'étaient retrouvés pris dans l'instant. Elle avait voulu en parler à Nora, mais ça s'était passé la nuit de la kermesse et elle se sentait déjà tellement coupable. Si elle n'était pas allée à la soirée de Kyle, Nora n'aurait pas fini sur le terrain de golf, et parler d'Asher juste après que Nora s'était fait droguer, c'était trop. Et oui, Cam se souvenait qu'en sixième, elles s'étaient jurées de toujours se raconter leurs histoires de garçons, mais sérieusement, la sixième, ça datait, et est-ce que Nora avait vraiment envie qu'elle entre dans les détails de ses baisers avec son grand frère ? Elle n'essayait pas de se trouver des excuses. Elle était bien consciente que sortir avec Asher n'était pas ce qu'elle avait fait de plus grave. Comploter derrière son dos et agir contre sa volonté, en revanche, c'était le pire. Parce qu'elles étaient meilleures amies. Et les meilleures amies ne font pas ça. Elles se disent la vérité, aussi violente qu'elle puisse être.

– Tu as fini ? demanda Nora, quand Cam s'interrompit enfin pour reprendre sa respiration.

– Tu me pardonnes ? En tout cas, sache que si tu ne me pardonnes pas, je vais continuer. Je peux continuer toute la journée. Je suis désolée d'être si nulle comme amie. Je suis désolée pour tout ce que je t'ai caché, et pas seulement pour Asher, mais pour le post aussi. J'aurais dû te demander d'abord. J'aurais dû te laisser décider. Parce que tu avais raison. C'est à toi que c'est arrivé, et je n'aurais pas dû prendre les choses en main à ta place. Je suis désolée, je suis désolée, je suis désolée…

– Sérieusement ! Arrête ça !

– Tu es ma meilleure amie, insista Cam, et elle s'essuya les yeux avec la manche de son sweat-shirt. Et je suis désolée que ton frère me plaise. Sincèrement. Si je pouvais faire en sorte qu'il ne me plaise plus je le ferais. Mais c'est impossible.

– Pourquoi ?

– C'est biologique, répondit Cam en haussant les épaules. J'aime son odeur.

– Beurk.

– Quoi ? C'est les phéromones, on n'y peut rien.

– S'il te plaît, ne me parle pas de l'odeur de mon frère. Jamais.

– C'est aussi un gars vraiment bien. Vraiment bien, répéta Cam. Et maintenant, est-ce que je peux entrer vous préparer à tous les deux des cookies de réconfort ?

– D'accord, accepta Nora en ouvrant la porte.

L'était-elle vraiment ? D'accord avec ça ou n'importe quoi d'autre ? Rien ne lui semblait réel, Asher et Cam pas plus que son père. Adam Xu lui demandait tous les jours comment elle allait, et c'était tellement difficile à expliquer. Maintenant que son père était parti, c'était comme si ses émotions n'avaient nulle part où se fixer. Elle se sentait en suspens, quelque part en dehors de son corps, cherchant un endroit pour atterrir.

– Tu cloisonnes, lui avait expliqué Cam. C'est ton cerveau qui essaie de te protéger.

Nora se demandait si le cerveau de son père faisait pareil. L'espace d'une seconde, elle se sentit coupable. Si elle n'était pas allée à cette kermesse, toute seule, si elle n'avait pas bu ce Fanta, rien de tout ça ne serait arrivé. Son père serait encore là. Il n'aurait pas été mis à la porte de sa propre maison. Mais les mots d'Asher lui revinrent, sa réponse, quand elle lui avait demandé s'il pensait que leur père pouvait dire la vérité : « Complètement impossible ».

Ces deux mots allumaient un petit feu en elle.

***

– Il vit où, papa ? demanda Maeve au dîner.

– Chez le coach Delorme, répondit sa mère.

Nora faillit s'étouffer avec sa carotte. Le coach Delorme ? Elle avait déjà fait du baby-sitting pour les Delorme : leurs enfants étaient de petites terreurs. Et ils habitaient dans une maison plus petite qu'un abri de jardin.

– Il dort où ? s'étonna-t-elle.

– Sur le canapé.

Le canapé ? Les Delorme en avaient un seul et il était affreux avec ses taches de nourriture et ses miettes partout. Nora n'aurait souhaité à personne de dormir là. Mais à son père ? C'était le karma. Il l'avait bien cherché.

– Il revient quand ? interrogea Maeve.

Diane s'empara de son verre d'eau, but une gorgée et le reposa.

– Eh bien, ça dépend de lui.

– Comment ça ? demanda Maeve.

– Si ton père veut revenir, il doit reconnaître la gravité de ses actes.

– Comment ?

– En assumant les responsabilités de ce qu'il a fait.

– Comment ? insista Maeve.

– C'est à ton père de trouver un moyen d'y arriver.

– C'est de ça que vous parliez au téléphone ?

– Comment sais-tu que nous avons parlé au téléphone ? s'étonna Diane.

– Parce que je t'entends quand t'es dans ta chambre, répondit Maeve. Tu discutes avec papa, tous les soirs.

– Maeve, la gronda Nora. Ça ne se fait pas.

– Qu'est-ce qui ne se fait pas ?

– Écouter les conversations privées.

– C'est pas privé, si j'entends, lança Maeve en regardant sa mère. Si t'es tellement fâchée contre lui, pourquoi tu lui parles ?

– Parce que... commença-t-elle avant de marquer une légère hésitation. On est tous très affectés par cette histoire et j'ai besoin de savoir où en est ton père pour ne pas être prise de court par quoi que ce soit.

– S'il ne reconnaît pas avoir mal agi, tu vas demander le divorce ?

– Bon sang, Maeve, intervint Asher.

– Quoi ?

– Ça fait que trois jours.

– Et alors ? Je demande, c'est tout.

– Donne à maman le temps de s'en remettre, déjà.

Nora regarda sa mère soulever de nouveau son verre d'eau et prendre une autre gorgée. Elle ne semblait pas choquée par les questions de Maeve. Elle y avait déjà réfléchi, c'était évident.

– J'ai beaucoup de choses à prendre en considération. Procédons étape par étape.

Ils se turent un moment, et Nora se répéta le mot dans la tête : « divorce ». Elle essaya de se le représenter. Son père qui emménageait dans un des bâtiments sordides en périphérie de la ville. Les visites, le mercredi. Il les emmènerait,

Asher, Maeve et elle, dîner au Blue Bird, ou pire, il leur ferait à manger dans son petit appartement pour célibataire qui sentirait la pisse de chat, même s'il n'avait pas de chat. Leurs deux parents se mettraient sur des sites de rencontres. Ils auraient des rencards. Non, il ne fallait pas qu'elle pense à ça, surtout pas ! Quand elle pensait au couple qu'ils formaient, toujours à s'embrasser, danser dans la cuisine et se rappeler le jour de leur rencontre, elle ne pouvait imaginer rien d'autre. Comment pourraient-ils divorcer ? Comment pourraient-ils se mettre en couple avec quelqu'un d'autre ?

Et soudain la colère de Nora revint, plus forte encore. Cette fameuse rencontre n'était qu'un mensonge.

– C'est papa qui avait organisé la soirée pharaon ? demanda Nora.

Sa mère se tourna vers elle, les sourcils légèrement froncés.

– C'est quoi, la soirée pharaon ? demanda Maeve.

– Il était à l'hôpital à ce moment-là. Il n'a pas pu y aller, il était trop malade.

– C'est une soirée où on se déguise en pharaons, expliqua Asher.

– C'est peut-être quand même lui qui l'a organisée, insista Nora. Même s'il n'a pas pu y aller. Maman, ils l'auraient tous écouté. Oncle Aldo, oncle Keefer, Joey D. Ils auraient tous fait ce qu'il leur aurait dit…

– Je ne peux pas penser à ça maintenant, l'interrompit sa mère en secouant la tête.

– Il le faut, pourtant !

– Penser à quoi ? s'enquit Maeve.

– Qui est ton père et ce qu'il a pu faire sont deux choses distinctes, déclara Diane.

– Ce qu'il a *pu* faire ? répéta Asher.

– Il l'a fait, corrigea Nora.

– Oui, mais c'est à moi de décider comment réagir. Et pour le moment, je vous demande à tous de me donner du temps pour réfléchir.

CAM

Erica Swisher, une journaliste de la *Gazette de Faber*, contacta Katie J sur Instagram pour lui demander plus d'informations. De quelle manière Katie J était-elle liée à @18trouz ? Connaissait-elle personnellement certaines des filles sur les photos ? Et les coupables ? Katie J serait-elle d'accord pour lui parler officiellement ?

Les yeux de Cam restèrent rivés sur le message d'Erica Swisher. Les choses bougeaient enfin. Et c'était grâce à Katie J.

Elle était impatiente de répondre, seulement elle devait d'abord parler à Nora. Elle l'appela aussitôt.

– Nora ? Il faut que je te pose une question.

Ensuite, elle passa un appel à Adam.

– Adam ? Tu ne croiras pas ce qui se passe.

***

Trois jours plus tard, la *Gazette* mettait l'histoire à la une, avec pour titre : LE JEU DES INITIÉS DES FRATERNITÉS

LIÉ À DES AGRESSIONS SEXUELLES ENDÉMIQUES SUR LE CAMPUS.

Sept étudiantes de l'université de Faber avaient porté plainte contre dix athlètes, tous membres des Alpha Psi Beta. L'article faisait également une rétrospective des plaintes déposées à l'encontre des fraternités au cours des dernières années, citant Peyton Mallory, ancien gardien de l'équipe de hockey de Faber et récompensé du prix Hobey Baker, et Jason Mann, joueur de l'année et ancien quarterback de Faber. Interrogé, le référent des étudiants affirmait qu'ils avaient été « disculpés à la suite d'un conseil de discipline ». Évidemment, Cam doutait de l'impartialité de cette procédure. Les accusatrices avaient-elles été entendues à cette audience ? Et qui les avait soutenues à l'université ? Si M. Melchionda avait défendu Peyton Mallory et Jason Mann parce qu'ils étaient ses sportifs, qui avait parlé pour les filles qu'ils avaient agressées ? Et si elles avaient été aussi ses sportives ? Cam avait tant de questions !

L'article décrivait ensuite le jeu des nouvelles recrues des Alpha Psi Beta, le dix-huit trous, et le contenu du finsta @18trouz désormais fermé. Il racontait l'histoire de deux lycéens de Faber qui avaient estimé de leur responsabilité de mener l'enquête après avoir retrouvé une de leurs amies inconsciente sur un terrain de golf en présence de trois étudiants. La *Gazette* ne donnait pas le nom des mineurs, mais citait Malik Jones, un étudiant de dix-neuf ans : « Je pensais qu'appartenir à une fraternité à Faber serait une bonne chose pour moi. En tant que joueur de foot, j'ai été recruté par les fraternités. Les entraîneurs sont pour, ils veulent qu'on fasse partie d'un groupe, pour l'esprit d'équipe, la solidarité et tout ça. Mais je ne suis pas venu ici pour jouer à des « jeux » comme le dix-huit trous. Se faire des filles soûles ou droguées pour prouver sa virilité ? Je n'ai pas été élevé avec ces valeurs-là. Je suis juste venu ici pour jouer au football. »

Dans une interview sur la culture de l'indifférence et le déni de la part du département sportif de l'université, Rhett Melchionda, le directeur sportif et ancien membre des Alpha Psi Beta, répondait : « Je suis très attaché à cette institution et à ses étudiants. Je regrette tous mes écarts de jugement et la douleur que j'ai pu infliger dans le cadre de ma mission de directeur sportif. À la lumière des témoignages récents, le département réévalue ses programmes et ses pratiques. Je m'engage à ce qu'une solution soit trouvée. » Et au sujet de ses années en tant que membre des Alpha Psi Beta : « L'engagement auprès d'une fraternité fait partie essentielle de l'expérience universitaire. Quand j'étais étudiant, le système grec m'a enseigné le sens de la communauté et m'a donné l'occasion de la servir. Et c'est la vocation qu'il continue à remplir pour les étudiants aujourd'hui. Cependant, la période d'initiation avec le bizutage et la consommation excessive d'alcool est à surveiller de près. Les objectifs éducatifs de l'université et ses responsabilités obligent à adresser des réponses plus fermes que par le passé. »

En réaction à cette demande de changement de la part de Melchionda, Harrison Leahey, le président de l'université de Faber déclarait : « Ne confondons pas le système grec avec les athlètes de l'université de Faber. Les fraternités sont des associations privées. Elles sont gouvernées par un comité interfraternités qui est associé à l'université, mais reste indépendant. Nous regrettons que le comportement de quelques pommes pourries ait sali la réputation de notre département sportif et le programme exceptionnel mis en place pour nos athlètes ».

Cam n'en croyait pas ses yeux. « Ne confondons pas le système grec avec les athlètes de l'université de Faber. » C'était tout ce que le président trouvait à dire ? « Le comportement de quelques pommes pourries ? » Cam tira de l'article plusieurs conclusions :

1) Malik était un dieu vivant. Il avait réagi exactement comme elle l'avait espéré quand elle avait donné son nom à Erika Swisher. Et ça avait confirmé ce qu'elle pensait au fond d'elle : tous les membres des fraternités n'étaient pas des connards. La plupart l'étaient, mais pas tous.
2) M. Melchionda semblait réciter un texte. En tout cas, jusqu'à la dernière ligne, quand il rejetait la responsabilité de l'affaire sur l'université, ce qui était soit lâche, soit très courageux. Elle n'arrivait pas à savoir.
3) Sérieux ? « Deux lycéens de Faber qui avaient estimé de leur responsabilité de mener l'enquête » ?

***

– Dodd et Xu, lança Cam à Adam, le lendemain.

– Quoi ? demanda Adam, distrait par Brittany Carr qui approchait de son casier alors qu'il en sortait des livres.

– Salut, Adam.

– Salut, Brittany.

– Tu as lu l'article, n'est-ce pas ? demanda Cam. Je t'ai envoyé le lien, hier soir.

– Oui.

– Les couples célèbres de justiciers sont toujours appelés par leurs noms de famille. Holmes et Waston, Murder et Scully, Bones et Booth.

Elle lui tendit un exemplaire de la *Gazette* qu'elle s'était procuré au 7-11.

– Comme ça tu pourras le garder.

– Merci. Mais techniquement, Bones n'est pas son nom. Elle s'appelle Temperance Brennan.

– J'y crois pas, dit Cam, amusée. T'as regardé toute la série, avoue ?

– Juste quelques épisodes, confessa Adam en souriant. J'ai suivi tes conseils.

– Tu sais ce que ça veut dire ?

– Quoi ?

– Tu es invité à Thanksgiving. Mes oncles seront trop contents de te connaître. Ils vont s'en donner à cœur joie.

NORA

Quand Nora se réveilla le vendredi, un message de Cam l'attendait sur son portable. Elle l'avait reçu à vingt-deux heures trente-sept, mais ne le vit que le matin.

Article envoyé.

Nora cliqua sur le lien. Assise par terre, les jambes croisées dans son pyjama, elle ne sauta pas un seul mot.

À la fin de sa lecture, elle alla frapper à la porte de son frère.

– Faut que tu voies ça, dit-elle en lui tendant le téléphone.

– Je l'ai déjà lu, répliqua-t-il. L'université de Faber explose.

Carrément.

Nora ouvrit Instagram pour voir si @supfaber avait posté la une de la *Gazette.* Elle parcourut les commentaires. Ils n'en finissaient pas.

Comment ils savent que ces filles disent la vérité ?

Pourquoi quelqu'un ferait une accusation pareille, débile ?

Pour attirer l'attention, j'imagine.

T'es un vrai mec, toi

Ce jeu est dégueu, les filles pouvaient pas se douter de ce qui leur arrivait

Cette ville a un problème, et les fraternités sont juste un symptôme

– Bon sang, lâcha Nora.

– Je sais.

– Tu crois que papa était sincère ? Il veut trouver une solution ?

– Il se couvre, c'est tout, assura Asher. Il répète ce que l'université veut qu'il dise.

– Faut montrer ça à maman.

– Elle l'a sans doute déjà vu.

– Viens avec moi, demanda Nora. S'il te plaît.

***

Quand Nora et Asher entrèrent dans la cuisine, leur mère était assise sur un tabouret de bar, dans sa robe de chambre.

– Maman, tu as lu l'article de la *Gazette* ? s'enquit Nora.

– Oui, répondit-elle en arrachant une banane du régime pour la donner à sa fille.

– Qu'est-ce que tu en penses ?

Diane leva les sourcils. Elle s'empara d'une autre banane et la tendit à Asher.

– Je pense que cet article aurait dû être écrit vingt ans plus tôt.

– Quel article ? demanda Maeve en apparaissant sur le pas de la porte.

– Dans la *Gazette*, répondit Nora. Sur les filles qui ont accusé les Alpha Psi Beta de les avoir agressées sexuellement.

– Il y en a combien ?

– Sept.

Diane donna à Maeve une banane.

– Votre père m'a appelée, hier soir. On lui a demandé de prendre un congé de deux semaines.

Nora, Asher et Maeve restèrent muets un moment, leur banane à la main.

– Parce qu'il a avoué ? demanda Nora.

– Indirectement. Il a parlé à l'administration de son rôle, mais selon le doyen Hodge, inventer un jeu d'initiation n'a rien d'un crime, et il l'a fait bien avant de travailler pour l'université. Il y a prescription…

– C'est quoi ? interrogea Maeve.

– Ça veut dire qu'il s'est écoulé trop de temps, répondit Asher. Ils ne vont pas punir papa, parce que c'est trop vieux.

– Mais les nouvelles recrues y jouent encore, protesta Nora. Et c'est sa faute à lui, s'ils y jouent !

– Je sais. Je ne dis pas que je suis d'accord avec l'université, je vous explique simplement leur réaction. Ils n'ont pas suspendu votre père à cause de ce jeu. Votre père a été suspendu parce qu'il n'a pas suivi la ligne imposée.

– Ce n'est pas le président Leahey qui lui a écrit ce qu'il devait dire ? s'étonna Asher.

– Pas la partie où il déclare que l'université doit surveiller de plus près les fraternités, répondit Diane.

– C'est quoi le problème avec ça ? demanda Maeve.

– L'université ne veut reconnaître aucune faute ni responsabilité de sa part.

– Mais tu as dit que papa devait assumer la responsabilité de ses actes, s'agaça Maeve.

– Oui.

– C'est ce qu'il a fait dans l'article ?

– Il a essayé, je pense, oui.

– S'il essaie de faire ce qu'il faut, pourquoi est-ce qu'on le punit ?

Diane poussa un soupir.

– C'est compliqué, Maeve. Ça ne dépend pas d'une seule personne… Il y a plusieurs acteurs impliqués… Écoutez…

Elle leva la tête vers Asher et Nora.

– Vous risquez d'entendre parler, à l'école et au lycée, de ce qui se passe sur le campus, et de votre père.

Nora se réjouit. *Pas trop tôt !*

– Laissez glisser. Gardez la tête haute.

– Je garde toujours la tête haute, assura Maeve. Si je la baisse, je vois comme c'est sale par terre.

– Elle veut dire au sens figuré, Maeve, corrigea Asher.

– Je sais, répliqua la fillette, agacée. Ça s'appelle la légèreté, mec. L'humour, tu connais ?

Nora regarda sa petite sœur. Sa queue-de-cheval haute, le mépris sur son visage. Quand avait-elle grandi comme ça ? Dans la nuit, apparemment.

***

Nora partit seule au lycée. Sa mère lui avait proposé de l'y conduire en voiture, mais elle n'avait pas voulu. Cam lui avait proposé qu'elles se retrouvent devant le 7-11 mais elle n'avait pas voulu non plus. Elle avait besoin d'être seule pour se préparer à la journée.

Devant le lycée, des groupes parlaient et riaient sur la pelouse. Sur son passage, les voix se turent. Elle s'accrocha aux anses de son sac à dos et leva le menton, le regard droit devant elle, jusqu'à l'intérieur.

Quand elle arriva à son casier, quelqu'un l'attendait.

C'était Adam Courtmanche, les yeux rivés sur son portable.

Nora se retint de presser le pas et de le contourner sans rien dire. Ses livres, elle pouvait bien les laisser où ils étaient. Elle ne voulait pas de cette conversation.

Mais trop tard. Il avait quitté son écran pour la regarder.

– Salut, lança-t-il.

– Salut.

Il brandit son téléphone.

– J'ai relu l'article trois fois et je n'arrête pas d'y penser. C'est toi ? La fille sur le terrain de golf.

Nora paniqua.

– Dis-le-moi, insista-t-il.

Elle prit une profonde inspiration et composa le code de son verrou.

– Nora, alors ? demanda-t-il doucement.

Elle tourna la tête et admira ses yeux gris bordés de noir qui lui avaient valu le titre de Plus Beau Gars de l'année dans l'album du collège. Ses lèvres qu'elle avait embrassées pour la première fois devant le porte-étendard du lycée, et une vingtaine de fois ensuite. Adam et elle se connaissaient depuis toujours. Ils avaient été dans toutes les classes ensemble, depuis la maternelle. Vraiment toutes les classes. La ville était si petite.

– Oui.

– Est-ce qu'ils t'ont…

– Non, dit-elle sans le laisser terminer. Ça aurait pu être pire.

– Pourquoi tu ne me l'as pas dit ? demanda-t-il, une ride se creusant sur son front.

– Tu ne m'en as jamais donné l'occasion.

– Je ne savais pas.

– Tu ne m'as pas demandé.

– Tu étais soûle ?

Nora n'en pouvait plus de cette question. Quelle différence si elle était sobre, soûle, droguée, avec une robe fleurie, des tongs, ou si elle connaissait ces types ?

– Non, répondit-elle, contrariée. Je n'étais pas soûle.

– Je te crois.

Elle faillit dire « merci », mais se ravisa. Pourquoi le remercierait-elle de la croire ? Elle disait la vérité.

– Trey refuse d'en parler, dit Adam. Je lui ai demandé s'il connaissait ce jeu, ou les gars qui ont été accusés, mais il ne veut rien me dire. Même s'il m'a envoyé une de ces photos.

– Quelles photos ?

– Les filles avec les numéros. Il y a quelques semaines. Je ne savais pas ce que c'était quand je l'ai reçue. Je te le jure.

Juste une paire de seins avec le numéro quatre écrit dessus. Je voulais l'effacer, mais Hamm a piqué mon portable et il se l'est envoyée. Après, il l'a montré aux gars dans le vestiaire. Personne n'a compris ce que c'était.

– Oh non, lâcha Nora. Trey jouait au dix-huit trous.

– Je n'en sais rien. Je te l'ai dit, il ne veut pas en parler.

– Mais tu as bien compris.

Adam secoua la tête. Il ne voulait pas imaginer que son propre frère se livrait à un jeu pareil.

– Si c'est vrai… commença Adam, hésitant. S'il se fait attraper… ton père pourra le tirer d'affaire, n'est-ce pas ? Trey va pas se faire renvoyer de l'équipe ? Il perdrait sa bourse d'études.

– Mon père ne pourrait pas l'aider, contredit Nora.

Et elle ne put rien ajouter.

Adam fronça les sourcils, déçu.

Trey Courtmanche n'est pas mon problème. Elle n'allait pas s'en mêler.

– Mais tu connais Trey, insista Adam. Tu sais que c'est un type bien. Tu ne voudrais pas glisser un mot à ton père en sa faveur ?

– T'es sérieux ?

– Quoi ?

– Tu as dit que tu me croyais. Tu as dit que t'étais désolé de ce qui m'était arrivé. Mais tu veux que je parle à mon père pour que Trey ne soit pas sanctionné d'avoir fait exactement ce que les trois autres m'ont fait à moi ?

Adam secoua la tête, révolté.

– C'est mon frère ! Il pourrait perdre sa bourse !

– C'est pas mon problème.

– Waouh ! lâcha Adam en plissant les yeux. Je ne pensais pas qu'un jour je dirais ça, mais t'es une sale égoïste.

Nora se sentait tellement mal. Elle n'avait jamais supporté de décevoir les gens. Elle voulut s'excuser. Elle voulut lui prouver qu'elle n'était pas égoïste, s'assurer qu'il ne resterait pas fâché. Mais non. *Non.*

Elle fouilla dans son casier et en sortit des livres au hasard pour les fourrer dans son sac. La sonnerie retentit, heureusement.

– Pour info, je voulais t'inviter à la soirée des terminales. J'avais réfléchi à comment te le demander. C'était vraiment original, mais maintenant… je ne pense pas que j'ai encore envie d'y aller avec toi.

Elle croisa son regard. *Vraiment* ? Elle éclata de rire.

Adam prit un air blessé.

– Qu'est-ce qu'il y a de si drôle ?

– Je ne sais pas, répondit-elle en levant les mains au ciel. Rien. Tout. Ma vie est ridicule !

Et elle s'éloigna.

***

Mme Bell écrivait les thèmes de la discussion au tableau. Ils allaient devoir réfléchir à la question de la justice dans *Les sorcières de Salem*, mais Nora n'arrivait pas à se concentrer sur le révérend Hale, Elizabeth Proctor et les autres. Son cerveau ne trouvait aucun répit.

– Je voudrais porter plainte, murmura-t-elle.

– Moi aussi, acquiesça Cam. *Les sorcières de Salem,* c'est le pire.

– Non, une plainte officielle contre l'université.

– Contre les trois gars ?

– Oui. Et je ne veux pas que vous me disiez que l'audience sera un enfer parce que je suis mineure et que ça change tout, ou que toute la ville ne parlera que de moi, ou que je ne gagnerai probablement pas, parce que je sais déjà tout ça. Et je veux quand même le faire. Et je veux me servir de la photo et de la vidéo comme pièces à conviction, et du coup…

Elle regarda Adam Xu.

– J'aurai besoin de ton aide pour ça.

– Oui, bien sûr. Pas de problème.

– Et aussi, continua-t-elle en s'adressant à Cam. J'ai besoin de preuves que j'ai été droguée.

Elle libéra quelques cheveux de sa queue-de-cheval et tira dessus pour les donner à Cam.

– Demande à tes oncles de faire un test, s'il te plaît.

– Sérieusement ? s'exclama Cam.

– Camille, Nora et Adam.

Adam Xu donna un petit coup de coude à Nora.

– Tu veux vraiment ? demanda Cam en regardant la mèche dans sa main. C'est…

– *Camille, Nora et Adam,* répéta Mme Bell. Si vous parlez de justice…

– C'est le cas, l'interrompit Nora en se levant. On faisait le lien entre notre histoire personnelle et celle des personnages.

– Les livres comme miroir, confirma Adam Xu.

– Et si c'est possible, on aurait besoin d'un sachet plastique, ajouta Cam.

ADAM XU

Trente-sept minutes : ce fut le temps qu'il lui fallut pour enregistrer la vidéo sur la clé USB qu'il venait d'acheter. Ça aurait dû lui prendre cinq minutes, mais c'était la première fois qu'il le faisait, et il avait d'abord dû regarder un tuto.

CAM

Cinquante ans : ce fut le temps du trajet en voiture jusqu'au labo de la police scientifique, parce que sa mère lui fit subir un interrogatoire ininterrompu. Est-ce que Cam avait lu l'article de la *Gazette ?* Comment réagissait-elle ? Et ses amis ? Que faisait le lycée pour répondre au problème des agressions sexuelles ? Des questions à n'en plus finir.

NORA

Depuis que son père avait quitté la maison, il avait laissé à Nora quatre SMS et six messages vocaux. Elle n'en avait pas ouvert un seul. Et pourtant, elle se retrouvait maintenant sur la terrasse des Delorme, la main sur la sonnette. Elle s'efforçait de contrôler ses nerfs. La marche jusque-là lui avait pris deux fois plus de temps que nécessaire, parce qu'elle s'arrêtait régulièrement pour se donner du courage.

La porte s'ouvrit.

Et il lui fit face, avec sous le bras, Opal, la plus jeune des Delorme, comme s'il tenait un ballon de football.

– Nora, la salua-t-il.

– Noa, répéta Opal.

Elle n'avait que trois ans et n'arrivait pas encore à prononcer le « r ».

– Hello, Opal.

– Salua, Noa. Whett est ici.

– Oui, je vois qu'il est ici.

– Tu connais Whett ?

– Oui, je le connais.

Est-ce qu'elle le connaissait vraiment ? Nora n'avait plus revu son père depuis le soir où le toit s'était écroulé. Elle n'était pas prête pour ce qu'elle voyait. Il avait des poches sous les yeux, les cheveux en bataille, une barbe de quelques jours… Rhett Melchionda pas rasé ? Il n'était plus la même personne. Elle avait devant elle un homme qu'elle voyait pour la première fois, avec ses joues roses, ses paupières bleutées.

– Tu es maquillé ? s'étonna Nora.

– On joue à l'esthéticienne.

Il se tourna lentement pour lui montrer les barrettes à l'arrière de son crâne. Des tortues, des lapins, des canards.

Avait-il jamais joué à l'esthéticienne avec ses propres enfants ? Nora se retint de lui demander s'il était en pleine dépression.

– Tu veux entrer ? proposa-t-il en l'invitant d'un geste de la main.

Nora vit les garçons, Chad et PJ qui couraient dans la maison et se tiraient dessus avec des Nerf.

– Je garde les enfants pendant que leur mère fait des courses.

Nora secoua la tête.

– Je suis juste venue t'annoncer que je vais déposer plainte pour agression sexuelle, dès que j'aurai récupéré les résultats de l'examen toxicologique.

Son père posa Opal par terre.

– Va jouer avec tes frères, Opal, d'accord ?

– Oui !

La fillette s'élança dans la maison.

Rhett sortit sur la terrasse. Il tendit une main.

– Nora…

– Non, l'arrêta Nora en reculant. J'ai donné à Cam un échantillon de cheveux et elle va demander à ses oncles de l'analyser à Syracuse. J'aurai les résultats jeudi. Où est-ce que je porte plainte ?

– Quoi ? demanda Rhett en plissant les yeux.

– Où est-ce que je dépose ma plainte pour agression sexuelle ? répéta-t-elle lentement, sur un ton déterminé. Le commissariat de Faber ou la sécurité du campus ?

Il ne dit rien. Nora avait pensé qu'il tenterait de l'en dissuader, mais non. Il se racla la gorge.

– L'un ou l'autre. Ils travaillent ensemble… Nora…

Il essaya de nouveau de la toucher, mais elle se dégagea aussitôt.

– Ça prendra combien de temps, à partir de maintenant et jusqu'au conseil de discipline ? Combien de temps est-ce que je vais devoir attendre ?

– Trois semaines. Peut-être un mois.

– *Un mois ?*

– Après un dépôt de plainte, on lance une enquête. C'est la procédure.

Ça lui parut interminable. Elle voulait en finir déjà. Elle voulait entrer dans la salle d'audience, raconter son histoire à un groupe d'inconnus et tout laisser derrière elle. Elle voulait retrouver sa vie d'avant. Mais elle savait que ça n'arriverait jamais. C'était impossible. Rien ne redeviendrait comme avant. Son père l'avait chargée d'un fardeau qu'elle devrait traîner jusqu'à sa mort. Nora serait toujours la fille sur la photo. Les autres filles aussi seraient hantées par leurs photos, et par ce qui avait été fait à leur corps. Les hommes qui les avaient agressées seraient traités comme des garçons, leur comportement excusé parce qu'« Il faut bien que jeunesse se passe » et que « Ce ne sont que des plaisanteries de vestiaire ». Les filles, en revanche, seraient accusées de boire trop, de s'habiller comme des traînées, de ne pas en avoir parlé plus tôt, de mentir, de vouloir attirer l'attention, de vouloir briser leur vie, de faire une chasse aux sorcières contre le sexe masculin. Et pour tout ça, quelle sanction le père de Nora recevait-il ? Deux semaines de suspension. Une petite tape sur la main. Se sentait-il mieux maintenant qu'il avait avoué ses erreurs de jugement ? Elle l'espérait de tout cœur pour lui.

– Tu es sûre que tu veux le faire ?

– Oui.

– Ça risque d'être très dur.

– Je le sais.

Elle sentit une vague de colère contre son père, avec sa barbe débile et son maquillage sur les joues. On aurait dit un clown.

– C'est à cause de toi que je dois passer par là.

– Je sais que tu es furieuse contre moi. J'ai bien compris. Mais je n'ai pas inventé la roue, tu sais ?

– T'as pas inventé la roue ?

– Les fraternités existent à Faber depuis deux cents ans. L'initiation existe depuis deux cents ans.

– T'es sérieux, là ? Tu accuses le système ? Tu veux dire que t'étais obligé d'inventer ce jeu ? Que t'étais juste… juste un rouage dans le mécanisme ?

– Non, répliqua-t-il, le visage peiné. Je veux te donner le contexte.

– Je me fous du contexte. Tu savais qu'ils droguaient les filles ?

– Bien sûr que non, répondit-il immédiatement. Je n'aurais jamais défendu ça.

– Oh, tu défends juste un gars qui viole une fille qu'il n'a pas droguée ?

Il ferma les yeux.

– Papa.

Il prit une profonde inspiration.

– Je ne voulais pas qu'on te fasse du mal.

Il ne voulait pas qu'on me fasse du mal ? Sérieusement ?

– Je suis désolé.

– Ah oui ?

– Évidemment.

– Figure-toi que je ne te crois pas. Tu es juste désolé que je t'aie cramé. Tu es le maître du jeu et tu es désolé que je l'aie découvert.

– Ce n'est pas vrai.

– Tu n'es pas désolé que j'aie découvert que tu étais le maître du jeu ? Moi, j'aurais préféré que ça reste un secret pour toujours.

– Tu déformes mes propos.

– Ah oui ? Je déforme tes propos ? Je suis désolée. Attends… Non, je ne suis pas désolée.

Elle n'arrivait même pas à comprendre pourquoi elle lui parlait encore. Elle aurait déjà dû tourner les talons et s'en aller.

– Ça me brise le cœur, ce qui t'est arrivé ! déclara Rhett en haussant la voix. Tu ne le sais pas, ça ? J'ai le cœur brisé !

Il se tapa la poitrine avec un poing.

Prise de court, Nora mit un moment pour se ressaisir.

– Et mon cœur à moi ? demanda-t-elle en imitant son geste. Tu as dit que c'était ton rôle de me protéger. Et je t'ai cru ! Toute ma vie !

Elle leva la tête au ciel et répéta en criant.

– JE T'AI CRU !

Il ouvrit la bouche pour parler, mais elle ne lui en laissa pas le temps.

– Et les autres filles, papa ? Tu as pensé à leurs cœurs ? Et à celui de maman ? Ou de Maeve ? Tu as une idée de combien de gens ont été blessés ?

– Je n'ai agressé personne, se défendit-il.

– Non. Tu as juste ouvert la voie pour les autres.

Il se serra les deux mains en signe de prière.

– Dis-moi ce que tu veux que je te dise, Nora. Dis-moi et je te le dirai.

– C'est toi l'adulte, répondit-elle fermement. Ce n'est pas à moi de te dire comment régler tes problèmes.

***

Quand elle rentra chez elle, elle bouillonnait encore.

– Je lui ai dit que j'avais lancé un test toxico et que je portais plainte, et *maintenant* il est désolé.

– Je pense qu'il est vraiment désolé, répliqua sa mère.

– C'est ça, oui. Parce qu'il risque de perdre son boulot. Parce qu'on l'a viré de la maison.

– Je suis en colère, moi aussi. Pour toi. Pour Amy. Je suis en colère pour toutes les filles de cet article et pour les femmes et les filles qui vont subir ça encore. Crois-moi, je suis en colère. Mais ton père a dit que l'université devra se monter plus sévère contre les fraternités, et je pense qu'il est sincère. Il essaie vraiment de se racheter.

– Se racheter, répéta Nora.

– Oui.

– Comment va-t-il se racheter auprès de toutes ces filles ?

– Je ne sais pas.

– C'est impossible, maman.

Et c'était bien là le problème. Son père ne pouvait pas effacer les vingt dernières années. Et même une seule nuit, il ne pouvait pas l'effacer.

***

Les jours se succédèrent au ralenti. Le jeudi, au milieu du déjeuner, Cam reçut un message. Après l'avoir lu, elle attrapa le bras de Nora pour l'entraîner hors de la cafétéria.

– Quoi ?

– Ce n'est pas ce qu'on pensait.

– Ah non ?

Cam secoua la tête.

– Mon oncle dit que ce n'était pas du Rohypnol. C'était du… attends.

Elle vérifia sur son portable.

– Du GHB. De l'acide hydroxybutyrate. De l'ecstasy liquide.

– Sérieux ?

– Oui.

– Bon sang, Camille.

– Je sais. Brody a dit qu'il enverrait le rapport au commissariat de Faber ou à la sécurité du campus…

– La sécurité du campus, l'interrompit Nora.

– Dans le mille, directement ?

– Oui.

– Ok, alors dès que tu es prête. Je lui dis de l'envoyer cet après-midi ?

– Cet après-midi, répéta Nora.

– Après les cours. Adam a mis la photo et la vidéo sur une clé USB. On passera d'abord chez lui.

– D'accord, acquiesça Nora, un peu sonnée. Oui.

***

Cam et Adam Xu l'accompagnèrent dans le bâtiment de la sécurité. Nora avait passé toute sa vie sur ce campus – elle avait longé University Avenue des milliers de fois – mais jamais elle n'était entrée là. Elle n'avait jamais poussé ces portes rouges. Elle n'avait jamais dit :

– Excusez-moi. Bonjour. Je voudrais déposer une plainte pour agression sexuelle.

– Vous êtes étudiante ? demanda la femme à l'accueil.

Elle portait une chemise bleue, un badge rouge et un talkie-walkie sur l'épaule.

– Pas ici, non.

– Elle est au lycée, répondit Cam pour elle. On connaît déjà la procédure. On a juste besoin du formulaire.

La femme hocha la tête. Elle sortit d'un tiroir une écritoire à pince avec un stylo attaché au bout d'une ficelle. Elle les tendit à Nora.

– Je suis l'officier Quain. Ça s'écrit q-u-a-i-n. Vous aurez besoin de mon nom pour compléter le formulaire.

– Merci.

– De rien.

Les trois adolescents s'installèrent sur le banc contre le mur. Nora examina la feuille sur l'écritoire. « Formulaire d'agression sexuelle de l'université de Faber. » *Agression rapportée à… classification du délit sexuel… date de l'incident… lieu de l'incident…* Elle sentit son cœur s'emballer, et une étrange sensation de flottement envahir son corps.

– Nora, appela Cam.

– Ça va ? demanda Adam.

– Oui, répondit-elle en secouant la tête pour se ressaisir.

– Tu veux que je le remplisse pour toi ? proposa Cam.

– Non, assura Nora en retirant le bouchon du stylo. Je vais le faire.

Quand elle se lança enfin, elle ne mit pas très longtemps à tout terminer.

– C'est tout ce qu'il vous faut ? demanda-t-elle en rendant l'écritoire à l'officier Quain.

La jeune femme survola le formulaire, avant de lever des yeux intrigués vers Nora.

– Melchionda ?

Nora hocha la tête.

– Tu es la fille de Rhett Melchionda ?

Nora se figea. Elle ne sut quoi dire.

– En effet, intervint Cam doucement. Et il est au courant. Et d'une minute à l'autre, vous allez recevoir un fax de la part de mon oncle, l'officier Brody Dodd de la police de Syracuse, avec les résultats du test toxicologique.

– Et aussi, ajouta Adam Xu en fouillant dans son sac, on a une photo et une vidéo de l'incident à soumettre comme pièces à conviction.

Il posa la clé sur le comptoir.

L'officier Quain ouvrit de grands yeux. Elle dévisagea Nora.

– Tu as de très bons amis, dis-moi.

– Oui, les meilleurs, confirma Nora.

***

L'acide hydroxybutyrate. Nora s'entraîna à prononcer le mot, sur le chemin du retour. L'acide hydroxybutyrate. L'acide hydroxybutyrate.

– On a eu les résultats de l'examen toxicologique, annonça-t-elle à sa mère. Ce n'était pas du Rohypnol, c'était autre chose. De l'acide hydroxybutyrate. C'est ça qu'ils ont versé dans mon Fanta.

Sa mère l'enlaça aussitôt avec fougue.

– Je viens de déposer plainte, expliqua Nora contre son épaule.

Les deux femmes pleuraient doucement.

Leur étreinte dura si longtemps que Nora se demanda si sa mère allait la lâcher un jour. Mais elle finit par la libérer. Elle recula et plaça ses mains sur les joues de Nora.

– Tu n'es pas seule dans cette épreuve, lui assura-t-elle. Tu n'es pas seule.

– Je sais.

***

Au lycée, dans les couloirs, elle avait l'impression de traverser des simulateurs d'ouragan. L'histoire du dix-huit trous déferlait sur elle en permanence – tous les jours, la *Gazette* publiait un nouvel article, de nouveaux commentaires apparaissaient sur @supfaber, et il y eut même un reportage sur la chaîne ABC7 – mais Nora gardait les pieds fermement plantés au sol et ne baissait pas les yeux, le regard rivé sur l'horizon.

Et soudain, deux évènements la sortirent de son quotidien. Tout d'abord, Brittany Carr vint la voir en pleurant. Nora ne lui avait plus reparlé depuis le croche-pied au match de hockey. Maintenant Britt lui disait entre deux sanglots qu'elle avait une confession à lui faire. Nora se retint de lui demander si elle ressemblait à un prêtre. Elle ravala sa rancune, parce que Brittany semblait complètement effondrée, avec ses yeux rouges et gonflés.

– Dis-moi.

Brittany prit une profonde inspiration tremblante. Et elle lui déballa tout, en un long monologue.

– C'est moi qui ai pris la photo de toi avec ces trois gars à la kermesse. Et c'est moi qui l'ai postée sur Sup Faber. Je n'ai su que récemment ce qu'ils t'avaient fait, quand Jenna a dit que Kevin avait dit que t'étais la fille dont la *Gazette* parlait. La fille du terrain de golf. Je te jure Nora, je ne savais pas. Quand je t'ai vue avec ces types, je pensais que tu les suivais, genre, par choix. Et ça m'a rendue jalouse. Parce que, tu sais, des étudiants, quand même. Ce qui ne m'a pas étonnée, parce que tu plais aux garçons. Tu plais à tout le monde. Tu es tellement belle et parfaite et intelligente et… aussi… lâcha-t-elle en levant les mains au ciel. T'es tellement forte au lacrosse ! Pourquoi tout te réussit aussi facilement ? Et t'as même pas l'air de faire des efforts. Et ça ne t'affecte même pas. On était amies, avant, tu t'en souviens ? Quand on était plus jeunes ? On était vraiment copines. Mais t'as commencé à traîner avec Chelsea et Anna, et vous êtes toutes tellement belles, vous formez un groupe parfait avec Cam et Becca. Vous attirez l'attention. Et c'est surtout toi qu'on regarde. Je ne sais pas, je voulais te… rabaisser un peu. Et je suis désolée. Je suis désolée d'avoir pris cette photo et de l'avoir postée. Et je suis désolée pour le croche-pied le jour du match. Je l'ai fait exprès. Je ne sais même pas pourquoi. Je savais juste que t'allais marquer et je voulais t'arrêter. Et je suis désolée. Parce que tu es certainement la personne la plus gentille que je connaisse, et c'est encore pire, parce que c'est carrément impossible de te détester.

Nora accepta ses excuses, sidérée. Que répondre à ça ? En tout cas, elle comprenait.

– Tu as envie de me tuer ? demanda Brittany.

Nora secoua la tête.

– Non.

Certes, si Brittany n'avait pas posté cette photo, Cam et Adam Xu ne seraient probablement jamais allés à la fête des Alpha Psi pour essayer d'identifier les trois gars, et Cam n'aurait pas rencontré Malik et n'aurait pas découvert le dix-huit trous. Et Nora n'aurait jamais appris l'implication de son père. Mais ce n'était pas la faute de Britt, cette histoire. Pas vraiment.

– Je n'ai pas envie de te tuer, déclara Nora.

– T'es sûre ?

– Oui.

– OK, alors je peux te poser une question qui n'a rien à voir ?

– Je t'écoute.

– Est-ce que vous sortez ensemble, Adam et toi ? Je sais que ce n'est pas le seul type qui te kiffe, mais est-ce que vous êtes ensemble ?

Nora se retint de rire. Elle ne lui avait plus reparlé depuis le jour où il l'avait, dans la même phrase, invitée puis désinvitée à la soirée des terminales.

– Non, on n'est pas ensemble, répondit Nora.

L'autre évènement surprenant arriva le lendemain, à côté de la fontaine. Penchée vers le jet d'eau, Nora buvait tranquillement quand elle sentit des tapes sur son épaule. Surprise, elle se redressa, quelques gouttes dégoulinant sur son menton.

C'était Jonah Hesse. Le Jonah Hesse du « Salut, Sale, enchanté ». Le Jonah Hesse du « cookie de consolation ».

– Hello, lança-t-il.

Elle recula d'un pas et s'essuya le menton avec sa manche. Elle réfléchit à toute allure. Elle était dans le couloir des secondes, les terminales n'y passaient jamais, c'était peut-être un piège. Nora regarda autour d'elle, mais elle ne vit que des lycéens de son âge.

– Je voulais te poser une question.

Elle recula encore d'un pas. Elle voyait bien où il voulait en venir.

– Oui, lâcha-t-elle sur un ton neutre. C'est moi, la fille de l'article. Tu peux le dire à tes potes.

– Quoi ? demanda Jonah, confus.

– L'article de la *Gazette*. Ces accusations contre les fraternités ? C'est moi la fille qui s'est retrouvée inconsciente sur le terrain de golf.

– Oh. Waouh. Et ça va ?

– Oui.

C'était le tour de Nora de se sentir perdue.

– Ça va.

– T'en es sûre ?

– C'est ce que tu voulais me demander ? Si j'allais bien ?

– Non. Enfin, si, ça m'intéresse. Je suis content de savoir que tu vas bien. Mais ce n'était pas ma question.

Il inspira profondément en gonflant les joues. Nora vit une petite tache blanche au coin de ses lèvres. *Du dentifrice* ? Elle fut tentée de la frotter avec son pouce, ce qui était vraiment étrange parce qu'elle avait parlé à ce gars en tout deux fois dans sa vie. N'importe quoi.

Jonah souffla. Il se passait quelque chose, mais quoi ?

– Je sais que ça va te paraître bizarre, commença-t-il. Au début de l'année, je t'ai vue assise sur le muret. Tu regardais un oiseau. Tout le monde autour de toi était rivé sur son portable, mais toi, tu regardais un petit oiseau marron qui faisait des bonds et tu souriais. Et je me disais… j'aimerais bien parler à cette fille. Bon j'ai mis un moment à trouver le courage, mais…

Il sortit une fleur de son dos. Une marguerite.

Nora la contempla.

– Je voulais te proposer de venir avec moi à la soirée des terminales.

– Oh.

Elle ne l'avait pas vu venir.

– Je sais qu'on a mal démarré, mais j'espérais…

Son regard plongea dans les yeux marron pailletés de vert de Nora.

– … que tu me donnerais une autre chance. Enfin, si tu ne t'es pas déjà engagée.

– Je ne me suis pas engagée, répondit-elle en secouant lentement la tête.

– Ah non ?

– Non.

– Alors…

Il leva ses jolis sourcils droits et sombres.

– Je peux te répondre plus tard ?

Il ouvrit la bouche pour parler, mais elle secoua la tête.

– Je n'ai pas dit non. Je dois juste faire quelque chose d'abord.

La sonnerie retentit. Elle regarda la marguerite, toujours dans la main de Jonah.

– Est-ce que…

– Oh… oui, c'est pour toi.

Leurs doigts se frôlèrent. Un peu gênant, mais pas désagréable.

– Merci. On se voit plus tard.

– Oui, d'accord.

***

Nora savait qu'Adam Xu craquait pour elle. Évidemment. Comment aurait-elle pu ne pas le remarquer ? Elle le savait depuis des années. Et elle n'avait jamais vraiment pris le temps de le connaître. Elle avait honte de l'admettre maintenant. C'était flatteur, alors elle avait laissé faire. Mais au cours des trois dernières semaines, elle avait compris quel gars extra il était. Il était drôle, gentil, fidèle. Dans un autre univers – un univers où il ne l'aurait pas retrouvée à moitié nue et inconsciente sur un terrain de golf – elle aurait aussi pu craquer pour lui. Mais dans cet univers, ils étaient juste amis. De vrais bon amis. Et la dernière chose qu'elle voulait, c'était lui faire de la peine.

Nora le trouva à côté de son casier après la sonnerie de fin des cours. Il remplissait son sac à dos.

– Salut !

– Salut, répondit-il, surpris.

– T'as passé une bonne journée ?

– Plutôt, oui. Et toi ?

– Plutôt étrange, en fait.

Il pencha la tête.

– Tu te souviens de Jonah, le terminale qui joue dans l'équipe de soccer ? Il m'a demandé de l'accompagner à la soirée des terminales. Je voulais te le dire. Je n'ai pas encore dit oui, parce que... je me disais... qu'on pourrait tous y aller ensemble. Toi, moi, Cam et...

Elle fit une grimace.

– ... mon frère. Et je ne veux pas que tu sois mal à l'aise. Je ne veux pas que tu te sentes... je veux dire, je ne suis pas obligée d'y aller avec Jonah. On pourrait y aller en copains...

– T'inquiète, j'y vais déjà avec quelqu'un.

– Ah oui ?

– Oui, répondit-il en souriant. Avec Brittany.

– Carr ?

– T'en connais une autre ?

Nora secoua la tête.

– Elle m'a proposé, tout à l'heure en chimie. Elle a lâché des indices avec la table périodique.

– Ah, ponctua Nora, sans vraiment comprendre ce qui se passait. Aaaaah !

Brittany lui avait demandé si elle sortait avec Adam *Xu*, pas avec Adam *Courtmanche* !

– Waouh ! C'est génial, Adam.

– Oui, je trouve aussi, répliqua-t-il, son sourire s'élargissant aussitôt.

ASHER

Dans l'allée, ils jouaient au basket. Depuis quelques nuits, c'était devenu leur petit rituel. Ils se mettaient deux contre deux, Asher et Maeve d'un côté, Nora et sa mère de l'autre. Des matchs sans prétention, mais Asher se surprit du plaisir qu'il prenait à dribbler et à viser le petit cerceau rouge. Des orteils jusqu'au bout des doigts, un seul mouvement fluide. *Swish.* Il avait ressenti dans ses muscles la détente, qu'il n'éprouvait en général que lorsqu'il peignait. Il retrouvait cette sensation d'habiter de nouveau son corps.

– Ash, je suis ouverte ! appela Maeve sous le panier.

Il lui passa la balle et elle l'attrapa – une victoire en soi. Quand Nora avança pour la voler, Maeve fit volte-face de façon précipitée et propulsa le ballon en l'air, comme si c'était un disque. Il disparut dans le noir.

– Désolée, lança-t-elle gaiement. Je suis vraiment trop nulle.

– T'inquiète, je m'en occupe.

Asher alluma la lumière de son portable. Il trouva rapidement la balle qui s'était logée entre deux buissons, mais quand il revint, il reconnut tout de suite le pick-up qui avait tourné dans leur allée.

Il se figea et plissa les yeux, espérant s'être trompé. Il y avait beaucoup de Ford F-150 à Faber. Peut-être que le conducteur faisait juste une manœuvre pour faire demi-tour.

Mais non. Il se garait.

– Hello, Ash, lança son père en sortant du véhicule.

Asher fut pris d'une envie incontrôlable de lui envoyer le ballon au visage. Et même s'il le blessait, qu'est-ce que ça changerait ? Ce ne serait rien comparé à toute la douleur qu'il avait causée. Asher nourrissait des regrets, bien sûr. Quand il avait compris que son père couvrait ses athlètes, il aurait dû en parler à quelqu'un. À sa mère. Au président de l'université. À n'importe qui. Mais il ne l'avait pas fait, Asher avait fermé les yeux sur les agissements de son père, et c'était Nora qui en avait payé les conséquences. Et les autres filles. À présent, la colère fusait dans ses veines. Si son père avançait encore d'un pas, Asher ne le louperait pas. Mais Rhett contournait son pick-up.

Qu'est-ce qu'il fabrique ?

– Qu'est-ce qui se passe ? interrogea Maeve.

– C'est papa ? s'étonna Nora.

– Rhett ? lança Diane. Qu'est-ce que tu fais ici ?

Asher resta muet entre sa mère et ses sœurs. Il leva le menton et agrippa la balle dans les deux mains. Il n'était pas de nature belliqueuse, mais si son père cherchait à embêter sa mère ou Nora ou Maeve, il n'aurait plus peur de se battre.

NORA

– Rhett ? lança Diane. Qu'est-ce que tu fais ici ?

Nora mit une seconde à comprendre ce qui se passait exactement. Le pick-up de son père était dans l'allée ; il tournait autour. Pourquoi ? Une lumière scintilla dans le noir… puis une deuxième… on aurait dit… des torches tiki ? Est-ce que son père était en train d'allumer des torches à l'arrière de sa Ford ?

– C'est quoi encore, ça ? murmura Nora à Asher.

Sans bouger, ils restaient tous les quatre dans le cercle de lumière projeté par la lampe au-dessus de la porte. Nora se rappela la grève des caissiers de Price Chopper, quand leur mère leur avait dit qu'on ne traverse pas un piquet de grève.

– Même pas pour acheter un paquet de chewing-gum ? avait demandé Maeve.

– Même pas pour ça, avait confirmé Diane.

Ils entendirent les grésillements d'un haut-parleur. De la musique, douce et nasillarde. *Une musique country* ? Rhett détestait la country, c'était un amateur de rock. Contrairement à Diane, qui avait grandi dans le Montana, baignée des chansons de George Strait, Reba McEntire ou Travis Tritt.

Baby, close that suitcase you been packin'.[1]

– Bon sang, grommela Asher.

– Papa, qu'est-ce que tu fais ? répéta Maeve.

Rhett finit par redescendre de son pick-up.

– Salut, les enfants. J'emmène votre mère à un rendez-vous galant.

– Oh, Rhett, tu n'es pas sérieux.

– Diane, appela-t-il en lui tendant une main. S'il te plaît, viens pique-niquer avec moi à l'arrière de mon pick-up.

– On a déjà mangé, papa, lança Maeve.

– On se débrouille très bien sans toi, tonna Asher. Plus que bien, même.

– Je n'en doute pas, affirma Rhett.

Il avança dans la lumière. Il portait une chemise à carreaux que Nora ne lui avait jamais vue. Sa barbe avait encore poussé, on aurait dit un bûcheron. Nora le dévisagea fascinée, de la même manière qu'elle contemplait, au zoo, Utica le gorille au dos argenté, tout en cherchant à comprendre comment et pourquoi il faisait ce qu'il faisait. Elle n'en croyait pas ses yeux. Les torches de jardin, la musique, la main tendue. Ça n'avait rien de naturel, c'était travaillé, réfléchi. C'était la façon de son père de se comporter : il usait de son charme pour obtenir ce qu'il voulait. C'était un manipulateur et un hypocrite. N'est-ce pas ? Mais d'un autre côté, elle trouvait cette scène incroyablement romantique,

1. Bébé, referme cette valise que tu préparais.

même si elle n'était pas fière de l'admettre. Elle l'aimait pour ça. Et elle le détestait en même temps. Tellement pénibles, toutes ces émotions contradictoires, tellement douloureuses. Elle ne savait plus quoi penser.

Nora tourna la tête vers sa mère qui avait posé une main sur sa bouche. Ses yeux brillaient dans la lumière. Pleurait-elle ? Sa mère, si forte et imperturbable ?

– Te laisse pas avoir, maman, l'avertit Asher. S'il te plaît.

– On n'est pas obligés de manger, Di, lança leur père. Viens juste parler avec moi.

Diane resta muette si longtemps. Avait-elle seulement entendu ? se demanda Nora.

– Je sais que j'ai déconné. C'est même gentil pour décrire ce que j'ai fait. Je le sais. Mais s'il te plaît, donne-moi une chance de me racheter.

La mère de Nora secoua la tête.

– J'ai fait de la mousse au chocolat, ajouta-t-il.

Diane se tourna vers ses enfants.

– Non, maman, l'implora Asher. C'est un serpent.

– Maman, c'est de la mousse au chocolat. Si t'y vas pas, moi, j'y vais !

Elle regarda ensuite Nora pour les départager.

– Comment puis-je séparer l'homme qu'il est de ce qu'il a fait ? demanda-t-elle tout doucement.

Nora ne savait pas quoi lui conseiller. Alors elle la prit dans ses bras et respira la délicieuse odeur de son shampooing à la pomme.

– Écoute ce qu'il a à dire, murmura-t-elle.

– D'accord, acquiesça sa mère.

CAM

Elle attendit une semaine. Elle se disait que l'audience de Nora n'était qu'en novembre. Autant temporiser, laisser la situation s'apaiser. Mais les témoignages ne cessaient d'arriver. On aurait dit qu'Erika Swisher de la *Gazette* avait tous les jours un nouvel incident à rapporter. Et à chaque nouvelle plainte formulée par une nouvelle étudiante, l'université réagissait de la même façon : « Pas de commentaire ».

Cam parvint à se retenir jusqu'à la douzième accusation. Mais au-delà, ce ne fut plus possible pour elle. Pour un déjeuner de crise, elle réunit Nora, Chelsea, Anna, Becca, et Brittany parce que Nora réclamait sa présence.

– Les meufs, lança Cam. Faut qu'on fasse quelque chose.

– Quoi ? demanda Anna.

– Je ne sais pas. Mais toutes ces filles, y compris Nora, ont été assez courageuses pour se manifester et porter plainte, et maintenant, elles sont obligées d'attendre. Et les gars qui les ont agressées ont tout le temps de trouver des moyens de les discréditer. Et l'université s'occupe de limiter les dégâts. C'est merdique.

– Tu tiens bon, toi ? demanda Chelsea à Nora.

Nora termina sa bouchée et posa son sandwich.

– Ça dépend des jours.

– Qu'est-ce qui t'aide ?

– Je ne sais pas. Vous surtout, votre soutien.

– Mais oui ! confirma Cam en claquant des doigts. La solidarité féminine. Il faut qu'on se montre unies.

– Et si on mettait des rubans ? Comme les roses pour la lutte contre le cancer. On pourrait toutes les porter.

– Super idée ! félicita Brittany.

– Non, il nous faut quelque chose de plus grand.

– Des tee-shirts ? proposa Anna. Julie était en ville hier, et elle a vu des gars qui portaient des tee-shirts « Sauvons les Alpha ».

– Sauvons les Alpha ? répéta Chelsea, moqueuse. Comme « Sauvons les baleines » ? Ils pensent que c'est une espèce en voie de disparition ?

– Ce serait super s'ils disparaissaient de la surface de la planète, plaisanta Anna.

– Et ils diraient quoi, nos tee-shirts ? demanda Becca.

– Je ne sais pas, répondit Anna en se mordillant la lèvre inférieure. « On vous croit » ? « Solidarité féminine » ?

– « Nos corps, nos choix » ? proposa Chelsea.

– C'est pas le slogan du droit à l'avortement ? demanda Brittany.

– Mais ça vaut aussi pour ça, argumenta Chelsea. On devrait pouvoir choisir de coucher avec un gars ou pas. Ce qu'on fait de notre corps, c'est à nous de le décider. Et quoi qu'on fasse, on n'a pas à nous traiter de traînées.

– Amen, ma sœur ! s'exclama Anna.

– Je trouve qu'on s'éloigne du vrai message, intervint Becca. « Les Alpha Psi mentent » ?

– Ah oui ! s'enthousiasma Brittany. J'adore.

– On reviendra sur l'idée des tee-shirts, déclara Cam en tapant sur son portable. Je la mets dans mes notes. Quoi d'autre ?

Autour de la table, des idées se mirent petit à petit à germer.

Une pétition.

Un rassemblement.

Des posters.

Une campagne sur les réseaux sociaux.

Une veillée.

– Une veillée, reprit Cam aussitôt. Oui ! Sur le terrain de golf.

– Avec des bougies, renchérit Becca.

– Des tonnes de bougies, acquiesça Cam. On va illuminer la nuit.

– J'adore, commenta Brittany.

– Moi aussi, lança Anna. Mais j'aime toujours l'idée des tee-shirts.

– « Pour la disparition des Alpha », proposa Chelsea.

– Avec un petit dinosaure marqué du symbole de la fraternité, ajouta Anna.

– Frappé par un astéroïde, continua Chelsea.

– Eh, les meufs ! lâcha Nora.

– Je croyais que les dinosaures étaient morts de faim, s'étonna Becca.

– Non, c'est à cause des volcans, corrigea Brittany. Les gaz et la poussière.

Chelsea regarda Anna.

– Quand est-ce qu'on a étudié les dinosaures ? En CE2 ?

– En CE1, je crois, répondit Cam. Avec Mme Plourde. Elle avait un bandeau dans les cheveux avec un stégosaure imprimé dessus.

– Ah oui, gloussa Anna. Le bandeau du stégosaure.

– Les filles ! s'écria Nora en se levant. Arrêtez de parler de dinosaures ! s'énerva-t-elle.

Elles se turent aussitôt.

– J'ai une idée !

NORA

Elle n'opta ni pour une mini-jupe, ni pour une robe fleurie. Elle enfila une robe fourreau couleur émeraude sortie d'un coffre dans le grenier.

– Je ne l'ai plus mise depuis l'université, commenta sa mère. Ce sera parfait !

Vraiment ? C'était confortable et la couleur lui plaisait bien. Alors… oui.

Elle enroula ses cheveux en un chignon négligé, se maquilla avec du gloss, du mascara et une touche de blush. Quand elle fut prête, elle s'empara de son sac et sortit retrouver ses amis qui l'attendaient déjà devant la maison. Cam, dans son short et ses tongs, Asher dans son tee-shirt façon veste de smoking et son jean, Adam, nerveux, dans son costume bleu marine et sa cravate fuchsia, qui s'évertuait à attacher un petit bouquet au poignet d'une Brittany encore plus nerveuse dans sa robe fuchsia. Il défiait le système en allant à la soirée des terminales alors qu'il n'était qu'en seconde, et Nora l'admirait pour ça. Brittany et lui étaient tellement craquants.

– Waouh ! s'exclama Jonah en la voyant.

Lentement, envahie par l'émotion, Nora avança sur la terrasse. C'était la première fois qu'elle portait des talons. Elle se sentait aussi sophistiquée que ridicule.

– Waouh, toi-même.

– Tu es… incroyable.

– Toi aussi.

Contrairement à Asher, Jonah portait un vrai smoking, avec un nœud papillon et des chaussures cirées.

– Tiens, c'est pour toi, dit-il en sortant un bouquet d'une boîte. Donne-moi ton poignet.

– Merci.

– Tu la mets comme une montre, affirma Maeve, apparaissant soudain de nulle part.

– J'avais compris, répliqua Nora, amusée, avant d'ébouriffer les cheveux de sa petite sœur.

– Et si on immortalisait le moment ? proposa le père de Nora, son appareil photo à la main.

En regardant son visage fraîchement rasé, Nora éprouva une cascade d'émotions. Se bousculaient des flots de colère, de tristesse, d'agacement, de compassion, d'amour et de regret. Son père n'était pas revenu à la maison, mais sa mère l'avait invité quelques fois pour le dîner. Le lundi, il était retourné au travail. Il avait dit à Nora qu'il était de son côté, qu'il essayait de changer la politique et les procédures actuelles. Qu'est-ce que ça voulait dire ? « Des paroles obscures de politicien véreux pour son électorat. »

C'était Asher qui l'appelait comme ça. Il était toujours furieux et se montrait tout juste poli quand leur père passait à la maison. Mais Nora voulait vraiment croire qu'il essayait de faire ressortir du bien de toute cette histoire.

– Tout le monde devant le saule, guida la mère de Nora.

Nora se plaça entre Jonah et Cam, qui lui entoura la taille de son bras.

– T'es prête ? demanda-t-elle.

– Je crois, oui. Et toi ?

– Je suis née prête.

– Souriez ! lança le père de Nora.

Nora s'exécuta. Il n'était que dix-neuf heures quinze et elle se sentait déjà nouée de peur. Elle n'y arriverait jamais.

– À trois, vous dites tous : « Soirée de folie ». Un, deux, trois… compta Rhett.

– Soirée de folie !

Les six amis s'entassèrent dans le minivan de la mère de Nora. Asher et Cam sur le siège de devant, Britt et Adam au milieu et Nora et Jonah à l'arrière avec deux immenses bouteilles de jus de pomme et cinq rouleaux d'essuie-tout.

– Désolée, s'excusa Nora. Ma mère vient de faire les courses.

– Aucun problème.

Alors qu'Asher sortait de l'allée en klaxonnant, Jonah dégagea les sopalins pour prendre la main de Nora.

– Merci d'avoir accepté mon invitation.

– Merci de m'avoir invitée.

***

Décoré de ballons métalliques, de lanternes en papier, de guirlandes lumineuses et de banderoles scintillantes, le gymnase étincelait de toutes parts. Mais il sentait toujours les pieds, comme le fit remarquer Cam dès qu'ils y entrèrent.

– Détrompez-vous, ma gentille damoiselle, la contredit Asher. Nous venons de pénétrer dans un royaume magique.

– Vraiment ? Parce que je ne crois pas qu'ils avaient des paniers de basket au Moyen Âge.

– Arrête de faire ta rabat-joie, la sermonna Nora.

– *Ma rabat-joie ?*

– Oui, c'est pas parce que t'es habillée comme pour aller à la plage que tu peux pas t'amuser.

– Alors, là, je vais te montrer ce que ça veut dire, s'amuser.

Ils la suivirent sur la piste de danse. Les basses tonnaient. Comment aurait-elle pu se retenir ? Au début, ils se placèrent en cercle autour d'elle pour l'admirer, mais rapidement, alors que le gymnase se remplissait, tous les six se retrouvèrent à se déhancher en rythme. Asher faisait la danse de l'arrosoir, Jonah du chariot de supermarché et Adam – Xu et pas Courtmanche – s'était lancé dans un floss de folie, sous le regard hilare de Britt qui prenait des photos avec son portable.

Chelsea, Anna et Becca arrivèrent tard, et tombèrent dans les bras les unes des autres. Plus tard encore, les footballeurs débarquèrent en masse. Cheveux gominés, blazers ajustés, ils transpiraient l'effronterie. Ils avaient battu Sherburne-Earlville avec un point d'écart, à ce que leur avait raconté Chelsea, et avaient célébré leur victoire toute la journée. Le match avait été héroïque, avait expliqué Anna. Nora aurait dû les voir. Adam Courtmanche avait marqué le touchdown gagnant trois secondes avant le coup de sifflet final. En les entendant parler, Nora éprouva une pointe de regret. Elle chercha Adam au milieu de l'équipe et le trouva pris en cravate par Kevin Hamm qui lui frottait le haut du crâne. Eux aussi bravaient le système en venant à la fête. Nora sourit, sans pouvoir s'en empêcher. On aurait dit deux gamins de maternelle en train de chahuter. Deux gamins en cravate.

– Eh, je t'ai pris du jus tiède, lança Jonah en lui tendant un gobelet.

– Vraiment tiède ?

– La température d'un bain.

– C'est dégoûtant, dit-elle après avoir bu une gorgée.

– Et pourtant, on s'y fait.

Les premières notes d'un slow retentirent.

– On se lance ?

– Euh, lâcha Nora.

– On n'est pas obligés, déclara Jonah rapidement.

– Si, si, je veux bien.

Elle lui prit la main et ils se mêlèrent aux couples enlacés. La musique était douce et lente. *Here with you, just waking up*[1].

Quand elle y réfléchissait, la nuit de la kermesse lui semblait encore irréelle, comme un rêve – les chaises volantes, le Fanta, le réveil sur le terrain de golf avec Cam et ses yeux de raton laveur. Il lui restait quelques souvenirs limpides, mais la majorité avaient la consistance de flocons de neige vaporeux qui fondent avant de toucher le sol. Elle savait

1. Quand je me réveille à tes côtés.

bien que tout ça était arrivé, et quand Jonah posa ses mains sur ses hanches, elle sentit son cœur s'emballer. Sa respiration s'accéléra.

– Ça va ? demanda-t-il. On peut s'asseoir si tu préfères.

Et soudain, la tension se relâcha. Son corps se rappela comment respirer.

– Tout va bien, assura-t-elle, et elle posa la tête sur son épaule.

La chanson se termina, et c'est Lady Gaga qui prit le relais, suivie de NF. Et de plus de danse, de transpiration et de punch tiède. Un projecteur éclaira alors la scène de fortune.

Nora se crispa.

Elle regarda le principal Hicks tapoter sur le micro.

– Bonsoir, les jeunes. Comment allez-vous ? Tout le monde s'amuse bien ?

Applaudissements et cris de joie.

– Puis-je vous demander d'applaudir nos volontaires ? Ainsi que l'équipe chargée de la déco ? Et les chaperons ?

– Écoute, murmura Nora en attrapant la main de Jonah. Je vais faire un truc dingue.

– Ah oui ?

– Oui. Et tu ne vas pas comprendre pourquoi. Mais je te jure que je t'expliquerai tout demain.

Elle se hissa sur la pointe des pieds et lui embrassa la joue.

– J'ai passé une merveilleuse soirée.

– Attends…

Elle lui lâcha la main et avant que le courage l'abandonne, elle monta sur la scène.

Elle stupéfia toute l'assemblée. Nora Melchionda qui interrompait le principal Hicks alors qu'il s'apprêtait à annoncer les alumni présents à la fête. Nora Melchionda qui retirait ses escarpins noirs en cuir pour les brandir dans l'air avant de les lâcher sur l'estrade. Totalement inconcevable.

Même à cet instant, Nora n'arrivait pas à croire qu'elle le faisait. Et elle resta sidérée de voir combien de filles l'imitaient et retiraient leurs chaussures, les soulevant au-dessus de leurs têtes pour les lâcher ensuite. Même quelques terminales participèrent.

– Comment je peux être sûre qu'elles le feront ? avait-elle demandé à Cam, plus tôt, soudain rongée de doutes.

– Parce que tu leur as expliqué combien c'était important. Pourquoi elles ne te suivraient pas ?

– Je ne sais pas, je ne suis qu'une fille.

– Comme Greta Thunberg.

– Greta Thunberg a une mission, avait riposté Nora. Elle sait ce qu'elle fait.

– Tu sais ce que tu fais.

– Alors rappelle-le-moi. S'il te plaît.

Cam avait posé ses deux mains sur les épaules de Nora.

– Greta Thunberg prend à partie les dirigeants du monde entier qui refusent de s'occuper de la crise climatique. Toi, tu t'attaques au système patriarcal. Et même si je dois être la seule, moi je te suivrai.

Cam tint parole. Elle suivit Nora jusqu'au vestiaire des filles, elles ouvrirent leurs sacs de sport et enfilèrent leurs baskets. Plusieurs filles firent pareil. Et d'autres préférèrent des tongs ou des bottes. Certaines lacèrent des chaussures de combat. Le plus impressionnant était le silence et le calme qui les enveloppaient. Dans le gymnase, les basses continuaient à tonner. Quand elles sortirent du vestiaire, M. Hicks bredouillait de confusion.

M. Kavanaugh leur hurla que si elles sortaient, elles n'avaient plus l'autorisation de revenir.

– Vous m'avez entendu, les filles ?

Elles avaient entendu.

Dehors, on ne percevait que le bruit de leurs pas – des douzaines de pieds foulant le trottoir. Et leurs robes – ou leur short, dans le cas de Cam – qui frottaient contre leurs jambes. L'air était frais et vivifiant.

Quand elles arrivèrent sur le green, Nora ouvrit de grands yeux ébahis. Sa mère et Maeve les attendaient déjà. Le chemin entre la bibliothèque de Faber et la fontaine était bordé de bougies électriques. Nora et Cam les avaient achetées à la dernière minute pour un dollar les six à la quincaillerie. On aurait dit un gâteau d'anniversaire.

Il n'y avait pas autant d'étudiants que l'avait espéré Nora. Les filles des sororités ne se bousculaient pas vraiment sur le terrain de golf, on en voyait juste quelques-unes ici et là. Mais les amies de Maeve étaient venues nombreuses sur leur vélo, leur lumière allumée sur leur casque. Et Mme Sauce était là ; Mar, la coiffeuse, qui donnait un petit coup de ciseaux à Nora toutes les huit semaines ; Lucy Howe, la bibliothécaire ; quelques mamans ; Erica Swisher de la *Gazette de Faber* (Cam en tirait une profonde fierté) ainsi qu'une des photographes du journal prénommée

Randy ; Adam Xu (c'était le seul garçon sur le green, et jamais de la vie elle n'aurait fait ça sans lui).

Chelsea et Anna distribuèrent des marqueurs. Becca et Britt, des drapeaux. (Bon, pas vraiment des drapeaux. Nora avait cherché sur trois sites de matériel de golf et conclu que les vrais étaient trop chers, alors elle avait opté pour l'imitation la plus abordable – un stock de bâtons qui luisaient dans la nuit.) Nora et Cam les avaient découpés elles-mêmes, et y avaient scotché des triangles en papier.

À présent, au bord de la fontaine, elle tenait dans la main la pancarte qu'Asher avait peinte pour elle en couleurs vives entourées d'un cadre noir : « Nous ne sommes pas un jeu ». Elle tendit les bras haut dans le ciel et regarda ses amies se faufiler dans la foule.

– Écrivez un nom sur votre drapeau, lançaient Chelsea et Anna.

– Allez-y, insistaient Becca, Cam et Brittany. Écrivez un nom.

En regardant la scène, Nora comprit qu'elles avaient toutes été marquées. Aucune n'avait eu le droit de choisir qui elle était vraiment. La ville de Faber les avait toutes étiquetées en des termes simples et grossiers. *Fêtarde, commère, sainte nitouche, fraîche, sportive, arrogante.* Elles étaient tous ces qualificatifs en même temps, et rien de tout ça. Elles commençaient à peine à découvrir qui elles étaient.

Elles n'avaient pas préparé de chorégraphie, personne ne siffla ou ne hurla dans un haut-parleur pour leur dire quoi faire. Et pourtant, les unes après les autres, elles plantèrent leurs drapeaux dans le sol, jusqu'à se retrouver dans un champ de bâtons scintillants, un champ de noms.

– Regarde ça, lança Cam en s'approchant de Nora.

– Oui.

– Tu as réussi, la félicita-t-elle.

– C'était un travail d'équipe.

– C'est toi qui as écrit la lettre, protesta Cam.

La lettre. Aussi étonnant que ça lui paraissait maintenant, elle n'avait eu aucun mal à trouver les mots. *Il est temps de régler nos comptes.* Nora avait demandé à Katie J de la poster sur les réseaux sociaux, non pas parce qu'elle craignait d'utiliser son vrai nom, mais parce que cette soirée ne la concernait pas seulement elle. Elle concernait toutes les filles, toutes les femmes de cette ville.

– Tu les as convaincues d'abandonner ce qu'elles faisaient un samedi soir, d'écrire un nom sur un bout de papier et de planter un bâton dans la terre pour témoigner leur solidarité.

Nora sourit malgré elle.

– Tu sais qu'il n'y a rien d'autre à faire, un samedi soir, à Faber.

– Pas faux.

– Alors, éclairons cette ville !

– Éclairons-la.

Nora prit la main de Cam, Cam prit celle de Chelsea, Chelsea celle d'Anna, Anna celle de Becca, Becca celle de Maeve et de Brittany. Et petit à petit, elles furent toutes connectées, toutes ces femmes et ces filles de Faber. Elles n'étaient peut-être qu'une minuscule étincelle dans l'univers, mais ça suffisait pour qu'on les voie. Ça suffisait pour que leurs voix s'envolent vers le ciel et éclatent dans un hurlement de rébellion.

ÉPILOGUE

Tom Rizzoli fut entendu un mercredi de la mi-novembre. La veille, dans la nuit, cinq centimètres de neige étaient tombés du ciel, recouvrant Faber d'un tapis blanc. En marchant, Nora et sa mère voyaient leur souffle se dessiner dans l'air, et leurs bottes laissaient des empreintes derrière elles.

Il était huit heures dix-sept, un matin de semaine, mais une petite foule s'était déjà réunie devant Rand Hall : des filles en doudounes et gros bonnets, rivées sur leurs portables ; des mamans tenant à deux mains un gobelet de café du Blue Bird pour se réchauffer. Et bien sûr les Alpha Psi venus en force, avec leurs casquettes à visières plates et leurs sweat-shirts à capuches imprimés des mots « Tous pour Rizz ».

Nora avait plus de soutien à sa première audience que toutes les autres filles. Et elle savait pourquoi. Évidemment, ce n'était pas juste parce qu'elle avait la chance que la télé filme l'évènement, mais parce que son histoire était différente. La fille de quinze ans du directeur sportif accusait trois de ses athlètes d'agression sexuelle. Elle était mineure. C'étaient des joueurs de Division I. Ça avait tout pour faire un documentaire Netflix.

Pour les adultes de Faber qui avaient toujours connu Nora et se souvenaient d'elle à cheval sur les épaules de son père, elle leur paraissait encore incroyablement jeune. Avec ses deux tresses, ses joues roses, comment aurait-elle pu être victime d'actes déplacés de la part de garçons ? Ils n'arrivaient pas à se l'imaginer, et encore moins à imaginer ce que Rhett et Diane pouvaient ressentir.

En approchant de Rand Hall, Nora se tourna vers sa mère.

– Merci d'être là.

Six semaines plus tôt, elle n'aurait jamais prononcé ces mots. Mais ce jour-là, quand sa mère lui serra la main, Nora éprouva une vague de gratitude qui faillit la renverser par sa puissance.

***

À huit heures dix-sept, mercredi matin, sur les marches du Rand Hall, Cam soulevait à bout de bras la pancarte qu'avait tenue Nora sur le terrain de golf : « Nous ne sommes pas un jeu ». Cam était tellement fière de Nora qu'elle se sentait euphorique. Si elle avait vu sa meilleure amie une heure plus tôt remplir ses poches de tous les porte-bonheurs de leur enfance – le pied de lapin rose gagné au centre commercial de Sangertown, le trèfle rapporté de leur voyage à la foire de New York, le fer à cheval de l'époque où elles prenaient des cours d'équitation – Cam aurait levé les yeux au ciel en lui rappelant qu'elle n'avait pas besoin de tout ça, vu qu'elle avait des preuves.

Son portable vibra. C'était Asher. **Tu es magnifique**. Elle balaya la foule du regard et le repéra. Debout sur un banc, il lui faisait signe. Il avait écrit à la peinture « Les mecs, changez d'attitude » sur un poster qu'il tenait dans une main.

Cam sourit. C'était tellement lui. Elle espérait que les abrutis d'Alpha Psi Beta liraient son message. Elle lui répondit : **toi aussi, t'es magnifique.**

***

À huit heures dix-sept le mercredi matin, Adam Xu frappait à la porte de Brittany Carr pour qu'ils se rendent ensemble sur le campus et témoignent leur soutien à Nora. Il n'en revenait toujours pas que Britt l'ait invité à la soirée des terminales et qu'un mois plus tard, ils soient encore ensemble. Elle lui apprenait à faire du roller. Il avait été si longtemps obnubilé par Nora qu'il n'avait pas imaginé que quelqu'un pouvait s'intéresser à lui.

– T'es sérieux ? avait demandé Britt quand il lui avait avoué que son invitation l'avait surpris. J'ai un crush sur toi depuis la cinquième !

Depuis la cinquième ? Avant même qu'il n'intègre l'équipe de baseball ? Britt avait réussi à convaincre la mère d'Adam que les Américaines n'étaient pas toutes des « *hen suidian de* ». Elle lui avait montré la lettre de Nora et lui avait expliqué pourquoi c'était important qu'Adam soit sur le campus. En ouvrant la porte, elle lui adressa un sourire radieux.

– Salut, Adam.

– Salut, Britt, répondit-il en l'enlaçant.

– Prêt à voir Nora tout déchirer ?

– Carrément.

***

À huit heures dix-sept, le mercredi matin, alors qu'elles auraient dû étudier les fractions, Maeve et les Renard'z faisaient l'école buissonnière. Eh oui, les Renard'z. Elles avaient une nouvelle obsession et ce n'étaient plus les selfies. Désormais, elles mitraillaient de leurs portables la scène devant le Rand Hall en postant leurs photos avec des hasthags divers et variés : **#universitédefaber #faberNY #voilànotreville #tousdebout #onserévolte #nousnesommespasunjeu**. Leur nouvelle obsession était Nora. Depuis la nuit sur le terrain de golf, quand toutes les filles et les femmes de Faber s'étaient tenues par la main et avaient hurlé leur cri de rébellion, les Renard'z avaient nommé Nora l'être humain le plus cool de la planète.

– Les autres filles ne sont pas vos ennemies, avait déclaré Nora cette nuit-là. J'aurais tellement aimé le savoir à votre âge. Nous sommes plus fortes ensemble.

À présent, les Renard'z ne voulaient pas seulement soutenir Nora, elles voulaient *devenir* Nora. Et par association, elles avaient décrété que Maeve aussi était cool. Maeve n'avait pas encore décidé ce qu'elle en pensait, elle leur donnait leur chance. Et en même temps, elle était dans l'équipe de Nora, prête à se battre pour sa sœur, à l'instar de Neville Londubat, le plus improbable des sorciers qui, le poing levé aux portes de Poudlard, criait :

– « Ce n'est pas fini ! »

***

Au sommet des marches du Rand Hall, Nora se tourna pour regarder la foule. Elle scruta les visages. Jonah ne serait pas présent, elle le savait, il avait un examen de physique. Mais il viendrait le lendemain pour l'audience d'Alec MacInerney. En revanche, elle vit Chelsea et Anna… et Imani… Becca… Adam et Britt… Asher, seul sur un banc, brandissant sa pancarte marrante… Maeve. Son père était-il là, lui aussi, à l'écart ? Incognito sous sa casquette de baseball ? Le temps se figea, l'air frais lui picota les yeux. Elle pensa à tout ce qu'elle voulait lui dire, se demanda si elle en serait jamais capable. La déception de découvrir qui il était, ou avait été, lui avait fait trop de mal. Il lui avait promis de contribuer à trouver une solution et elle voulait le croire. Sincèrement. Seulement il n'avait toujours pas reconnu publiquement son rôle dans ce jeu. Il n'avait toujours pas renié les Alpha Psi Beta. Il répétait juste inlassablement la même chose : il faut que les systèmes évoluent. Certains jours, elle parvenait presque à comprendre comment tout ça était arrivé – comment son père avait fait partie d'un tout qui le dépassait, comment la structure des fraternités lui avait inculqué des certitudes et des principes défaillants qu'il aurait besoin de désapprendre. D'autres jours, elle se disait que c'étaient des conneries. Le bien et le mal étaient clairement délimités, et son père était trop intelligent pour ne pas avoir vu la différence. Il était temps qu'il l'assume et y remédie. La veille, il était passé à la maison et avait souhaité à Nora bonne chance pour l'audience.

– C'est vraiment très courageux, ce que tu fais, avait-il dit. Très courageux.

Nora l'avait laissé la prendre dans ses bras. Malgré tout – malgré ses zones d'ombre, ses raccourcis et ses décisions désastreuses – elle décidait de croire qu'il était fier d'elle.

– Nora ? appela Cam devant les portes. Tu es prête ?

– Oui, répondit-elle sincèrement.

Son père était peut-être quelque part dans la foule, appuyé contre un poteau devant la maison des étudiants, ou derrière la fenêtre d'un des bâtiments universitaires. Peut-être pas.

Peu importe. Le grand moment était arrivé.

Une seconde plus tard, Nora se tournerait et franchirait ces portes. Elle regarderait Tom Rizzoli dans les yeux et raconterait sa version. Elle prononcerait chaque mot avec le poids de la vérité et enfin, elle se libérerait.

REMERCIEMENTS

Un énorme merci à mon éditrice Liz Kossnar, de m'avoir fait confiance, et à toute l'équipe de *Little Brown Books for Young Readers*, qui fait des miracles : Lucia Picerno, Megan Tingley, Jackie Engel, Alvina Ling, Andy Ball, Jen Graham, Erica Ferguson, Sasha Illingworth, Marisa Russell, Savannah Kennelly, Stefanie Hoffman, Shanese Mullins, Christie Michel, Shawn Foster, Danielle Cantarella et Claire Gamble.

Merci à mon agente, Rebecca Sherman, qui m'a aidée à creuser plus que je ne l'aurais cru possible, et à tous ceux chez Writers House qui m'ont aidée à mettre au monde ce roman : Allie Levick, Laura Gruszka, Cecilia de la Campa, Jessica Berger, Aless Birch et Jenissa Graham.

Merci à Tom Scarice et John Smith de m'avoir fait découvrir le fonctionnement interne de l'administration d'un lycée.

Merci à Gwen Lexow pour sa connaissance des mesures disciplinaires et de l'amendement *Title IX* contre les discriminations sexuelles. Merci à Kevin et Carah Cahill pour leurs éclaircissements sur le sport en Division I, le système grec et la réponse universitaire aux agressions sexuelles.

Merci à l'officier Steve Manware, le gourou des rapports toxicologiques et des procédures de dépôts de plaintes.

Merci à Benji Ooi, Maggie Yin et Mia Pope pour leur incroyable authenticité et la sensibilité de leurs remarques.

Merci à Gabby Pildner pour sa leçon sur les finsta. Je me sens tellement plus cool, maintenant.

Merci à Camp Laurel, l'été 1992, pour « smack the rat » et tous les shorts aux couleurs des USA.

Merci au docteur Lyle Micheli, qui ne se souvient probablement plus de moi, mais dont l'anecdote sur son bras déboîté qu'il a remis en place tout seul pour retourner à son match de rugby n'a jamais quitté mes souvenirs.

Merci à mon père, George Friend, qui, comme Rhett Melchionda, s'est sacrifié et a pris un palet de hockey en plein visage.

Merci à Hamilton, dans l'État de New York – la ville qui m'a vue grandir – et au terrain de golf Seven Oaks, gardien de mes secrets.

Des mercis infinis à ma tribu – Mieka, Steph, Toby, Heather, Dori, Julie, Katina, Liz et les mamans médiatrices invincibles – qui m'ont permis de garder la tête hors de l'eau.

Merci à l'exceptionnelle Beebs pour la sagesse de ses conseils, et à Jack, Ben et Emma, mon trio de choc, merci d'être vous.

Enfin, je remercie Chanel Miller, Christine Blasey Ford, Alyssa Milano, Tarana Burke et toutes les femmes et les filles courageuses du mouvement #MeToo. Merci d'avoir ouvert la voie.

Cet ouvrage a été mis en pages
par Nord Compo à Villeneuve-d'Ascq

Imprimé en Italie par Grafica Veneta
en février 2024
pour le compte des Éditions Bayard

Imprimé en Italie